10|18
12, avenue d'Italie — Paris XIIIe

Sur l'auteur

Caroline Roe est née à Windsor, au Canada, et a vécu à Washington, Ottawa et Detroit avant de s'installer à Toronto. Elle est titulaire d'un diplôme de langue moderne de l'université de Toronto et d'un doctorat en études médiévales. Professeur, traductrice, écrivain, elle fait ses débuts en littérature en 1986 sous le pseudonyme de Medora Sale. Elle reçoit alors l'Arthur Ellis Award du meilleur premier roman policier pour *Murder on the Run,* premier volet de la série Harriet Jeffries. Découvrant par hasard l'existence de l'évêque Berenguer de Gérone et celle de son médecin juif Isaac dans l'Espagne médiévale, elle s'en inspire pour débuter en 1998 la série des *Chroniques d'Isaac de Gérone* sous son nom. *Le Glaive de l'archange* fut pressenti à la fois pour l'Anthony Award aux États-Unis et pour l'Arthur Ellis Award au Canada. En 1999, Caroline Roe obtient le Barry Award du meilleur livre policier pour *Antidote à l'avarice.*

REMÈDE POUR UN CHARLATAN

PAR

CAROLINE ROE

Traduit de l'anglais
par Jacques Guiod

10|18

INÉDIT

« Grands Détectives »
dirigé par Jean-Claude Zylberstein

Du même auteur
aux Éditions 10/18

Le Glaive de l'archange, n° 3330
▶ Remède pour un charlatan, n° 3331
Antidote à l'avarice, n° 3351, *à paraître en novembre 2001*

Titre original :
Cure for a Charlatan

ISBN 2-264-03109-3

Ce livre est dédié, avec toute mon affection,
à Bella Pomer,
dont la foi, l'énergie et le regard critique
ne m'ont jamais fait défaut.

J'aimerais remercier ici tous ceux qui m'ont généreusement aidée : Sìlvia Planas, de l'Institut d'Estudis Nahmànides, et le personnel du Centre Bonastruc ça Porta de Gérone ; Margaret Charlton et Charles Sale pour leurs précieux conseils en matière de fleurs, d'herbes et de plantes des montagnes ; et Negin Zanpour pour sa connaissance de la communauté musulmane de l'époque. Mon infaillible collaboratrice de recherche, Deborah Schlow, et ma fille, Anne Roe, n'ont pas compté leurs efforts. Surtout, ce livre n'aurait jamais été écrit sans Harry Roe, qui a parcouru à mes côtés chaque étape de la route d'Isaac de Gérone.

PERSONNAGES

Le Call, quartier juif de Gérone :

Isaac, médecin

Judith, sa femme

Nathan et Miriam, leurs derniers-nés, des jumeaux

Rebecca Mallol, leur fille qui s'est « mésalliée »

Raquel, leur deuxième fille, assistante d'Isaac

Naomi, Leah et Ibrahim, leurs domestiques

Yusuf, apprenti d'Isaac, orphelin musulman de Grenade

Mossé, boulanger

Esther, sa femme

Daniel, leur fils aîné, héritier de son oncle Ephraïm

Aaron, leur fils cadet

Sara, leur fille

Mordecai, riche homme d'affaires

Blanca et Dalia, ses filles

Ephraïm, gantier

Dolsa, sa femme

Salomó des Mestre, fils du banquier, jeune professeur de Yusuf

Abraham Ravaya, Astruch Caravida, Astruch des Mestre, Bonastruch Bonafet, Mahir Ravaya, Vidal Bellshom, membres du conseil

La cathédrale :

Berenguer de Cruilles, évêque de Gérone

Francesc Monterranes, son confesseur et bras droit

Bernat sa Frigola, son secrétaire

Nicholau Mallol, scribe de la cathédrale et mari de Rebecca

Carles Mallol, leur fils

Lorens, séminariste

Bertran, séminariste, cousin de l'évêque

Le bordel :

Marieta, maîtresse des lieux

Guillem de Montpellier, lettré, mage et locataire de Marieta

Lup, son serviteur

Hasan, surnommé Ali, esclave de Guillem

Zeynab, surnommée Romea, musicienne et danseuse, esclave de Marieta

La ville :

Ramon, tisserand

Marc, son fils

Pons Manet, riche négociant en laine

Joana, sa femme

Jaume, leur fils aîné

Francesca, leur belle-fille

Le tribunal :

Francesc Adrober, juge, responsable du tribunal

Guillema, prostituée, et Venguda de Costa, femme mariée, les victimes

Tomas de Costa, Marc de Puig, Pere Vives et Bernat, les accusés

CHAPITRE PREMIER

18 août 1353

— Combien y a-t-il ? murmura d'un air vague l'homme maigre, d'allure ascétique, comme si une telle préoccupation était indigne de lui.

Il portait la sobre tunique noire d'un prêtre ou d'un lettré et ne semblait pas à sa place dans le cadre médiocre de cette taverne.

— On a bien travaillé. Il est temps de s'en aller vers le sud.

Dehors, Gérone vivait au ralenti et attendait patiemment la fraîcheur du soir. La salle était sombre et close, son atmosphère encore épaisse du souvenir du vin renversé et des buveurs partis depuis déjà longtemps. Pas un souffle d'air ne pénétrait par les volets : des mouches bourdonnaient paresseusement comme si elles n'avaient pas le cœur à l'ouvrage. Rodrigue, le tavernier, suait et somnolait dans un coin, indifférent à ses uniques clients.

— Tu appelles cela bien travailler ? dit l'autre d'un air méprisant en agitant devant le visage de son compagnon une bourse emplie de pièces. Écoute, Guillem, mon pauvre ami. Un bon jour, tu rapportes assez pour une chambre et une assiette de soupe.

— Ça n'a pas été aussi mauvais que tu le dis ! protesta Guillem.

— Je te parle d'or, imbécile. D'or, oui. Assez pour vivre comme un seigneur.

— Tu es fou, dit Guillem. Gérone regorge peut-être de marchands repus et d'épouses parées de soie, mais ils ne gaspillent pas leur or à des broutilles.

— C'est vrai. En conséquence, il y en aura plus pour nous.

— Et comment allons-nous mettre la main dessus ? fit-il en secouant la tête d'un air dubitatif.

— Cela ne te regarde pas. Je sais qui en a et comment se le procurer.

Guillem se pencha vers lui.

— Tu es sérieux ? demanda-t-il, surpris.

Il enchaîna sans laisser le temps à son compagnon de lui répondre.

— Il y a quelque danger ?

L'autre lui adressa un long regard oblique.

— Ce n'est pas un crime que de voler ce qui a déjà été volé, dit-il.

Le lettré se mordit la lèvre supérieure en un geste nerveux qui irrita son compagnon.

— Comment allons-nous faire ? demanda-t-il enfin.

Septembre

— Maman ? appela Miriam.

— Qu'est-ce que tu veux ? répliqua Judith, épouse d'Isaac le médecin.

De nature, ce n'était pas une femme d'une patience à toute épreuve, et celle-ci était déjà bien entamée en cette matinée. L'été ne déclinait pas encore, et elle avait chaud sous son voile noir. Les passages ombragés et les ruelles voûtées du Call, le prospère quartier juif de Gérone, ressemblaient à une immense étuve réchauffée par le soleil qui tapait, implacable, sur les brumes nées de la rivière. En nage, elle haletait pour remonter la rue.

Sa servante, Leah, s'était plainte de maux de tête et s'était mise au lit. Naomi, la cuisinière, était enfermée dans sa cuisine, brisant avec fureur pots et assiettes, et Miriam se traînait derrière sa mère en demandant qu'on s'occupe d'elle. La maisonnée si bien organisée de Judith craquait de toute part.

C'était la faute de son mari. Isaac, en temps normal le plus aimable des hommes, avait passé la quasi-totalité de la nuit auprès d'un enfant malade, et sa propre patience en avait pris un coup. Affamé, assoiffé, il était arrivé pour déjeuner. Judith lui avait choisi une belle poire bien mûre et l'avait placée sur une assiette à côté d'un petit pain appétissant.

— Il n'y a rien d'autre ? avait-il demandé. Dois-je donc jeûner parce qu'il fait un peu chaud ?

Naomi pénétra dans la cour alors qu'il parlait, et le bâton d'Isaac manqua le sein de sa cible, son épouse, pour s'enfoncer dans le cœur vulnérable de la cuisinière.

— Papa, murmura Raquel, Naomi est là, juste à côté de nous.

Furieux de la bourde que sa cécité avait provoquée, Isaac avait brusquement quitté la table, renversant au passage une cruche d'eau, et s'était retiré dans son cabinet. Piquée au vif, Naomi s'était barricadée dans sa cuisine avant que ses préparatifs ne transforment en enfer la solide bâtisse de pierre. Leah étant couchée et le valet de cuisine occupé à nourrir le feu, la cuisinière avait transformé Ibrahim, le serviteur, en garçon de course. Mais quand il reçut l'ordre de se rendre pour la troisième fois au marché, l'indifférence flegmatique qui le caractérisait disparut aussitôt. Bouillonnant d'une juste colère, il se planta devant sa maîtresse. La cour n'était pas balayée, pas plus que la maison d'ailleurs, ou le cabinet du maître, et quand pensait-elle qu'il pourrait faire son propre travail ? Judith réprima l'envie de congédier tout le monde, peut-être à l'exception du garçon de cuisine qui avait déjà dû supporter la fureur de la cuisinière, et résolut de mettre de l'ordre dans ce chaos. Elle apaisa Ibrahim en lui promettant de finir elle-même les courses, demanda à sa fille, Raquel, d'aller faire les lits, puis attrapa une Miriam boudeuse par la main et quitta la maison.

— Quoi ? Qu'est-ce qui ne va pas ? demanda-t-elle à sa fille cadette.

— Pourquoi je ne peux pas aller à l'école avec Nathan, maman ? Papa dit que les filles devraient aller à l'école comme les garçons. Et puis, moi aussi, j'ai sept ans. Il n'y a rien à faire, et personne avec qui jouer, et tout le monde est méchant avec moi.

— Tu ne peux pas, un point c'est tout, rétorqua Judith. Je ne veux pas parler de ça. Si tu arrêtais de te plaindre et te rendais utile, personne ne serait méchant, comme tu dis. Maintenant, hâte-toi.

L'air revêche, elle la traîna dans la rue principale du quartier juif et franchit avec elle la porte située au nord. Elles se retrouvèrent au pied de la colline menant à la cathédrale, et Judith s'arrêta à l'ombre pour tenter vainement de se rafraîchir.

— Où on va, maman ?

— Tu le sauras quand on sera arrivées.

Un faible vent d'ouest passa au-dessus des hautes murailles de la ville, apportant à la mère et à sa fille des odeurs de levure, de pain chaud et d'épices. Judith rajusta son voile et, agrippant Miriam d'une main ferme, emprunta la rue menant à la boulangerie. Elles passèrent devant les paniers de pain posés près de la porte et se dirigèrent vers une femme rougeaude qui, derrière son plan de travail, contemplait un gros monticule de pâte fraîche. Une robuste fillette de dix ou onze ans transférait les miches du four vers les étagères de bois installées au fond de l'échoppe.

— Bonjour, maîtresse Judith, dit la femme du boulanger, l'air surpris.

— Bonjour à vous, maîtresse Esther, fit Judith en cherchant autour d'elle la miche ronde que Naomi semblait trouver indispensable au dîner de ce jour.

— Une bien belle journée. Que puis-je vous offrir qu'Ibrahim ne soit pas venu chercher ce matin ? demanda Esther avec diplomatie pour rappeler à la femme du médecin qu'elle avait déjà tout le pain nécessaire, au cas où un trou de mémoire l'aurait conduite vers sa boutique. Un pain d'épice pour une petite fille affamée ?

Mais Miriam avait déjà disparu au fond de l'échoppe, fascinée par le spectacle de la jeune Sara qui empilait les miches refroidies dans des paniers destinés à être placés près de la devanture.

— Ibrahim ! fit Judith d'une voix lourde de ressentiment.

Elle se lança dans le triste récit de sa matinée : le mauvais caractère de la cuisinière, l'étourderie de son mari, l'esprit rebelle et maussade de tout un chacun dans la maison, domestiques et enfants compris.

— Vous vous rendez compte, me voilà qui vais moi-même au marché alors que j'ai une horde de serviteurs qui me coûtent les yeux de la tête et en ont encore moins à faire qu'on ne pourrait le croire. Je ne sais pas ce qu'ils ont tous. Avant, les gens étaient heureux de travailler dur et de mener une vie honnête, mais maintenant... Et comment expliquer que vous et Sara soyez là à cuire tout autant qu'à vous occuper de la boutique ? Où sont-ils tous passés ?

— Mossé est parti au moulin, expliqua la femme du

boulanger avec un haussement d'épaules. Quant à Aaron... vous savez comment il est depuis quelque temps. Le nouvel apprenti est à nouveau malade et il est rentré pour que sa mère s'occupe de lui. Ce gros garçon doit être encore en train de dormir. Pour ce qu'il nous est utile... La servante est partie se marier et la nouvelle sème le désordre dans la cuisine à l'heure qu'il est.

Tout en parlant, elle saupoudrait de farine la pâte qu'elle façonnait et lissait d'une main experte.

Judith avait déjà entendu ce genre de litanie, mais il était clair qu'elle avait manqué quelque détail d'importance relatif à l'état d'esprit ou à la santé du deuxième fils du boulanger. Oubliant un instant ses propres tourments domestiques, elle consacra toute son attention à maîtresse Esther.

— Mais les temps ont changé, maîtresse Judith, affirma cette femme digne et travailleuse en commençant de malaxer la pâte. Prenez nos garçons...

À chaque phrase, elle retournait, repliait et frappait la pâte comme s'il s'agissait du crâne épais de son mari.

— J'ai dit et répété à Mossé qu'envoyer Daniel en apprentissage — fût-ce chez mon propre frère —, c'était faire insulte au Seigneur, qui nous a donné un premier-né si intelligent pour prendre soin de nous. Mais il ne m'écoute jamais, assura-t-elle en tapant sur la pâte. Même s'il a tort, il ne m'écoute jamais.

— Je croyais qu'Aaron...

— Oh, Aaron essaye bien, mais il n'arrivera jamais à la cheville de son frère.

— Je sais qu'Isaac est venu lui rendre visite, dit prudemment Judith.

La discrétion de son mari quand il parlait de ses patients était pour elle une constante source d'irritation. Sans exception, c'est par autrui qu'elle savait tout des maladies et des doléances de ses voisins, lesquels se moquaient d'elle et faisaient semblant de s'étonner de son ignorance.

— Va-t-il mieux ? reprit-elle.

— Je l'ignore, fit Esther en soupirant. Merci, messire, dit-elle machinalement quand un client jeta dans une jarre une pièce pour le pain qu'il venait d'acheter. Parfois j'ai l'impression que son état empire. Je ne sais que faire. Et ce n'est pas mon seul souci, maîtresse.

Elle baissa la voix et se pencha vers la femme du médecin.

— Il y a un voleur dans les parages. J'ai compté l'argent aujourd'hui parce que Mossé est allé au moulin, et je suis pratiquement certaine qu'il nous en manque. Ce n'est pas la première fois. Je suis ça de très près.

Judith reconnut qu'elle avait mille fois raison.

— C'est peut-être Mossé...

— Il me le dit toujours quand il se sert. Il a prélevé une pièce pour payer le grain, mais il manque bien plus que cela. Nous n'avons qu'une clef à notre coffre, et je la garde toujours sur moi. Et à moins qu'il l'ait prise pendant que je dormais, je ne sais pas comment cet argent a disparu.

Elle s'arrêta de parler et regarda les deux enfants qui riaient ensemble.

— À moins qu'il ne le donne à une femme. Si c'est le cas, maîtresse Judith, il le regrettera quand j'apprendrai qui c'est. Et elle le regrettera encore plus, croyez-moi.

Judith jeta un coup d'œil à la mâchoire carrée et aux bras noueux d'Esther, et elle acquiesça en silence. Mossé le regretterait, c'était chose certaine. Pour le bien de Mossé et le sien propre, elle espérait que c'était un voleur. Mossé était un bon boulanger, avec un meilleur coup de patte que le vieux Ruca. Elle n'avait pas envie de le perdre.

— Personne d'autre ne pourrait...

— Certainement pas, maîtresse. Qui d'autre aurait la clef ? Et le coffre est très robuste. C'est une femme ou c'est de la sorcellerie, voilà ce que je dis.

— Il y a vos deux fils, suggéra Judith.

— Même Mossé ne serait pas assez stupide pour confier la clef du coffre aux garçons, fit Esther avec dédain.

— Daniel doit avoir près de vingt ans, maîtresse Esther. C'est un homme, à présent.

— Quand même. Pensez à la tentation. Et aux ennuis où ils pourraient se fourrer avec tout cet argent. Les femmes. La boisson.

Elle baissa encore une fois la voix.

— Des vilenies, des vices innommables.

Ses yeux brillaient d'excitation.

— Non pas que nous soyons riches, maîtresse, s'empressa-t-elle d'ajouter, mais c'est notre argent pour payer la taxe, louer l'échoppe et économiser en cas de disette. Non, les garçons ne savent même pas où nous le cachons.

Judith en doutait. Elle tendit la main vers la miche ronde qu'elle était venue chercher.

— Je ne veux pas dire qu'Aaron serait capable de nous voler, ajouta sa mère.

— Bien sûr que non, dit Judith, qui pensa qu'Esther et Mossé ne savaient rien de leurs propres enfants.

— Il a toujours été le plus calme, le plus gentil. Ah, si c'était Daniel qui vivait ici aujourd'hui, dit-elle avec un vigoureux hochement de tête, je pourrais y croire. Il prendrait de l'argent pour montrer à quel point c'est facile. Un défi, quoi. Ensuite il me le dirait et me le rendrait, et nous en ririons tous les deux. Il est comme ça.

— Il l'a déjà fait ?

— Eh bien... hésita Esther. Pas depuis qu'il a pris

des friandises dans un placard fermé à clef, quand il avait huit ans.

— Qu'est-ce qui se passe avec Aaron ? demanda Judith, qui venait de repenser au chaos dans lequel sa propre maison était plongée.

— Pour moi, c'est la fille du vieux Mordecai.

— Dalia ? fit Judith.

Âgé de seize ans, timide et gauche, Aaron ne faisait pas un prétendant convenable pour la fille du riche marchand.

— Dalia. C'est à cause d'elle qu'il gaspille. Je le sais. Seulement il est trop couard, il se met à rougir et fiche le camp quand elle apparaît.

Le rythme du travail de la pâte s'intensifiait.

— C'est une petite futée, vous savez. Elle le tourmente et l'aguiche chaque fois qu'elle le voit. Mais Mordecai est un homme riche. Sa cave est pleine de l'or qu'il a gagné dans le commerce des bottes avant de se tourner vers d'autres activités. Les prix, il les fait comme il veut. Ce n'est pas comme nous, qui ne pouvons demander plus que telle somme pour une miche de pain, et il faut encore payer le grain et le bois pour le feu et la taxe. Toujours la taxe. Comment une famille peut-elle s'en sortir ? À moins de réussir un bon mariage. Mais chaque fois que je lui propose d'arranger une union, il devient fou furieux. Je ne sais que décider, maîtresse. L'autre jour, dit-elle sur le ton de la confidence, il m'a avoué qu'il ne voulait pas être boulanger. Il veut être un lettré, un clerc. Mossé est tout retourné.

— Un maître d'école ? Ou un rabbin ? s'étonna Judith. Aaron ?

— Non, dit sa mère en s'arrêtant brusquement de travailler la pâte. Même pas cela. Autre chose. Il est infatigable et ne dort pas, il déambule à toute heure de la nuit. Ce doit être l'amour, fit-elle, gênée. Qu'est-ce que ce pourrait être d'autre ? Il est tout le temps si las qu'il ne peut même pas soulever un sac de farine, mais au lieu de se reposer quand il le peut, il disparaît tous les soirs — Dieu sait pour aller où. Pensez-vous que maître Isaac pourra le guérir ?

— D'une maladie d'amour ? dit Judith. Je crois bien que même mon mari en serait incapable.

Ce soir-là, quinze ou vingt personnes étaient rassemblées dans le pré, de l'autre côté de la rivière Onyar, pour écouter le lettré de la taverne. Il parlait depuis plus d'un quart d'heure, et la majeure partie de son auditoire le regardait avec apathie, sans rien comprendre, comme des vaches qui voient passer un promeneur. Mais cela tuait le temps jusqu'à ce que quelque chose de plus passionnant se produise. Ils étaient toutefois quelques-uns à l'observer avec curiosité et, au premier rang, un groupe de trois jeunes gens montrait beaucoup d'intérêt. Aux abords de cette réunion, un petit garçon s'ennuyait et ne tenait pas en place. Il ramassa une pierre, leva le bras et se prépara à la jeter. Mais le compagnon de l'orateur, vêtu d'une pauvre tunique élimée et rapiécée — un homme aux cheveux gris mal coiffés et au visage balafré —, saisit l'enfant par le poignet et le lui serra.

— Aïe ! couina le petit garçon. Vous me faites mal.

— Tant mieux, dit l'homme. Et rappelle-toi bien : la prochaine fois, ce ne sera pas seulement ton poignet. Maintenant, file !

L'enfant s'enfuit vers les hautes herbes qui poussaient à la lisière du pré. Il disparut dans les tiges sèches et les épis duveteux aussi hauts qu'un homme de belle taille.

— Mes amis, dit l'orateur en ignorant l'incident, ces quelques choses que moi-même, maître Guillem de Montpellier, vous ai livrées ne sont qu'une petite portion du savoir des anciens, la sagesse cachée des Mages que j'ai apprise à l'université de Montpellier et auprès de divers astrologues, voyants et mystiques qu'il m'a été donné de rencontrer lors de mes voyages de par le monde. En prononçant les mots que je vous enseignerai, des paroles nullement empreintes de sorcellerie ou d'hérésie, et en utilisant les herbes dont je vous parlerai, vous pourrez rendre santé et vigueur au corps, affermir l'esprit et acquérir la sagesse qui permettra de comprendre les choses qui vous sont aujourd'hui cachées. Ils vous apporteront santé, sagesse et prospérité.

— Qu'en est-il de la grâce ? demanda l'un des trois jeunes gens, vêtu lui aussi comme un clerc.

— Pour cela, vous devez aller à l'église, répondit promptement l'orateur. Elle vous apprendra à trouver la grâce. Maintenant, je vous demande très humblement, si vous souhaitez apprendre ces choses, lorsque mon ami et assistant, Lup, viendra vous solliciter, de lui donner ce que vous pouvez, pour nous aider à acheter notre pain et venir en aide aux pauvres.

— J'imagine quel genre de pauvres ils secourent, dit un homme à l'air prospère à son voisin.

— Des taverniers et des filles des rues ? suggéra son compagnon.

— J'ai déjà rencontré des individus de cet acabit. Mais ils seront bientôt partis. Les officiers les ont déjà flairés.

De la tête, il indiqua les deux cavaliers qui approchaient au galop.

Comme ils s'engageaient sur la route de Gérone, à la lueur du soleil couchant, ils entendirent des cris et des huées s'élever de la petite foule ainsi que la voix pénétrante de maître Guillem.

— Nous nous reverrons demain ! clamait-il. Vous êtes insensés de tenter de me réduire au silence alors que je peux apporter santé et prospérité aux habitants de cette ville.

Les deux hommes d'allure aisée échangèrent un sourire avant de se séparer.

Les officiers avaient l'air ennuyé.

— Nous ne voulons pas vous imposer le silence, maître Guillem, dit l'un d'eux. Nous voulons que vous demandiez une licence pour avoir le droit de parler.

— Mais nous sommes bien en dehors des limites de la ville, fit remarquer l'orateur.

— Néanmoins il vous faut une autorisation écrite.

— Pour que vous touchiez votre commission, murmura Lup en cachant sous sa tunique le sac destiné à faire la quête.

Il regarda maître Guillem et indiqua de la tête les trois jeunes gens, de seize ou dix-sept ans, avant de se tourner vers le reste de la foule.

— Vous avez entendu ces messieurs ! cria-t-il. Rentrez chez vous !

Comme la foule commençait de se disperser, privée par les officiers de la maigre distraction de la soirée, maître Guillem s'avança vers les trois garçons.

— Bonsoir, messires, dit-il simplement. Je regrette que notre réunion soit ainsi interrompue. Les braves gens qui dirigent cette ville souffrent d'une certaine étroitesse d'esprit, dirons-nous.

— Ils ne sont pas d'ici, fit observer l'un des garçons.

Maître Guillem ne releva pas cette remarque.

— Cela vous intéresse-t-il d'acquérir la sagesse ?

— Certainement, dit le jeune homme qui paraissait être le meneur du trio et portait, lui aussi, la tunique noire des lettrés. Mais nous ignorons si vous êtes à même de nous enseigner d'aussi solennels sujets.

— Moi-même je l'ignore, dit Guillem avec une

humilité accomplie. Il se peut, jeunes maîtres, que votre savoir surpasse déjà mes capacités. Êtes-vous familiers des herbes mystiques qui ouvrent la voie de la connaissance ?

— Nous ne savons rien, n'est-ce pas, Lorens ? dit le plus petit des trois.

— Tais-toi, Marc, répondit Lorens. Laisse-moi faire. Nous sommes de pauvres étudiants, poursuivit-il. Nous ne pouvons payer beaucoup. Un sou dans le sac de la part de nous trois pour entendre quelques mots sur l'importance du savoir, c'est une chose, mais que demanderez-vous pour transmettre un véritable enseignement ?

— Pour vous, dix sous chacun, répondit Lup. Et c'est uniquement parce que le maître a su lire le vif intérêt et l'intelligence que reflète votre visage. En temps normal, c'est beaucoup plus. Car il y a des frais, vous savez. Des herbes rares et des onguents sont nécessaires, et de l'encens doit être brûlé à chaque occasion pour obtenir le succès. Nous ne gardons rien pour nous avec dix sous, mais le maître est un homme bon et généreux, qui cherche à apporter la connaissance à ceux qui sont capables d'en profiter.

— Et si nous décidons d'accepter votre offre généreuse, dit Lorens sur un ton sec, où pourrons-nous nous retrouver ? Nous ne sommes pas rentiers, notre temps ne nous appartient pas.

Maître Guillem adressa à son serviteur un regard quelque peu paniqué.

— Vous comprendrez, mes bons seigneurs, que nous faisons appel à la bonne nature d'autrui pour nos lieux de réunion privés...

— Mais si vous pouvez vous présenter à nous à la deuxième heure après complies, quand la ville dort, l'interrompit Lup, nous aurons tout loisir de vous recevoir.

— Où devrons-nous vous chercher ? Mais peut-être vivez-vous dans ce pré ?

— Cela vaudrait mieux, dit Guillem avec solennité, mais ce serait trop difficile. Nous logeons à Sant Feliu chez Doña Marieta. Elle cherche à expier son mode de vie en nous accordant gratuitement le logement. N'importe qui pourra vous indiquer sa maison.

— Les esprits seront puissants demain soir, dit Lup. Présentez-vous alors, et vous pourrez en apprendre beaucoup.

— Je sais où cela se trouve, dit le troisième jeune homme en devenant rouge comme une pivoine.

— Toi, Aaron ? fit Lorens. Et sais-tu aussi ce qu'elle est ?

— Oui, répondit-il avec calme. Mais elle et ses filles mangent aussi du pain.

— Qu'est-ce que vous en dites ? murmura Lorens après que les trois jeunes gens se furent installés à une table de la taverne.

Rodrigue posa devant eux trois gobelets en bois qu'il remplit de son vin le plus clair, le plus aigre et le moins coûteux, puis il attendit, bras croisés. Il savait d'expérience que, quand les apprentis, les étudiants et les autres propres-à-rien ne payaient pas avant de boire, il pouvait s'asseoir sur son argent la plupart du temps. Après avoir longuement cherché dans leurs poches, les trois garçons mirent en commun leurs ressources individuelles, assez pour le satisfaire.

— De maître Guillem ? Il demande trop, se plaignit Marc d'un air déprimé. J'ai déjà du mal à me payer le vinaigre que Rodrigue fait passer pour du vin, je ne vois pas comment je m'offrirais de tels extra.

— Apprendre coûte toujours cher, dit Aaron.

— Pas quand c'est ton père qui t'enseigne, rétorqua Marc. Sinon, qui voudrait être tisserand ?

— Est-ce qu'il fallait que tu sois tisserand ? lui demanda Lorens. Ton frère ne devait pas reprendre la charge ?

— Si on peut appeler ça ainsi, dit Marc, mais cela aurait trop coûté à mon père de me faire faire mon apprentissage à l'extérieur.

Il leva son gobelet.

— Au travail ! Je le déteste et je le quitte dès que possible.

— Au moins tu peux t'en aller, soupira Aaron. Je suis censé rester à tout jamais à la boulangerie — sinon ils diront que j'abandonne et que j'affame mes vieux parents.

— Ta sœur n'a qu'à épouser quelqu'un qui veut apprendre le métier, dit Lorens. Tu n'es pas l'esclave de tes parents.

— Qu'est-ce que tu ferais ? demanda Marc. Si tu partais ?

— J'irais au nord, répondit Aaron. À Toulouse ou quelque part comme ça, là où on apprécie la poésie et la culture.

— Aaron a recopié tous les nouveaux poèmes, dit Lorens, et bien des anciens.

— Tout mon argent passe en encre et en papier, reprit Aaron avec un sourire embarrassé. Et en vin.

— Où as-tu acheté les poèmes à recopier ? demanda Marc.

— Nulle part, fit Lorens avec un clin d'œil. Certains viennent de mon père, d'autres de mes maîtres. Il y avait aussi un très beau livre appartenant à l'évêque en personne.

— J'en ai pris grand soin, se défendit Aaron. Je les ai rendus le plus vite possible. S'ils ne voulaient pas que je lise, pourquoi mes parents m'ont-ils envoyé à l'école ?

— Ça leur donne de l'importance, expliqua Lorens.

Et ils pensent que c'est de l'argent bien placé. Mon père est comme ça. Mais je ne resterai pas ici. Dans cette ville, les gens ne pensent qu'au prix de la laine et du drap et à s'enrichir. Je vais aller à Montpellier étudier l'astronomie et l'astrologie, et aussi les Grecs, au sujet de la logique et de la mathématique. Je parlerai à maître Guillem des études que l'on peut y suivre et lui demanderai quels sont les meilleurs professeurs.

Il leva son gobelet avec un sourire lugubre.

— À la liberté !

— Mon père dit que seuls les riches chrétiens peuvent se permettre de perdre leur temps à de vaines préoccupations telles que la poésie et la mathématique, poursuivit Aaron. Il veut que j'épouse une bonne travailleuse pourvue d'une solide dot et que je m'installe. Rien que d'y penser, ça me rend malade.

— Tout compte fait, intervint Lorens, mon père pense la même chose. Sauf pour la question du mariage, car il veut que je sois évêque, pour le moins. Si j'étais comte, je suppose que je pourrais passer mon temps à apprendre des frivolités.

— Si tu étais comte, dit Marc, tu te ferais tuer dans une guerre ou dans une autre.

— C'est vrai, reconnut Lorens. Qu'aimerais-tu faire si tu ne travaillais pour ton père, à part quitter la ville ?

— Créer de belles choses, dit Marc en toute simplicité. J'y parviens au métier à tisser, mais mon père dit que c'est gaspiller son temps et de la bonne laine. Comme s'il en utilisait, d'ailleurs..., ajouta-t-il.

Une atmosphère de morosité s'abattit sur les trois jeunes gens.

— Que fait-on pour maître Guillem ? demanda Aaron.

— Il nous faut trente sous pour une séance, dit Lorens.

— Ce pourrait tout aussi bien être trente mille,

maugréa Marc. J'ai assez pour mon vin de demain, et c'est tout.

— J'en ai cinq, dit Lorens. J'ignore si je pourrai en tirer un peu plus de mon père. Il n'est pas très content de moi. Mais je vais essayer.

— Je peux payer pour nous tous, dit Aaron. Allons-y.

— Vraiment ? s'étonna Marc. Cela fait beaucoup d'argent.

— Quel argent, Marc, mon vieil ami ?

Un autre jeune homme en noir s'assit à la table et fit signe à quelques camarades de se joindre à eux.

— C'est une chose bien rare dans ma vie, je peux vous le dire, reprit-il. Et cet escroc dans son pré n'avait pas beaucoup de chance de m'arracher l'argent de ma boisson.

— Bonsoir, Bertran. Pourquoi dis-tu que c'est un escroc ? demanda Lorens.

— Tu ne l'as donc pas écouté, Lorens, mon ami ? Jamais de ma vie je n'ai entendu autant de demi-vérités et de logique aussi tordue.

— Qu'y connais-tu en logique ? s'emporta Lorens. Et si tu avais assisté à ses deux premières causeries, tu saurais quels sont ses arguments.

— Je sais que quand quelqu'un m'offre de m'enseigner les secrets des Mages, des Sept Sages et de Dieu sait qui d'autre en trois leçons simples mais coûteuses, je me fais tondre comme brebis au printemps.

— Tu nous as écoutés ! accusa Aaron.

— On ne peut pas avoir de conversation particulière au milieu d'un pré, dit Bertran. De toute façon, le savoir est une chose que l'on acquiert par le rude labeur et auprès de bons maîtres.

— Dis-moi, Bertran, quel est l'auteur de ce sermon ?

Chacun rit autour de la table.

— Mon père, fit-il en rougissant. Mais il n'empêche que c'est vrai. Et que fait ce sage à loger chez Marieta ?

— Vous voulez aller chez Marieta apprendre la sagesse ? intervint à la table voisine un fermier au visage tanné qui éclata aussitôt de rire. Avec elle, vous allez en connaître de belles !

— Il s'y passe de drôles de choses ces temps-ci, dit un autre personnage. J'ai entendu des histoires que vous ne croiriez même pas.

— On a eu assez d'ennuis pour cette année, reprit le fermier. Quant aux secrets des Mages, si vous voulez bien m'excuser de vous avoir écoutés, tout cela ne présage rien de bon. Si j'étais vous, je ne m'occuperais pas de ça. Pas maintenant, en tout cas. Et que les Mages gardent leurs secrets pour eux.

Vers la fin du mois de septembre, Isaac le médecin fut réveillé un jeudi matin par les cris de sa femme qui reprochait à Ibrahim de faire du bruit quand il savait que son maître dormait encore. L'appel paniqué de l'épouse du jeune Astruch l'avait tiré du lit peu après minuit et l'avait tenu au-dehors jusqu'à ce que la fatigue et le froid qui se manifeste juste avant l'aube n'engourdissent ses doigts. Il avait terminé sa nuit sur la couche de son cabinet. Judith voulait le tirer du lit, mais cette pièce était sacrée, et seule une raison importante pouvait l'autoriser à y entrer.

La cour était redevenue tranquille. Il s'arracha à son lit, ouvrit la porte et huma l'air. En dépit de la nuit perpétuelle dans laquelle il vivait, Isaac sut que le soleil brillait derrière les brumes matinales et que la fraîcheur de la matinée céderait la place à une nouvelle journée torride. Avant quiconque, il pouvait sentir la brume, la chaleur naissante, la toute-puissance du soleil. Il venait de commencer de se laver de pied en cap à l'eau froide quand il entendit craquer le portail : Judith était revenue dans la cour et s'en prenait à présent au jeune Salomó, le fils du banquier Vidal.

Il avait engagé Salomó des Mestre pour trois mois afin de donner des cours à son apprenti de treize ans, Yusuf. Il avait rencontré le jeune Maure au début de l'été : l'orphelin affamé avait arraché le médecin aveugle des mains d'une bande d'émeutiers. Le père de Yusuf avait été l'émissaire de l'émir Abu Hajjij Yusuf de Grenade ; il avait été tué cinq ans avant lors de la guerre civile qui avait opposé Don Pedro à son frère, Fernando. Avec l'assistance d'Isaac, Yusuf avait été placé sous la protection de Don Pedro, roi d'Aragon.

Yusuf n'était pas seulement intelligent : il avait aussi reçu une éducation soignée. Il avait maîtrisé les bases de la lecture et de l'écriture arabe avant que le destin ne le jette sur la route, sans autre protection que son acuité d'esprit, et il était avide d'apprendre tout ce qu'il pouvait dans ce monde nouveau. Malheureusement, un homme privé de la vue ne pouvait enseigner à un enfant les lettres romaines ni les rudiments grammaticaux du latin, langue dans laquelle était écrite une bonne partie des nombreux textes scientifiques que détenait le médecin. Dès que l'enfant pourrait lire à haute voix, ils travailleraient ensemble, mais pour l'instant Yusuf avait besoin d'un professeur qui eût ses deux yeux.

Le jeune Salomó était lui-même à peine plus qu'un gamin.

— Que penses-tu de ton nouveau professeur ? avait demandé Isaac quelques jours après le début des leçons.

— Il est assez bien, dit Yusuf avec toute la sophistication de ses treize ans. C'est un agréable jeune homme, seigneur, et il paraît très instruit. Mais il ne comprend rien au monde. Il semble très impressionné par maîtresse Raquel, ajouta-t-il d'un air innocent.

— Vraiment ? fit Isaac. Cela est-il réciproque ?

— Je ne le pense pas. Il est trop jeune à son goût, je crois. Je ne sais rien, seigneur, s'empressa-t-il d'ajouter. Elle ne m'a rien dit, ni à lui. Je me fie seulement à son regard, et à sa façon de rester voilée quand il est dans les parages.

Le tumulte était terminé, et on n'entendait plus qu'Ibrahim qui balayait lentement la cour.

Isaac dit ses prières du matin et sortit.

— Fait-il trop frais pour prendre notre déjeuner dans la cour ? demanda sa femme qui se pressait à son coude. Nous pouvons dresser une table près du feu si vous préférez.

— Judith, ma mie, dit-il avec amusement, ce sont mes patients qui sont malades, pas moi. C'est très agréable ici, et bientôt vous allez vous plaindre une fois de plus de la chaleur. En outre, j'entends s'approcher notre excellente Naomi avec un plat capable de réveiller l'appétit d'un mort. J'ai travaillé dur la nuit dernière et j'ai très faim. Mangeons.

Naomi posa un plat de riz fumant et de légumes sur la table où les attendaient déjà assiettes et bols pleins de fromage, de fruits et de petits pains.

— Vous êtes revenus tard ? demanda Judith. Raquel dort encore.

C'était une question bien plus lourde de sens qu'il n'y paraissait. En premier lieu, Judith en voulait aux personnes qui appelaient le médecin au beau milieu de la nuit. Qu'ils disent leurs prières et attendent patiemment que le soleil se lève pour aller quérir son mari. Et deuxièmement, elle pensait que sa fille de dix-sept ans ferait mieux de se marier le plus tôt possible et cesser de partir à toute heure assister son père. Elle voulait aussi s'assurer qu'il était vraiment tard quand ils étaient revenus et que Raquel ne trouvait pas dans ses responsabilités une excuse pour paresser au lit toute la matinée.

Tout cela, Isaac le savait aussi bien qu'il savait quelle infusion était nécessaire pour guérir des maux de tête.

— Oh oui, dit-il, très tard. Je ne suis pas surpris qu'elle soit encore au lit. Mais le fils du jeune Astruch se remet. C'est bien qu'ils m'aient appelé à ce moment-là.

— Et moi avec, papa, intervint Raquel. Bonjour, maman, dit-elle en embrassant sa mère sur la joue. J'avais trop faim pour m'offrir une grasse matinée, ajouta-t-elle pour leur faire savoir qu'elle les avait entendus.

Elle tendit la main vers la marmite pleine de riz.

Ils avaient à peine commencé de déjeuner que quelqu'un se mit à tambouriner au portail.

— Je vais répondre, dit Isaac.

— Pas question, fit Judith. Ils attendront. Terminez de déjeuner en paix avant de vous remettre au travail. Ibrahim va répondre. Si c'est aussi important que cela, ils viendront jusqu'ici.

C'était apparemment très important. Mossé le boulanger déboula dans la cour en bredouillant une litanie d'excuses compliquées et à peu près inintelligibles.

— Je vous demande pardon, maître Isaac, messire, et maîtresse Judith. Et maîtresse Raquel. De troubler votre repas. Sans aucun doute vous avez veillé tard cette nuit. Je sais ce que c'est. Et je ne vous dérangerais pas si je n'étais aussi inquiet, messire, et ma femme est folle d'inquiétude et de chagrin, alors je lui ai dit : je vais parler au médecin, Esther, ma mie, et il saura quoi faire. Que du thé à la menthe, c'est tout, et rien d'autre — on ne peut vivre de ça, n'est-ce pas ?

— Mossé, mon ami, dit Isaac, qui est malade ?

— C'est Aaron, maître Isaac. Et il...

— Dites-moi exactement ce qui s'est passé ce matin qui a plongé votre femme dans l'inquiétude.

— Oh, fit-il d'un air vague, il ne s'est pas levé. Il a dit qu'il ne se sentait pas bien.

— Comment cela ?

— Euh...

Mossé hésita en lançant un regard vers Raquel et Judith.

— Il n'a pas bien dormi la nuit dernière.

— Viens, Raquel, dit Judith. Il est tard et il y a beaucoup à faire. Excusez-nous, maître Mossé. Nous finirons de manger dans la cuisine tout en travaillant.

— Oui, acquiesça Raquel. Vous ne trouvez pas qu'il fait un peu frais ici, maman ?

— Naomi ?

La voix de Judith résonna dans toute la maison.

— Viens nous aider à débarrasser !

Et Naomi arriva pour remporter tout ce qui venait d'être apporté.

Isaac attendit qu'elles fussent parties.

— Allons, Mossé, asseyez-vous et dites-moi ce qu'a eu Aaron. Encore ces terribles cauchemars ?

— Pis encore, maître Isaac. Il y a trois nuits, je l'ai vu qui marchait, les yeux grands ouverts mais sans rien voir. Et les cauchemars n'ont pas cessé. Il saute en l'air de terreur en entendant des bruits imaginaires et voit des gens dans les ombres du mur. Il ne mange pas et crie après sa mère et sa sœur jusqu'à les terroriser.

— Qu'avez-vous fait pour lui ?

— Esther lui donne du thé à la menthe, de la camomille et d'autres herbes pour dormir, mais cela ne sert à rien. Je le sais.

Le boulanger se pencha jusqu'à ce qu'Isaac sentît son souffle sur son visage.

— Mon fils a un ennemi, ou c'est moi qui ai un ennemi. Quelqu'un a ensorcelé mon fils, quelqu'un qui cherche à me chasser de notre quartier. C'est une position importante, on pourrait même dire sacrée, que d'être boulanger, n'est-ce pas, maître ?

— C'est vrai, Mossé, et vous êtes aussi un très bon boulanger. Mais avant de parler de sorcellerie, je crois que nous devrions en savoir plus sur les maux qui tourmentent votre fils.

— Venez avec moi. Examinez-le, parlez-lui. Vous pourrez ainsi découvrir quels sorts lui ont été jetés.

— Il peut y avoir d'autres raisons au comportement d'Aaron, dit Isaac. J'en vois quelques-unes.

— C'est de la sorcellerie, fit Mossé avec fermeté. Je le sais.

— Pourquoi en êtes-vous si sûr ?

Mossé regarda autour de lui d'un œil soupçonneux.

— Parce que cela m'a affecté, murmura-t-il. Ils veulent tuer mon fils, mon héritier, mais cela ne marche que si je ne puis avoir d'autre garçon. Et ils m'ont jeté un sort — pour m'empêcher d'engendrer encore une fois.

— Il peut y avoir d'autres raisons à cela également, Mossé, dit doucement Isaac.

— J'ai d'abord cru que le Seigneur me punissait parce que j'ai envoyé mon premier-né chez mon beau-frère Ephraïm, quand son fils est mort de la peste noire.

— Le Seigneur ne punirait pas un homme pour avoir aidé le frère de sa femme.

— Mais je ne l'ai pas fait par générosité, balbutia Mossé.

— Vous voulez dire qu'il vous a payé ?

Chacun savait que Mossé avait reçu une bourse bien remplie pour avoir permis à son beau-frère de s'occuper de son aîné. Seul Mossé croyait que c'était un secret.

— J'ai vendu mon fils. C'est un grand péché. Mais Daniel héritera d'un beau commerce et sera un homme riche. Je l'ai aussi fait pour lui.

— Mais surtout pour vous, dit Isaac.

— Oui. Et je suis puni. J'aurais dû lui envoyer Aaron, mais je croyais qu'Aaron serait plus facile à tenir et à éduquer. Tout est allé de travers.

— Une fois encore, qu'est-ce que vous attendez de moi ?

— Je veux que vous leviez les sorts que l'on a jetés à Aaron et à moi-même et que vous les renvoyiez au scélérat qui a fait cela. Je sais qui c'est, maître, et je vous donnerai tout ce que vous voulez pour l'envoûter à son tour.

— Mossé, mon ami, protesta le médecin, je suis expert en médicaments, pas en sortilèges. Mais d'après ce que vous me dites, il est possible — probable même — que ce garçon souffre d'un mal que je puis guérir. J'ai aussi quelques remèdes pour vous. Oubliez l'idée que vous avez été ensorcelé, et je viendrai voir ce que je peux faire. Attendez-moi ici tandis que je rassemble mes remèdes.

Isaac se hâta de manger une poignée de riz et prit un morceau de pain fourré au fromage. Yusuf fut arraché à ses leçons, et Raquel envoyée chercher un panier d'herbes et de potions. Avant que Mossé ait eu le temps de décider s'il avait perdu ou non à l'issue de cette rencontre avec le médecin, ils cheminaient tous les quatre dans la rue principale.

La boulangerie avait été bâtie contre le mur nord du quartier juif ; comme d'autres commerces, on y pénétrait côté ville. Mais au lieu de franchir la porte de la ville et de faire le tour jusqu'à la boulangerie, Mossé emprunta la première rue et entra dans ses confortables appartements privés par une porte discrète donnant sur le Call. La famille de Mossé n'avait jamais besoin de réveiller Jacob, le portier, quand elle voulait entrer ou sortir du quartier juif durant la nuit. Il lui suffisait d'ôter la barre de la porte de la boulangerie, et elle avait accès au reste de la ville.

Quand ils entrèrent dans la maison du boulanger, ils furent accueillis par des gémissements à fendre le cœur qui venaient de l'étage. Esther dévala l'escalier et adressa un regard fou à son mari.

— Il est mort, Mossé ! hurla-t-elle d'une voix perçante. Il est mort ! Mon Aaron est mort !

CHAPITRE II

La mort, et aussi le chagrin et le choc qu'elle suscite, étaient devenus familiers pour Raquel au cours de ces trois années où elle avait secondé son père. La vue défaillante de ce dernier et la mort de son précédent assistant, Benjamin, lors de l'épidémie de peste, avaient contraint sa sœur, Rebecca, à entrer à son service en ces temps troublés. Après le mariage de Rebecca, Raquel avait pris le relais : elle était devenue les yeux d'Isaac, mais aussi ses mains quand le toucher doit s'allier à la vue. Depuis, elle avait lu la désolation et le désespoir sur le visage des proches véritablement touchés, ainsi que leur parodie sur celui des personnes arrachées à la tyrannie domestique par le long divorce de la mort. Mais le boulanger ne ressemblait à aucun des parents de défunt qu'elle avait rencontrés. Il se tenait en retrait, ne faisant aucun geste pour consoler sa femme ravagée par la douleur, acceptant la perte de son héritier avec ce qui ressemblait à une force d'âme proche du stoïcisme. Mossé était un excellent boulanger, c'était indiscutable, mais personne n'avait jamais vu en lui un exemple de courage dans l'adversité. Il y eut un moment de flottement, et ce fut Isaac qui s'avança.

— Maîtresse Esther, je vous en prie, dit le médecin

en tendant la main pour réconforter la femme en sanglots. Commençons par l'examiner. Parfois...

— Il est trop tard, maître Isaac, gémit-elle. Je le sais, j'ai déjà vu des morts. Il est mort, mon Aaron est mort ! Vous arrivez trop tard.

Mossé se tenait toujours en retrait, silencieux et impassible.

— Si vous voulez venir avec moi, dit une voix douce au pied de l'escalier. Je vais vous conduire à lui, maître Isaac. Papa, ajouta la voix plus sèchement, je m'occupe du médecin. Restez avec maman, je vous en prie.

Celui qui avait parlé était un jeune homme d'allure agréable, à la forte carrure mais aux mouvements gracieux, presque aussi grand que son frère. Ses yeux étaient rouges de larmes, mais il n'en perdait pas pour autant ses bonnes manières.

— Maître Isaac, maîtresse Raquel et toi, jeune Yusuf, soyez les bienvenus. Merci d'être venus si vite.

— C'est Daniel, n'est-ce pas ? demanda doucement Isaac. Si vous voulez bien nous montrer le chemin...

La petite procession s'engagea dans l'escalier et se dirigea vers une chambre à coucher située au-dessus de la boulangerie.

— Il repose ici, dit Daniel.

Isaac se tenait sur le pas de la porte, l'oreille tendue, et il humait l'air.

— Quand est-il mort ? demanda-t-il.

— Quelques instants avant votre arrivée, messire. Avant même que l'on ait eu le temps d'arranger décemment son corps, maman vous a entendus et a dévalé l'escalier en courant.

— Vous étiez avec lui quand il est mort ?

— Oui, messire.

— Conduisez-moi à lui, dit Isaac.

Raquel prit la main de son père et le mena vers la

tête d'un lit en désordre. Isaac fit courir ses doigts sur le corps atrocement tordu, tel que l'avaient laissé les affres de la mort.

— Sa mort n'a pas été paisible, remarqua-t-il.

— Ce fut un spectacle horrible, dit Daniel avec sobriété. Je ne l'oublierai pas facilement.

— Depuis combien de temps veilliez-vous sur lui ?

— Mon père a envoyé le commis me chercher pendant la nuit.

— Était-il tombé malade si tôt ?

— Non, maître Isaac. Aaron avait réveillé papa.

— Que voulez-vous dire ? Il serait allé dans sa chambre lui demander secours ?

— Non. Il errait dans la maison, dans l'escalier.

— Ah ! Alors qu'il était endormi ?

— Oui.

— Cela indique souvent un esprit fort perturbé, expliqua Isaac, mais pas nécessairement la maladie. Il n'avait pas sur lui l'odeur de la maladie ou de la mort quand je l'ai vu pour la dernière fois, ajouta-t-il, presque pour lui-même.

— Papa dit qu'il s'était déjà comporté plusieurs fois ainsi. On aurait cru qu'il dormait, pourtant il circulait dans la maison comme s'il cherchait quelque chose. Je vous l'avoue, maître, je préférerais rencontrer une foule enragée plutôt que de revoir cela.

Sa voix tremblait et il dut s'arrêter pour se ressaisir.

— Nous l'avons remis au lit, et je suis resté à ses côtés jusqu'à l'aube. Il s'est réveillé comme à son habitude et s'est étonné de me voir là, mais il était pâle et fatigué. La servante nous a apporté quelque chose à boire et à manger. À ce moment-là, toute la maisonnée était déjà au travail.

— Les boulangers se lèvent plus tôt que les gantiers, dit Mossé, brusquement apparu dans l'encadrement de la porte. Il fallait allumer le four et être prêt pour la première cuisson de la journée.

— Donc, Aaron marchait dans son sommeil, mais il n'a rien fait d'autre susceptible de vous alarmer ?

— C'était amplement suffisant, dit Mossé. Cela ressemblait à un défunt qui sort de sa bière.

— Ensuite je suis descendu pour échanger quelques mots avec ma mère, reprit Daniel sans prêter attention aux commentaires ou aux réponses de son père.

— Certes, murmura Isaac. Et qu'a-t-il mangé ou bu de ce qu'on lui a apporté ?

— Fort peu, répondit Daniel. La servante nous a donné un pot de thé à la menthe et une miche tout juste sortie du four. Il en a pris un peu.

Mossé émit un grognement et frappa la porte du poing.

— Ce n'est pas mon pain. Ne dites jamais que c'est mon pain qui l'a tué ! cria Mossé d'une voix aiguë. Vous me ruineriez. Mon propre fils tué par mon pain ? Non ! Venez avec moi quand j'achète du grain et que je le fais moudre. Amenez qui vous voudrez. Vous verrez que Mossé le boulanger n'achète jamais du mauvais grain.

Il saisit Isaac par l'épaule et le secoua.

— J'inspecte chaque sac de grain que j'achète. Je suis capable de repérer la moindre trace d'ivraie parmi dix mille grains de blé. Je le porte moi-même au moulin et je ne le quitte jamais des yeux jusqu'à ce que la farine soit revenue ici. Et je n'ai jamais cuit un pain qui puisse empoisonner quelqu'un !

— Papa, personne ne dit que c'est le pain qui a empoisonné Aaron. Après tout, moi aussi, j'ai mangé de cette miche, bien plus qu'Aaron, même, puisque j'ai veillé plus longtemps et que j'avais très faim. J'ai également bu du thé. Je suis en excellente santé, je vous l'assure. Non, ce n'était pas le pain.

— Je doute que le pain soit le coupable, confirma Isaac.

— Si l'on n'a pas besoin de moi ici, dit Mossé, je m'en retourne à mon fournil.

— Papa ! Aaron est mort ! Vous pouvez attendre un instant pour parler avec le médecin.

— Le four est chaud, insista Mossé. Brûler le pain, ce n'est pas cela qui le fera revenir. Nous aurons le temps de le pleurer demain.

Il tourna les talons et descendit l'escalier mal éclairé.

Isaac attendit que Mossé fût arrivé au rez-de-chaussée.

— Bon. Daniel, pouvez-vous me dire comment il est mort ? Je ne le demanderais pas si cela ne me semblait important.

— Comme je vous l'ai dit, maître Isaac, j'étais sorti un instant pour parler à maman et à Sara. Papa est arrivé et je suis remonté. Aaron avait quitté son lit et arpentait la pièce comme une bête souffrante. Il criait d'étranges mots sans suite auxquels je ne comprenais rien. Il a alors regagné son lit et s'est couvert les yeux. Il a saisi ma main et l'a serrée à me faire mal, et il m'a dit : « Regarde. Elle est là. Cette chose. Elle vient nous chercher. » Son visage était gris et baigné de sueur. Il a eu un haut-le-cœur, comme s'il allait vomir, mais il n'en a rien fait et m'a crié de ne pas la laisser l'attraper, puis il s'est effondré. Ma mère a entendu le tumulte et est entrée. Ses membres se tordaient et s'agitaient et il produisait des bruits étranges, et puis il s'est crispé, comme maintenant, et il est mort.

— Raquel, dit Isaac, décris-le-moi avec plus de précision.

Raquel commença par le sommet du crâne.

— Sa tête forme un angle étrange, papa...

— Je le sais déjà, la rabroua-t-il. Cela et aussi la raideur de sa chair suite à la façon dont il est mort. Je perçois aussi une odeur curieuse, une chose qu'il a mangée ou bue. Yusuf, regarde si tu trouves un flacon, un gobelet, un récipient quelconque. Raquel, j'ai besoin de couleurs. J'ai besoin de ce que mes doigts ne peuvent me dire. Tu le sais bien.

— Oui, papa. Mais il y a peu à dire. Sa chair est très blanche — ou grise. Elle n'est pas jaune, ou injectée de sang, ou bleue autour des lèvres. Même ses yeux ne sont ni rouges ni jaunes. Il a des marques sur les bras et les jambes, mais elles ne semblent pas récentes. Il a aussi une brûlure à la main.

— Le four, certainement, expliqua Daniel. Un moment d'inattention.

— Je ne trouve rien, seigneur, dit Yusuf. Hormis une serviette encore humide d'avoir servi. Elle porte une tache jaunâtre.

— Sur la partie humide ?

— Oui, seigneur.

— Je vais l'emporter. Nous ne pouvons rien de plus. Je soupçonne plusieurs choses, mais elles ne seraient pas d'un grand réconfort pour vos malheureux parents, ou pour vous-même, Daniel.

— Je vous raccompagne, maître, offrit Daniel. Laissons-les préparer le corps.

Dès qu'ils furent dans la ruelle étroite, Daniel se tourna vers le médecin.

— Ce que je ne voulais pas dire dans la maison, maître Isaac, c'est que, ces jours derniers, mon frère a été tourmenté par des visions et de terribles cauchemars. Il est venu me trouver en grande détresse.

— Cela durait depuis longtemps ?

— Je l'ignore. Pas trop, je crois. Deux semaines, peut-être ? Ou trois ?

— Votre père avait également remarqué quelque chose d'anormal, confirma le médecin. Il m'avait consulté à ce sujet.

— Je crois qu'Aaron était fou, maître Isaac, dit le jeune homme. Il souffrait d'illusions et de terreurs — pas toujours, mais de temps en temps. Dans l'état où il se trouvait, il aurait pu manger n'importe quoi.

— Vous pensez qu'il a attenté à sa vie ?

— Pas délibérément. Je crois qu'il a mangé ou bu quelque substance nocive en pensant que c'était une chose saine.

— Avait-il des accès de mélancolie ? Était-il malheureux ?

— Nullement. Tantôt il était exalté, tantôt terrorisé. Il n'a jamais laissé entendre qu'il souffrait de mélancolie. Et en dehors de ces crises, quand il était de bonne humeur, il était plus remuant que désespéré. Il avait de grands projets : il voulait quitter la boulangerie et mener la vie d'un lettré ou d'un poète errant. Il rêvait d'aller à Toulouse. Quelqu'un lui avait dit que l'art et la beauté y étaient fort appréciés.

Daniel s'arrêta à l'entrée d'une petite place.

— Je crois que mon père aurait été plus sage de me garder à la boulangerie et d'envoyer Aaron chez l'oncle Ephraïm. J'aurais pu supporter la vie de boulanger et aurais mieux aidé mon père. Et l'oncle Ephraïm aurait apprécié Aaron. Mon oncle est un artiste à sa façon. Il crée de beaux objets de cuir, même s'ils sont faits pour être portés chaque jour.

— Je connais le travail de votre oncle, dit Isaac. De l'époque où je voyais encore. C'est certes très beau et finement ouvragé.

— Je vous en prie, ne croyez pas que je me plaigne. Je ne puis compter les bienfaits que j'ai tirés de cet apprentissage, mais cela a été très dur pour moi le jour où j'ai appris que papa m'avait vendu, moi, son premier-né, pour s'acheter un nouveau four.

Il rit, mais c'était un rire nerveux et amer.

— Enfin... on s'en remet, s'empressa-t-il d'ajouter

en piétinant les pavés. Pauvre Aaron ! J'apprécie la vie que je mène chez l'oncle Ephraïm, mais, en toute justice, cette expérience lui revenait. Dans le cas présent, Ésaü a reçu la meilleure part, et je crains qu'Aaron ne soit mort à cause de cela.

— Daniel, vous ne devez pas avoir de telles pensées, dit Isaac. L'artiste que vous êtes a brossé un mémorable tableau de votre frère, privé de ses droits et rendu fou à cause de cela, tombant mort aux pieds de son frère privilégié. Mémorable, mais injuste. Nous ne saurons peut-être jamais pourquoi et comment il est mort, mais ce n'est pas à cause de vous. De cela, je suis persuadé. Maintenant rentrez chez vous et réconfortez votre mère et votre sœur. Elles auront besoin de vous. Où est Raquel ?

— Elle est un peu plus loin et parle au jeune garçon, Yusuf. Je vais aller la chercher. Et merci de vos sages conseils. J'ai été très perturbé par les visions terribles de mon frère et par sa mort. Nous nous reverrons certainement, dit le jeune homme.

— Raquel, tu as entendu ce que Daniel avait à me dire ? demanda Isaac après avoir donné au jeune homme le temps de s'éloigner.

— En partie, reconnut-elle en prenant le bras de son père et en empruntant la direction de leur maison.

— Oui, seigneur, dit Yusuf avec plus de franchise que de tact.

— Il est malheureux qu'il puisse croire que son frère est mort à cause de lui. C'est un lourd fardeau pour ses épaules.

— Il se trompe, seigneur ? demanda Yusuf.

— La mort n'a pas eu lieu à la suite d'une action délibérée de sa part, répondit Raquel. Mais je suis d'accord avec Yusuf : il en est bien la cause.

— Voilà une étrange harmonie, dit Isaac, quand

vous deux êtes d'accord sur une chose bien plus complexe qu'un bon dîner.

Il s'arrêta devant le portail de leur maison et tapota sa bourse de cuir.

— Comme je suis étourdi ! J'ai oublié de laisser ce flacon de gouttes soporifiques à maîtresse Esther. Yusuf peut retourner à ses leçons, mais nous autres allons revenir à la boulangerie et nous immiscer une fois encore dans leur chagrin.

— Il n'y a aucun flacon de gouttes soporifiques, papa, s'étonna Raquel.

— Dans ce cas, nous lui laisserons autre chose, mon enfant. Et cette fois-ci, nous ne troublerons pas la maisonnée. Nous passerons par la boulangerie.

Sur ce, il se dirigea à grands pas vers la porte du quartier juif.

Mossé sortait du four les miches cuites quand Isaac fit son entrée.

— Encore vous, maître Isaac ? Ma femme vous a-t-elle fait appeler ?

— Nullement. C'est ma mémoire défaillante qui m'oblige à vous revoir si vite. Raquel, prends la mixture destinée à maîtresse Esther et va la lui porter. Ou donne-la à la servante. Je m'excuse de déranger à nouveau votre maison en un tel jour. Si je puis attendre ici que ma fille revienne, nous vous laisserons poursuivre votre travail en paix.

— Ma femme et mon fils me prennent pour un sans-cœur.

— Vous devez trouver une consolation dans le travail, Mossé.

— C'est vrai. Et les gémissements des femmes à l'étage me déchirent les oreilles. Cela ne fera pas revenir Aaron.

— Cela apaise leur douleur, tout comme le travail

la vôtre, dit Isaac d'un ton conciliant. Quelque chose d'important est-il advenu dans la vie d'Aaron il y a une quinzaine de jours ?

— Il y a quinze jours ? Quand était-ce ?

Il réfléchit.

— Juste avant Yom Kippour. Oui. Nous avons cuit six douzaines de pains spéciaux pour le conseil. Nous y avons passé la nuit et la majeure partie de la journée du lendemain, pour eux et pour nos clients habituels.

— Je pense plutôt à un événement dans la vie d'Aaron. S'est-il fait de nouvelles connaissances, de nouveaux amis ?

— Aaron n'a jamais eu beaucoup d'amis. Il se satisfaisait de sa famille. Et de son frère.

— C'était un jeune homme solitaire ?

— On peut dire ça. Mais ce n'était pas notre faute s'il était ainsi, s'empressa d'ajouter Mossé. Nous avons agi de notre mieux pour lui, nous avons essayé d'arranger des mariages — avec des filles riches et jolies —, il a toujours refusé. Mais cela n'a rien à voir avec sa mort. Il vous suffit de trouver le sorcier qui lui a jeté ce sort et de l'accuser de la mort d'Aaron. Tant que vous ne l'aurez pas fait, il ne reposera pas en paix dans sa tombe. Il continuera de marcher la nuit, comme ces deux dernières semaines. Et je ne veux pas vivre avec ça.

Mêlée à la puissante odeur du pain qui cuit, Isaac perçut une violente bouffée de peur et de répugnance.

— Je vais voir ce que je peux faire, Mossé. Je ne puis rien vous promettre de plus. Mais je crois entendre Raquel revenir.

— Et mon fils avec elle. C'est un bon garçon, vous savez. Il héritera d'une belle affaire.

Puis il cria au mitron, qui s'était endormi dans un coin de la pièce, de s'occuper du feu et de manier hardiment le soufflet. Ensuite il consacra toute son attention à la prochaine fournée.

Daniel les raccompagna à la porte de l'échoppe.

— Dites-moi, Daniel, demanda Isaac, qui étaient les amis d'Aaron ?

Il y eut un silence, un silence pesant.

— Ce n'est pas à moi qu'il faut le demander, répondit Daniel. Nous nous sommes vus à plusieurs reprises au cours de ces quinze derniers jours, mais je vis chez l'oncle Ephraïm et la tante Dolsa. Je passe de longues heures au travail et suis plus familier de leurs visiteurs que de ceux de mon pauvre frère. Maman le saurait, ou la servante. Pas papa, ajouta-t-il avec amertume, à moins que le visiteur n'ait acheté son pain quand il venait voir Aaron. Je dois retourner auprès de mes parents, conclut-il brusquement. Bonne journée à vous, maître Isaac.

Isaac attendit que le bruit de ses pas se fût éteint, puis il se mit lentement en marche dans la rue pavée.

— Tu as parlé à la servante ?

— Oui, papa, dit Raquel. Elle m'a raconté que depuis qu'on l'a engagée, Aaron sortait pratiquement toutes les nuits et rentrait souvent ivre de vin. À plusieurs reprises, elle a dû le mettre au lit et le nettoyer après qu'il se fut souillé. Parfois, il la remerciait d'une pièce. Mais elle ne sait nullement avec qui il buvait, ni où il allait. Sauf qu'il passait par la boutique, pas par la maison, et il oubliait quelquefois de fermer la porte à clef en rentrant. Chaque matin, avant le lever du maître, elle descendait à la boutique pour s'assurer qu'il la trouve bien verrouillée.

— Elle semble être la seule personne à savoir quelque chose à son propos.

— Elle en sait certainement plus que sa famille, acquiesça sa fille.

Vingt ou trente personnes suivaient le char à bœuf qui emmenait le corps d'Aaron au cimetière. Daniel, avec ses robustes jambes, grimpait aisément la pente à côté du char. Quand, des années plus tard, reposant entre les bras de sa femme, il en parla pour la première fois, le caractère irréel, cauchemardesque et terrifiant de cet événement le hantait encore. Le monde était silencieux à l'exception du craquement du char et du balancement de la queue du bœuf. Le soleil brillait dans un ciel clair, et personne ne parlait, comme si la chaleur les avait tous rendus muets. En marchant, ils foulaient l'herbe odorante et les plantes sauvages, et l'odeur de la végétation les baignait, amenant avec elle mouches et moucherons qui venaient tourmenter pareillement les hommes et le bœuf. Quand ils arrivèrent au cimetière, seul le bœuf semblait avoir conservé sa volonté propre. Il se dirigea vers l'ombre d'un arbre et s'y arrêta. Le silence engloutissait les prières qui s'élevaient des gorges desséchées du cortège funèbre, pour ne laisser qu'un murmure absurde pareil au bourdonnement des abeilles. Quand la terre eut enfin comblé la tombe d'Aaron, chacun se hâta poliment vers la fontaine pour se laver les mains, s'excusant, bavardant ou offrant ses condoléances. Le sortilège était rompu. Les membres du convoi se tournèrent vers la ville pour retrouver, un peu trop précipitamment peut-être, des logis frais, des boissons et des mets revigorants, et de la compagnie.

Trois jours plus tard, Isaac reçut un appel urgent de la part de Berenguer de Cruilles, l'évêque de Gérone dont il était le médecin personnel. En temps ordinaire, c'était le moins pesant de ses devoirs. Berenguer était un homme d'âge mûr, robuste, actif et sain, qui chassait la maladie comme d'autres les mouches.

Mais pas aujourd'hui.

— Isaac, mon ami, dit l'évêque dès que le médecin fut entré dans son cabinet. Je me sens mal. Quelque chose — la chaleur ou un surcroît de travail — a réveillé ma goutte. Mon orteil est aussi rouge qu'une barrette de cardinal et presque aussi gros.

Berenguer de Cruilles était assis à sa table de travail, le pied posé sur un tabouret, et il irradiait la mauvaise humeur.

— Je doute que la chaleur en soit responsable, Votre Excellence. C'est plus probablement le bon vin et la bonne chère. Reconnaissez, monseigneur, que vous avez récemment consommé des mets riches et épicés.

— Asseyez-vous, mon ami, asseyez-vous. Votre siège est à sa place habituelle. Et je ne puis surveiller les cuisiniers, ajouta l'évêque d'un air contrit. Dès septembre, ils pensent que je dois me préparer à affronter les rigueurs de l'hiver. Et comme résultat de leurs tendres soins, je puis à peine traverser cette pièce. Non, mon ami, taisez-vous. Je suis trop colérique en ce moment pour écouter qui que ce soit, fût-ce vous-même, me dire que je ne suis pas obligé de faire déborder mon assiette du contenu d'un plat savoureux sous prétexte qu'il est placé devant moi.

Isaac secoua la tête avec amusement.

— Il vous faut quelque chose qui rafraîchisse et purifie votre sang, Votre Excellence. Je laisserai des herbes avec des instructions pour préparer une infusion. Buvez-en trois fois par jour. J'ai également ici un remède spécifique pour la goutte.

Il plongea la main dans le sac de cuir pendu à son épaule et en sortit un flacon de verre.

— Mettez trois gouttes de ceci dans de l'eau et buvez chaque fois que les cloches de votre cathédrale appellent à la prière. Commencez dès à présent.

— C'est facile.

L'évêque versa de l'eau dans une coupe et y ajouta les gouttes.

— C'est amer, fit-il en buvant. Je préfère le bon vin.

— Je le comprends. Désormais, vous n'en boirez que mêlé à de l'eau. Je reviendrai demain pour voir comment vous vous portez, Votre Excellence. Allez-vous bien, en dehors de cela ?

— Aussi bien qu'on puisse l'être dans cette position. Isaac, je suis entouré de troubles et de révoltes. Personne n'est heureux. Les chanoines veulent être évêques, les prêtres rêvent d'être chanoines ou de se faire nommer dans de riches paroisses, ou encore occuper des places importantes à la cour. L'ambition les rend tous fous. Même ceux qui réussissent à peine à bredouiller une ligne de texte sacré croient que je leur dois d'extraordinaires promotions. Il suffit que le fils cadet d'un duc occupe une position dépassant largement ses compétences pour que le fils du poissonnier pense qu'il mérite d'être cardinal.

— Vraiment ?

— Pas au sens propre, Isaac. Nous n'avons pas de fils de poissonnier — mais s'il y en avait un et s'il était assez stupide, il voudrait être cardinal.

— Même Monterranes ?

— Francesc ? Non, Francesc demeure loyal, intelligent et compétent, trop conscient aussi des folies de l'humanité pour céder à une ambition arrogante. Ce sont ces maudits séminaristes, Isaac. Je remercie chaque jour le Ciel de m'avoir donné Francesc. Je suis las des éternelles difficultés que me créent les séminaristes. Ils sont comme des abeilles dont la ruche a été bouleversée, volant çà et là, faisant du bruit et suscitant des désordres, mais n'aboutissant à rien.

— Qu'est-ce qui les a troublés ?

— J'aimerais le savoir, répondit l'évêque. Ils sont plus agités que jamais ces jours-ci et bafouent chacune des règles du séminaire. Et leurs maîtres, au lieu de trouver avec eux une solution, me les envoient, avec des gémissements et des lamentations comme s'ils étaient au-delà de la Rédemption.

Il s'interrompit un instant.

— Que dois-je faire ? Mon humeur est telle que je ne puis traiter avec tous ces fous.

Isaac prenait au sérieux les doléances de son ami. Pour le moment, tout au moins.

— Vous pouvez faire deux choses, Votre Excellence, dit-il. Trouvez quelqu'un de confiance au sein du séminaire, ou quelqu'un qui puisse y être placé, pour découvrir quel est le problème. Ce peut être une chose fort banale, comme un changement de personnel de cuisine ou une restriction mineure des libertés. Quoi qu'il en soit, réglez-le d'une manière ou d'une autre.

— Bonne idée. Je crois avoir sous la main quelqu'un digne de confiance. Et ensuite ?

— Oubliez votre goutte et disputez avec moi une partie d'échecs. Vous avez besoin d'échapper aux soucis quotidiens.

— Isaac, c'est cela qui fait de vous le meilleur médecin du royaume, dit Berenguer avant de sonner pour que l'on dresse l'échiquier.

CHAPITRE III

À l'heure où la pause du dîner prenait fin pour les travailleurs de la ville, un petit nuage bleu foncé flottait au-dessus de l'horizon, comme accroché au sommet de la montagne. Avant que l'observateur le plus perspicace, ou le plus oisif, eût remarqué quoi que ce soit, les nuages avaient recouvert le soleil. Le vent se leva, le tonnerre gronda et un orage éclata. L'eau se déversait des cieux, trempant immédiatement tout être et toute chose qui ne fût pas à l'abri. Elle dévalait les rues du Call pour former de petits lacs ; elle transformait champs et chemins en mers de boue. Il plut pendant près de deux heures, puis cela s'arrêta, aussi soudainement que cela avait commencé. Les nuages s'en allèrent vers les collines voisines ; le soleil réapparut, et la vapeur s'éleva de la terre humide. Avec leurs bottes imbibées d'eau, leurs tuniques détrempées et leurs cheveux plaqués sur la tête, des hommes s'étaient engouffrés dans la taverne de Rodrigue afin d'échapper à l'orage. Ils avaient jeté leurs habits sur des bancs pour les faire dégoutter sur le sol déjà mouillé.

Dans un coin reculé, loin de la foule des buveurs, Marc, le fils du tisserand, et Lorens, le séminariste, étaient assis devant un gobelet de la pire piquette de Rodrigue.

— Qu'est-ce qu'on va faire maintenant ? murmura Marc.

— Rien, répondit son compagnon en le regardant dans les yeux. Nous n'avons rien fait. Et Aaron n'a rien fait.

— Tu trouves que c'est rien ? demanda Marc. Dans ce cas, pourquoi est-il mort ?

— Les hommes meurent, dit Lorens. Tout le temps. Des fièvres, d'accès imprévus, de toutes sortes de désordres inexpliqués. Cela n'a rien à voir avec nous. Aaron était un ami, oui, un garçon intéressant.

Il ralentit son débit pour donner plus de poids à ses paroles.

— Je le regretterai amèrement, mais en aucun cas nous ne sommes responsables de sa mort. C'est une triste perte, mais cela s'arrête là.

Il vida son gobelet, puis regarda avec étonnement sa main qui tremblait tant qu'il eut du mal à le reposer sur la table.

— Permettez-moi de vous en offrir un autre, jeune maître, dit une voix derrière lui. C'est un temps bien cruel pour cette période de l'année.

Un gobelet vide fit son apparition sur la grossière table à tréteaux.

Lorens se retourna, surpris, et découvrit tout près de lui le visage balafré et le sourire crispé de Lup, le serviteur et assistant de maître Guillem.

— Je ne savais pas que vous veniez boire chez Rodrigue, Lup, dit-il.

En entendant son nom, le tavernier tourna la tête. Il vit le signe que lui adressait Lup et, sans dire un mot, emplit son gobelet d'un breuvage supérieur au vin clair et aigre qu'il servait d'habitude. Avant que Lorens et Marc pussent protester, Lup était assis avec eux ; leurs gobelets se remplirent et le pichet fut déposé sur la table d'un air engageant.

— C'est une bien triste chose qui est arrivée à votre ami. Maître Guillem en a été très ému. Il s'est enfermé dans sa chambre et a prié pour lui dès l'instant où il appris la sinistre nouvelle.

Lup leva son gobelet, comme pour porter un toast, et but.

— Que savez-vous de sa fin ? Était-il malade ?

— Pas à ma connaissance, fit sèchement Lorens. Il semblait parfaitement bien quand nous l'avons vu pour la dernière fois. C'était en revenant de chez Doña Marieta.

— Vous n'avez rien trouvé de bizarre dans ses manières, ce soir-là ? demanda Lup. Maintenant que j'y pense, il me semble qu'il était quelque peu égaré...

— Pas du tout, répliqua Lorens. Vous croyez cela uniquement parce qu'il est mort le lendemain.

— Vous avez sans aucun doute raison, jeune maître, dit Lup avec humilité.

— Il y a d'étranges rumeurs autour de sa mort, intervint Marc. Les gens parlent de sorcellerie.

— Les gens parlent toujours de sorcellerie quand quelqu'un meurt avant sa dix-huitième année, sauf lorsqu'il s'agit d'une rixe ou d'une femme en couches, dit Lorens.

— Vous avez la tête sur les épaules, maître Lorens, fit Lup d'un air admiratif. Le monde a besoin de gens comme vous, ou comme votre ami. Mais, hélas, je ne suis pas ici pour jouir de votre sage conversation. Je vous apporte un message de mon maître. Il vous plaint du fond du cœur pour la mort de votre ami et vous demande dès à présent d'oublier le règlement des cérémonies — jusqu'à ce que vous gagniez la somme suffisante pour payer. Sauf que, si vous aviez un petit sou pour son serviteur, cela serait fort apprécié. Le maître demande si nous devons faire des préparatifs pour demain soir...

Il remplit une fois leurs gobelets.

Les garçons se regardèrent d'un air incertain. L'idée de continuer ne leur était jamais venue, maintenant qu'Aaron était mort. Lorens était leur porte-parole mais, avec ses manières discrètes, Aaron était le véritable instigateur de la plupart de leurs actes.

— Il ne me semble pas... commença Marc.

Il s'arrêta aussitôt. Il repensait à la grande salle de Marieta, chaude et colorée, tendue d'étoffes chatoyantes, éclairée de plus de lampes et de bougies que son père n'en avait pour l'atelier et la maison réunis.

— Mais si vous croyez... fit-il en adressant un regard implorant à Lorens.

— C'est très généreux de la part de votre maître, dit Lorens, sur ses gardes. Mais je ne pense pas...

Il se tourna vers Marc et haussa les épaules.

— Adressez-lui nos remerciements et dites-lui que nous le verrons demain.

— Mon maître se réjouira de ces nouvelles, dit Lup.

Sur ce, il s'en alla, laissant sur la table le pichet de vin déjà réglé.

Le faubourg de Sant Feliu était né à l'ombre du mur nord de la ville de Gérone. Il s'était lentement développé en direction du nord et de l'est quand des citadins de toute sorte et de toute condition — plus particulièrement ceux qui travaillaient de leurs mains — avaient bâti leurs maisons hors de l'enceinte de la cité. Il abritait l'établissement discret de Doña Marieta, mais c'était également là que la fille d'Isaac, Rebecca, vivait avec son mari, le chrétien Nicholau Mallol, et leur fils âgé de deux ans, Carles. Nicholau gagnait sa vie comme scribe, travaillant quand il le pouvait pour la cathédrale et les tribunaux ecclésiastiques. Leur maison constituait toujours une étape pour Isaac lorsqu'il faisait la tournée quotidienne de ses patients : sinon, il n'aurait jamais parlé à sa fille, rencontré son gendre ou partagé la vie de son petit-fils. La conversion et le mariage de Rebecca avaient porté à sa mère un coup dont elle ne s'était jamais remise ; dès le jour où sa fille aînée avait quitté le foyer, Judith avait tout fait pour la chasser de sa mémoire. Isaac lui rendait donc visite, mais il n'en parlait jamais ; malgré tout, il rappelait parfois à sa femme qu'elle avait un petit-fils et une fille qui aimait toujours sa mère.

Ce matin-là, plus tard dans la même semaine, il s'était rendu au palais épiscopal, où Berenguer avalait toujours d'amers remèdes contre la goutte, buvait de l'eau à la place de vin, mangeait herbes, graines et autres fruits de la terre au lieu de riches plats en sauce et se plaignait des rigueurs de l'administration et de l'incompétence de ceux qui l'entouraient.

— Un jour, Isaac, mon ami, bientôt, dit-il, je rangerai dans un sac les livres auxquels je tiens le plus, y ajouterai une paire de bonnes sandales et me retirerai dans la montagne, dans le monastère le plus élevé et le plus éloigné qui veuille bien m'accepter.

— Cela serait sans aucun doute idéal pour votre goutte, Votre Excellence, répondit Isaac. Un régime alimentaire fait de légumes, de pain et d'eau, mais aussi un régime spirituel composé de prière et de dur labeur, voilà qui serait excellent. Vous devez guérir rapidement pour envisager cela.

Il rit et s'apprêta à partir.

— Pourquoi une telle hâte ? demanda Berenguer. Isaac, Isaac, je suis comme une âme errante, confiné dans mon cabinet et ma chambre à coucher, à écouter des rapports du monde extérieur et incapable d'agir.

— Je vais rendre visite à Rebecca.

— Dans ce cas, partez. Je vous en prie, transmettez-lui mes meilleures pensées, maître Isaac, dit Berenguer avec chaleur. C'est une femme intelligente et pleine de ressource, la digne fille de son père. Elle mérite une vie agréable, ajouta-t-il d'un air pensif. J'ai d'ailleurs réfléchi à ce que je pourrais faire pour elle. Non, ne m'interrompez pas. J'ai observé son mari récemment. Il ne réclame ni faveurs ni privilèges, même s'il a pour cela de meilleures raisons que quiconque.

— Je ne suis pas surpris. Il sait faire preuve de modestie.

— Je suis d'accord. Mais c'est aussi un brave homme et un excellent scribe, intelligent et précis. J'ai en tête une réorganisation mineure du travail au tribunal, et maître Nicholau pourrait en profiter s'il le souhaite. Mais ne dites rien à votre fille, car il y a quelques problèmes politiques à résoudre avant que ceci ne soit fait.

— Je suis certain qu'ils vous en seraient très reconnaissants. Pour l'heure, le travail est réparti de telle sorte qu'il a plus de loisir qu'il ne le souhaiterait.

— Plus de loisir et moins d'argent, précisa Berenguer.

— C'est vrai, Votre Excellence.

— Ce poste s'accompagne d'un traitement annuel, fit remarquer l'évêque. Bien. Un instant, j'ai oublié mon orteil douloureux en prenant plaisir à réfléchir à ce que je pourrais faire pour votre fille. Un argument de poids, quoique égoïste, en faveur de la générosité. Dites-moi, Isaac, vous qui êtes expert en logique. Si j'accomplis un acte généreux, non pas parce qu'il vaut mieux agir ainsi que de manière contraire, mais parce que cela me donne l'impression fausse que je suis meilleur qu'autrui, cela annule-t-il la valeur de l'acte en question ?

— Comme vous le savez pertinemment, monseigneur Berenguer, dit le médecin, vous qui connaissez aussi bien que moi la logique et les autres arguments des Grecs, vous confondez de propos délibéré un acte vertueux avec ses causes, lesquelles sont parfois vertueuses et parfois ne le sont pas. Il convient de séparer avec soin ces deux choses et de les étudier de manière distincte.

— Mais aussi de comparer à tout le reste l'importance de chaque acte et de sa cause. Voilà qui est excellent, mon ami. Nous pourrions établir autour de ce point une controverse qu'il nous faudrait trois jours pour résoudre. Mais que je ne vous retienne pas. Rendez visite à votre bonne Rebecca, et nous garderons cette discussion pour un autre après-midi de goutte. Une alternative aux échecs, pourquoi pas ?

— Ton protecteur, Sa Majesté Don Pedro, s'est enquis de toi dans sa dernière lettre à l'évêque, Yusuf, dit Isaac quand il eut rejoint son jeune apprenti devant la porte du palais épiscopal.

— Bientôt, seigneur, très bientôt, je pourrai écrire à Sa Majesté et lui adresser mes remerciements les plus sincères pour la protection qu'il m'assure.

— Pas si je ne cesse d'interrompre tes leçons, rétorqua Isaac. Rendons-nous vite chez Rebecca afin d'être rentrés à temps pour dîner.

Il posa doucement la main sur l'épaule de Yusuf et se dirigea vers la porte nord de la ville.

— Que sais-tu de ce qui se passe en ville ? demanda Isaac une fois qu'ils furent confortablement installés dans la maison, petite mais coquette, de Rebecca. Entre cette nouvelle épidémie de fièvre...

— Et la goutte de l'évêque, interrompit Rebecca. Chacun a entendu parler de la goutte de l'évêque. Ses grognements résonnent du palais jusqu'au tribunal.

— C'est vrai, dit Isaac en riant, n'oublions pas la goutte de l'évêque ! J'ai l'impression d'avoir été prisonnier de toutes les chambres de malades de la ville et tenu à l'écart des nouvelles.

Nicholau leva les yeux du jouet qu'il était en train de réparer.

— Les dernières nouvelles proviennent de la bourse à la laine, maître Isaac. Elles concernent Pons Manet.

— Le lainier ?

— Lui-même.

Il reposa le jouet.

— Il y a trois types de rumeurs, me semble-t-il, toutes relatives aux intrigues de maître Pons pour décrocher un siège au conseil.

— N'est-ce pas chose assurée pour l'instant ? demanda Isaac.

— Peu importe. Ils préfèrent penser qu'il complote ou verse des pots-de-vin pour diriger la bourse ou même le conseil. Ils le disent assez ambitieux pour devenir duc, comme si quelqu'un d'aussi pauvre naissance pouvait se hisser à un tel niveau. Mais on s'accorde à dire que de puissants intérêts, même s'il existe des divergences quant à leur identité...

— Nicholau, fit Rebecca, papa ne peut rester ici toute la journée.

— Laisse-le, ma fille. Il raconte parfaitement bien.

— ... de puissants intérêts, donc, seraient décidés à l'arrêter. On dit aussi qu'il a été menacé de mort, s'il insiste, ou encore d'une maladie répugnante. Et ce châtiment doit être appliqué par le biais de la sorcellerie.

— Qu'est-ce qui a suscité de telles rumeurs ? demanda Isaac. Cela ne me plaît pas.

— Elles sont peut-être creuses, papa Isaac, dit Nicholau sans grande conviction. Mais je l'ai vu hier, et il a vraiment l'air d'un homme sur qui plane une condamnation à mort. Pâle, distrait, malade.

— Et quelle est la sorcière qui lui infligera de tels châtiments ?

— Les spéculations vont bon train. Personne ne le sait, bien entendu, mais l'on chuchote des noms.

Sérieusement, papa Isaac, je m'inquiète, moi comme d'autres, de voir accuser quelque femme innocente. Il suffit qu'une commère montre du doigt une femme qu'elle n'aime pas pour causer sa perte. Imaginez que l'une de nos voisines envie sa beauté à Rebecca...

— Nicholau, taisez-vous ! s'écria Rebecca. Vous me faites peur.

— Calme-toi, Rebecca, lui dit son père. Nicholau a prononcé ton nom à titre d'exemple, voilà tout. Mais de tels bavardages sont inquiétants.

Il s'arrêta un instant.

— Je me demande ce qui tourmente maître Pons. Il a toujours été vigoureux, énergique et travailleur. Charitable et honnête, aussi. Il semble incroyable qu'il puisse être le sujet de rumeurs aussi désagréables et aussi peu fondées.

— Elles s'éteindront probablement quand surgira un autre sujet de spéculation, dit Nicholau. Grâce au Ciel, les commères de la ville ne s'intéressent qu'à un scandale à la fois.

— C'est vrai, acquiesça Isaac. Maintenant que j'ai pleine connaissance des nouvelles, je dois m'en aller, sinon Yusuf et moi-même serons privés de notre dîner de ce jour.

CHAPITRE IV

Plus de dix jours s'étaient écoulés depuis la mort du fils du boulanger, et la vie reprenait son cours ordinaire, même dans la demeure de Mossé. Les habits étaient lavés et suspendus aux branches et aux balcons pour sécher au soleil. Les repas étaient préparés, les sols balayés. Le travail consistant à mettre en conserve la splendide moisson de cette année avait commencé. Plantes et fruits étaient mis à sécher ou conservés dans l'huile, le sel ou l'alcool en prévision de l'hiver à venir.

La goutte de l'évêque s'améliorait et la fièvre qui s'était abattue sur bien des patients d'Isaac avait disparu aussi mystérieusement qu'elle était venue. Avec un peu de chance, il se passerait quelque temps avant que ne surviennent les maux et les rhumes propres à l'hiver, de sorte que, à l'exception de deux ou trois personnes réellement malades qu'il fallait ramener à la vie ou dont la fin devait être adoucie à l'aide de remèdes, le médecin n'avait pas beaucoup à faire. Yusuf en profita pour consacrer toute son attention à l'enseignement du jeune maître Salomó : il venait de réussir à rédiger un message bref mais lisible destiné à son protecteur, Don Pedro d'Aragon.

— Je ne trouve pas cela très élégant, dit Yusuf en posant un œil sombre sur son œuvre achevée.

Ils étaient assis dans la cour, sous la vigne grimpante. La brise souleva son papier et ajouta une tache quand, la plume à la main, il voulut s'en saisir pour l'empêcher de s'envoler.

— Pas aussi élégant que si c'était de votre main, maître Salomó, reprit-il. Je ne puis contraindre mes doigts à m'obéir et à dessiner ces étranges formes. Peut-être devriez-vous le recopier et je le porterais ensuite à l'évêque.

— Non, Yusuf, dit la voix familière de son maître. Sa Majesté prendra davantage de plaisir à tes efforts qu'au travail d'une personne ayant bénéficié de maintes années de pratique et d'instruction. Mais je vous félicite, maître Salomó, d'avoir fait entrer en quelques semaines plusieurs années de savoir dans la tête de ce garçon.

— Merci, maître Isaac, répondit le jeune homme avec embarras. Vous êtes trop aimable car je n'y suis pas pour grand-chose. Yusuf a l'esprit vif et une aptitude naturelle pour les lettres. Si vous avez le temps de l'écouter, il vous lira un passage de l'un de vos livres — celui que vous choisirez. Sa lecture est plus affirmée encore que son écriture.

— Excellent, dit Isaac. Je m'assiérai près de la fontaine, au soleil, et me consacrerai tout entier au plaisir d'écouter votre élève.

Le médecin s'assit lourdement — il avait veillé la majeure partie de la nuit — et il s'abandonna aux plaisirs sensuels de la cour : le soleil sur son dos et ses épaules, le doux murmure de la fontaine, le bruissement des feuilles et la chaude senteur des grappes de raisin. Le chat Feliz sauta sur ses genoux et son ronronnement se mêla à la voix claire de Yusuf quand il lut, lentement et avec soin, une page du *Materia*

Medica, trébuchant de temps à autre sur des mots compliqués.

Un peu plus tard, à Sant Feliu, dans la maison de Doña Marieta, un autre mardi soir s'écoula pour deux jeunes hommes et non plus trois.

Le mercredi matin, Martin, le fils cadet de Ramon le tisserand, actionna avec insistance la cloche du portail de la maison d'Isaac. À travers le fer forgé de la grille, Ibrahim vit un garçon mince et couvert de poussière.

— Que veux-tu ? grogna-t-il.

Par nature, il se méfiait des jeunes garçons.

— Messire, dit Martin en s'accrochant à la grille et en parlant le plus vite possible, vous devez tout de suite venir avec moi. Mon père m'a dit de courir de toutes mes forces avant qu'il ne meure, haleta-t-il.

Ibrahim le considéra avec étonnement.

— Je dois venir ?

— Il va mourir, répéta le garçon. En ville, messire. Un terrible désastre.

Ibrahim le regardait toujours, interloqué.

Martin semblait pris de frénésie.

— C'est mon frère, messire, une grande maladie, et mon autre frère dit que le Jugement dernier nous attend. Et aussi Bonanata. Qu'allons-nous faire ?

Ibrahim recula, épouvanté. De tout ce fatras, il n'avait retenu que « mort », « désastre » et « Jugement dernier ».

— Tu me veux, moi ? demanda-t-il.

— N'êtes-vous pas maître Isaac, le médecin ?

Il recula encore d'un pas.

— Maîtresse ! appela-t-il. Maître ! Maîtresse Raquel ! Venez vite ! Un désastre !

Raquel dévala les marches de l'escalier, suivie de près par sa mère, et faillit heurter son père.

— Papa ! Que s'est-il passé ?

— Je l'ignore. Ibrahim, de quoi parles-tu ? Qui est ici ?

— C'est un jeune garçon, père, de dix ou onze ans, dit Raquel. Ibrahim, ouvre-lui.

Ibrahim tourna la clef dans la serrure et écarta le battant de la porte.

— Douze, fit le garçon sur un ton indigné, recouvrant sa voix normale.

Il entra et observa la cour ombragée en hochant la tête d'un air approbateur.

— J'avais sept ans l'année de la peste noire, et je sais compter.

— Fort bien, mais qui es-tu ? lui demanda Isaac.

— Je m'appelle Martin, messire, dit-il avant de s'incliner devant Isaac. Mon père est Ramon le tisserand et mon frère Marc est très malade. Papa dit que vous devez venir immédiatement. Si vous le voulez, ajouta-t-il, un peu confus.

— Parle-moi de sa maladie, si tu le peux, afin que je sache quoi emporter avec moi, dit Isaac.

— Il s'est éveillé ce matin avec une grande soif, il délirait et voyait des choses qui n'existent pas. Maintenant nous ne pouvons plus le réveiller, et, quand il respire, il fait des bruits étranges.

— Quand cela a-t-il commencé ?

— Il était en bonne santé hier soir. Il a pris un bon souper.

— Dans ce cas, faisons vite. Raquel, remplis le panier.

Ils disparurent tous deux dans le cabinet d'Isaac. C'est là qu'il conservait ses herbes, les écorces destinées aux infusions et les essences à donner en gouttes, ainsi que les emplâtres pour les brûlures, les blessures et les infections, le tout bien disposé sur des étagères afin que sa cécité ne l'empêchât pas de choisir ce dont il avait besoin.

— Que vous faut-il, papa ?

— Des émétiques et des stimulants. Et aussi des tisanes pour calmer l'estomac, purifier les entrailles et rafraîchir le sang. Il serait également bon d'inclure des soporifiques s'il a des spasmes. Nous ne pouvons nous fier à la description de cet enfant.

— Il a été empoisonné ?

— Certainement. Ce dont je suis sûr, c'est qu'il est très malade, car Ramon n'est pas homme à jeter l'argent par les fenêtres. Son avarice est légendaire. Mais poison ou contagion, ce traitement devrait pouvoir le garder en vie assez longtemps pour que son corps reprenne le dessus. Où est Yusuf ?

— Il est au marché, Isaac, dit Judith. Il a demandé la permission de sortir avant de prendre sa leçon. Je ne savais pas que vous auriez besoin de lui.

— J'aurais aimé... mais peu importe. Il apprendra ces choses le moment venu.

Marc était dans un état pitoyable quand Isaac et Raquel arrivèrent près de la rivière, où se dressait la petite maison du tisserand. Il reposait dans une minuscule chambre à coucher aux rideaux tirés : des couches étroites s'alignaient le long de trois des murs. Il était empêtré dans ses draps et sa poitrine se soulevait avec effort à chaque inspiration. L'air désemparé, un jeune homme d'une vingtaine d'années était assis sur un lit en face de lui, écoutant sa respiration douloureuse sans rien faire.

Raquel introduisit son père dans la pièce encombrée.

— Il repose sur un lit à votre gauche, papa, murmura-t-elle. Il est très pâle...

Isaac leva la main pour qu'elle se taise, se pencha jusqu'à poser la tête sur la poitrine de Marc et l'écouta respirer pendant près d'une minute.

— Maintenant, dis-moi, ma chérie.

— Il semble être sans conscience, papa, mais... oui, il a essayé d'ouvrir les yeux. Je crois qu'il entend nos voix.

— Parle-lui, Raquel. Appelle-le par son nom. Et vous, jeune homme, apportez-nous un bassin, une cruche d'eau et des serviettes, ordonna Isaac. Ainsi qu'une coupe. Vite. Quand vous reviendrez, vous nous direz ce que vous savez de cette maladie.

Le frère de Marc déguerpit comme s'il était la proie de bêtes fauves et revint presque instantanément les bras chargés des objets requis. Raquel le soulagea de la cruche, qu'elle déposa à terre, et de la coupe, qu'elle plaça sur un tabouret. Elle mit les serviettes et le bassin sur le lit, à côté d'elle.

Pendant ce temps, Isaac palpa le corps de Marc afin d'y trouver d'éventuelles grosseurs. Il chercha le pouls ; une fois encore, il posa la tête sur la poitrine du jeune homme, écoutant les battements du cœur et la respiration, puis huma l'air alentour pour y déceler des signes susceptibles de le renseigner sur la nature de sa maladie.

— Mets quatre gouttes de la mixture bleue dans une ou deux cuillerées d'eau, mon enfant, murmura-t-il. Et nous essaierons de débarrasser son corps de ce qui le trouble.

Il faut beaucoup de savoir-faire et de détermination pour obliger un homme à demi inconscient à boire sans s'étrangler un émétique puissant et amer. Isaac et sa fille firent sortir les frères, assirent Marc et se mirent à l'œuvre.

Une demi-heure plus tard, Raquel reposait le bassin.

— S'il reste quelque chose dans l'estomac de ce jeune homme, je vous jure, papa, que je cesse à l'instant de tenter de guérir les gens.

Isaac continuait de le soutenir.

— A-t-il ouvert les yeux ? demanda-t-il.

— Il essaye bien, papa, mais cela semble trop difficile pour lui.

Les yeux de Marc s'ouvrirent quand il entendit la voix de Raquel, mais sa tête retomba sur la poitrine du médecin et ses paupières se refermèrent, tant son corps avait besoin de sommeil.

— Tu as certainement raison, Raquel. Ce qu'il lui faut à présent, c'est un stimulant pour chasser de son corps cette lassitude fatale. Six gouttes, pour commencer. Dans un peu d'eau.

Avec une infinie patience, tandis que son père le maintenait en position assise, Raquel versa d'infimes quantités de liquide dans la bouche du jeune homme et la lui tint fermée en attendant qu'il avale. Elle ne cessait de lui parler. À deux reprises, il toussa et recracha, mais il réussit tout de même à boire. Raquel baigna son visage d'eau froide. Il ouvrit les yeux puis les referma. Isaac le tenait toujours. Encore une fois, Raquel passa de l'eau froide sur son visage. Il ouvrit les yeux et la fixa du regard. Puis il se rendit compte qu'il était assis au bord de son lit, en chemise de nuit, et il rougit.

— Ah ! Papa, il revient à lui. Et il a conscience de notre présence.

— Bien. Allons, encore six gouttes dans un peu d'eau, et je vais pouvoir parler à son père. Jeune homme, dit-il au frère aîné de Marc, prenez ma place. Maintenez votre frère dans cette position et veillez à ce qu'il ne se rendorme pas. Parlez-lui. Obligez-le à vous répondre.

— Buvez cela, dit Raquel en approchant la coupe de ses lèvres.

— Ça a un goût affreux, bredouilla Marc d'une voix pâteuse.

— C'est bien, fit-elle, vous pouvez parler. Cela signifie que vous allez mieux.

— Raquel, s'il retombe dans son état premier,

recommanda Isaac, donne-lui encore six gouttes. Je serai en bas avec son père. Le garçon qui m'a conduit ici est-il toujours là ? Martin ?

— Ici, maître. Dans le couloir.

— J'aimerais parler à ton père. Mène-moi jusqu'à lui.

— On raconte, fit Martin alors qu'ils descendaient l'étroit escalier, que vous savez voler.

— Vraiment ? Je crains que ce ne soit pas vrai. Ainsi que tu peux le voir, je marche sur mes deux pieds, comme les autres hommes. Et certains jours, je parcours de longues distances quand je rends visite à beaucoup de malades.

— Alors vous n'êtes pas un magicien ? dit le gamin d'une voix déçue.

— Non, je ne suis pas un magicien. J'ai quelque talent pour la médecine, que j'ai apprise fort honnêtement auprès de mes aînés, lesquels étaient bien plus doués que moi.

— Voici mon père, annonça le garçon qui, apparemment, ne s'intéressait plus à leur hôte : les médecins l'intriguaient moins que les magiciens.

Isaac tendit la main et effleura le chambranle de la porte. Il fit un pas et s'arrêta pour se familiariser avec la pièce. Cela sentait la laine vierge, et l'air qui caressait ses joues était chargé de fibres. Le bruit du métier résonnait entre les murs et le plafond de cette salle aux dimensions généreuses, qui n'avait rien à voir avec l'espace étriqué du reste de la maison. Le tisserand était assis telle une araignée au centre de son univers — son atelier.

— Maître Ramon, j'arrive du chevet de votre fils.

— Il vit encore ? demanda Ramon en lançant sa navette à toute allure.

— Il était bien près de la mort quand je suis arrivé,

dit Isaac, et il est toujours en grand danger. Mais je pense qu'il guérira. Quelqu'un doit rester auprès de lui et lui administrer des stimulants jusqu'à ce qu'il recouvre mobilité et vivacité. Avez-vous une servante digne de confiance ?

— Bonanata ? C'est une bonne fille, mais est-elle capable de veiller un malade, je ne saurais vous le dire. Et qui va préparer le dîner si Bonanata n'est pas à la cuisine ? Depuis la mort de ma femme pendant la peste noire, nous avons dû nous débrouiller par nous-mêmes.

— Dans ce cas, vous pourriez abandonner votre métier pendant quelques heures et vous occuper de lui, rétorqua Isaac d'un ton cassant. Vos fils semblent mal préparés à cette tâche.

— Je ne puis laisser mon métier pendant un jour entier, dit Ramon. Pas même une demi-journée. Je ne peux non plus dispenser mon fils de travailler. Martin abandonnera le balai et veillera son frère. S'il doit vivre, il vivra. Nous sommes entre les mains de Dieu.

— Vous ne vous préoccupez pas de votre fils ?

— Je vous ai envoyé quérir, non ? Marc m'a toujours causé plus de problèmes que ses frères. Ce n'est pas qu'il soit médiocre au métier, ajouta-t-il à contrecœur. Il peut aussi teindre des toisons et leur donner des couleurs telles que je vendrais facilement mes étoffes à la cour. Mais qui veut de cela en ville ?

Il reprit sa navette.

— Et puis il n'est jamais satisfait. Toujours à vouloir dépenser de l'argent, sortir et commettre des bêtises. Je suis las de vivre avec quelqu'un qui se plaint tout le temps.

Isaac quitta la pièce. Il remonta l'escalier, épuisé non pas par l'effort, mais par la folie et le manque de cœur de l'humanité. Il regagna la minuscule chambre à coucher.

— Papa, annonça Raquel, il va beaucoup mieux. Il parle et a essayé de marcher dans la pièce.

— Marcher dans cette chambre a toujours été difficile, intervint Marc. Il y a à peine assez de place pour qu'une puce puisse sauter d'un lit à l'autre !

— Excellent, dit Isaac. Si vous vous sentez assez bien pour faire de l'esprit, c'est que vous êtes sur la voie de la guérison. Prenez encore une coupe de la mixture que Raquel vous donnera et bougez pour redonner vie à vos membres. Dans quelque temps, vous pourrez manger un peu, mais attendez demain pour reprendre vos activités habituelles. Vous pourrez dire à votre père que je déconseille une reprise du travail prématurée. Entre-temps, votre frère veillera sur vous.

Quand Isaac et Raquel revinrent de la minuscule maison du tisserand, Yusuf les attendait, pâle d'appréhension.

— Seigneur, je vous en prie, pardonnez-moi ! Je ne pensais pas que vous auriez besoin de moi.

— J'allais l'envoyer chez le tisserand, s'excusa Judith, mais nous avons entendu vos voix.

— Nous avons sauvé la vie du fils du tisserand, dit Raquel avec un brin de fatuité. Il était plongé dans un sommeil très profond, si profond qu'il pouvait à peine respirer.

— Raquel, lui rappela son père, ne te vante pas d'une réussite tant qu'elle n'est pas certaine. Quand on nous dira que ce jeune homme peut courir ou danser, nous nous réjouirons. Tu as agi comme il fallait, mais sa vie est à présent entre les mains du Seigneur.

— Oui, papa, concéda-t-elle.

— C'est pour ton instruction que tu aurais dû te trouver là, Yusuf, gronda Isaac. Tu aurais pu m'être utile, mais je voulais surtout que tu observes ce que l'on peut faire dans un cas semblable.

— Tu empestes, Raquel, dit Judith. Ta robe est

toute souillée. Et aussi votre tunique, Isaac. Vous devez vous changer tous les deux.

— Il a vomi sur moi, expliqua Raquel. Ce n'est pas ma faute.

— Je n'ai pas dit cela ! Change-toi !

— Attendez, les pria Isaac, attendez !

On eût dit que la mesquinerie du tisserand les avait tous infectés et obscurcissait la cour d'une nuée sombre.

— J'ai été injuste. Raquel a fort bien travaillé et sauvé la vie d'un jeune homme très doux et très aimable. C'est pour la plus noble des causes que sa robe a été souillée. Et si tu avais été là, Yusuf, tu aurais beaucoup appris en plus de m'être utile. Mais dis-moi, à quoi as-tu passé ta matinée ?

— J'ai rencontré un ami.

— Vraiment ? s'étonna Isaac. Un vieil ami ?

— Non... un nouvel ami. Il est de Valence et il parle ma langue. Il était au marché à acheter de l'encens et des herbes médicinales pour son maître. Il s'appelle Hasan.

— C'est un esclave ?

— Oui, dit Yusuf, mal à l'aise. Des trafiquants l'ont volé à sa famille et l'ont amené à Barcelone.

— Yusuf, il n'est pas convenable que tu fréquentes des esclaves, et ce genre...

— Judith, ma mie, allons ! dit Isaac. Nous vivons une époque fort troublée, et nombre d'innocentes créatures issues de familles honnêtes et respectables ont été volées et réduites à l'esclavage.

— Son maître est un lettré, poursuivit Yusuf. De Montpellier. Il peut invoquer les esprits, m'a-t-il dit. Du moins c'est ce que son maître raconte aux gens. Hasan n'en a jamais vu un seul.

— Pauvre enfant ! soupira Raquel. Quel triste destin !

— Il ne paraissait pas malheureux, reprit Yusuf. Mais c'est parce qu'il économise pour acheter sa liberté. Il est persuadé de pouvoir retrouver sa famille.

Il hésita un instant.

— Je crois qu'il ne se rend pas compte à quel point c'est difficile.

— Où est le jeune maître Salomó ? demanda Isaac. Tu ne devais pas prendre une leçon ?

— Il s'est excusé de ne pas venir aujourd'hui, intervint Judith. Il ne se sent pas très bien.

— Dans ce cas, Yusuf va pouvoir me faire la lecture sur l'usage des plantes médicinales jusqu'à l'heure du repas, dit Isaac. Après dîner, j'aimerais que tu te rendes dans la maison du tisserand pour voir comment va le jeune Marc. Je t'indiquerai quels signes guetter.

— Oui, seigneur, répondit Yusuf, conscient de cette lourde responsabilité. Maîtresse Raquel ne viendra pas avec moi ? ajouta-t-il avec appréhension.

— Il n'est pas convenable que Raquel visite une maison où vivent quatre hommes et une servante avec toi comme seul chaperon, dit Isaac. Vous n'êtes pas d'accord, ma mie ?

— Quatre hommes ? s'écria Judith. Qui vivent seuls ? Et quel âge a la servante ?

— Elle a l'air d'avoir douze ans, maman, dit Raquel, mais elle en a peut-être treize.

— Tu ne mettras pas les pieds dans cette maison si ton père n'est pas à tes côtés.

Sur ce, Judith alla préparer le dîner.

— Et change de robe ! lui cria-t-elle du haut de l'escalier.

CHAPITRE V

Le jeudi matin, Isaac descendit la large rue pavée qui partait du portail de sa demeure, insensible au soleil, au brouhaha grandissant ou même à la présence de Raquel et de Yusuf à ses côtés. Il se concentrait sur les problèmes d'une jeune mère dont le plaisir qu'elle prenait à son enfant s'était brusquement changé en faiblesse et en léthargie. Elle n'était ni fiévreuse ni mélancolique, et elle n'avait pas non plus abusé de ses forces. Mais, la veille au soir, elle avait saisi la manche de sa tunique. « C'est comme s'il y avait une voix dans la tête qui me dit que mon bébé ne vivra pas, lui avait-elle murmuré. Je ne l'entends pas vraiment, s'était-elle empressée d'ajouter. Je ne suis pas folle, comme cette pauvre Teresa qui entend des voix, mais je ne puis la chasser de mes pensées. Maître Isaac, j'ai été maudite. » Les larmes coulaient sur ses joues.

La naissance avait été facile, le bébé était fort et vigoureux, et la famille de la jeune femme prenait à sa charge toutes les tâches ménagères. Les jeunes mères se font souvent du souci, mais celle-ci avait toutes les raisons d'être heureuse. Cette histoire de malédiction ne plaisait pas à Isaac. Non, elle ne lui plaisait pas du tout. Il méditait là-dessus et arriva à la porte du Call sans même s'être rendu compte qu'il avait quitté sa cour.

— Nous allons faire halte à la maison du tisserand, dit-il.

— Oui, papa, répondit Raquel d'un air vague.

Elle avait ses propres préoccupations. Yusuf était revenu la veille fort satisfait de lui-même. Marc allait bien, même si sa tête le faisait encore un peu souffrir ; tous les deux, ils avaient déambulé le long de la rivière et parlé de son mécontentement, puis de l'art, de la beauté et du monde en dehors de Gérone, jusqu'à la tombée du jour. « La poussière et le bruit de la maison semblaient l'oppresser, avait dit Yusuf, mais il se sentait mieux dehors. »

« Yusuf prend la place que j'occupe dans la vie de papa, songeait-elle. Il peut aller où cela m'est interdit et, dès qu'il aura appris ce que je sais, papa n'aura plus besoin de moi. »

Maintenant, sa mère évoquait chaque jour son mariage. Isaac répétait à sa femme qu'il ne voulait pas en entendre parler avant l'année suivante, mais cela ne l'arrêtait pas quand elles étaient seules. Raquel connaissait tous les hommes du quartier juif, et il n'y en avait pas un seul qu'elle voulût épouser. L'idée de quitter sa famille pour rejoindre un étranger qui plût à sa mère la remplissait de peur et de désarroi. Aujourd'hui, elle en parlerait à son père. C'est ce qu'elle décida alors qu'ils arrivaient devant la petite maison du tisserand et que Yusuf frappait à l'huis.

Ils entendirent des pas précipités, et la lourde porte s'ouvrit en grand sur la petite servante, le visage enfoui dans son tablier sale et les épaules basses. Elle voulut parler, mais ses mots se noyèrent dans un sanglot.

— Bonanata ? dit Raquel. Que se passe-t-il ?

La gamine reprit son souffle et émergea de son tablier.

— C'est le jeune maître Marc. Il est mort.

— Eh bien, maître Isaac, lança une voix hostile derrière la servante, vous avez réussi ! Mon fils est mort.

— Réussi ? fit Isaac. Mais de quoi diable parlez-vous ? Réussi quoi ?

— Vous le savez mieux que moi, médecin !

— Je ne sais rien. Je me suis arrêté un instant à votre porte pour prendre des nouvelles de Marc. Vous dites qu'il est mort ?

Il s'arrêta un instant.

— Je suis stupéfait. Je croyais qu'il se remettait parfaitement, mais il n'y a rien de plus étrange que la vie. Je suis infiniment désolé, maître Ramon. C'était un jeune homme tout à fait digne.

— Vos regrets ne m'aideront en rien ! répliqua Ramon. Il est mort à présent, et cela m'a coûté beaucoup pour l'élever et lui enseigner l'art du tissage. On m'a donné un curieux conseil le jour où l'on m'a dit de m'adresser à vous.

— Comment est-il mort ? demanda Isaac, ignorant volontairement la remarque du tisserand.

Il planta son bâton sur le pas de la porte et attendit. Il était bien résolu à obtenir une réponse, dans la maison ou sur le seuil.

— Vous savez fort bien comment il est mort. À cause de celle qui se tient à vos côtés, tout innocente. Elle lui a donné les potions que vous aviez concoctées, messire, et elles étaient malignes ! Il les a prises et ne s'en est jamais remis. Ce fut une vision horrible que cette mort, une chose que je souhaite ne jamais revoir.

— Mais maîtresse Raquel les lui a données hier matin, et il a été en bonne santé tout l'après-midi, intervint Yusuf. J'étais avec lui. Vous ne pouvez pas l'accuser. Je suis certainement plus fautif qu'elle.

— Je sais cela, s'impatienta Ramon. Je parle des mixtures que cette sorcière assassine a apportées avec elle la nuit dernière.

— La nuit dernière ! fit Raquel, indignée. Je ne me trouvais pas ici la nuit dernière. J'étais à la maison, avec mon père et ma mère.

— C'est vrai, gronda Isaac. Moi-même, toute ma maisonnée et Jacob le portier pouvons attester que ma fille n'a jamais franchi notre porte et qu'elle est encore moins sortie du Call. Je veux savoir qui s'est présenté ici en se faisant passer pour ma fille.

— C'est vous qui le dites.

— C'est ce que tout le monde dit et ce que tout le monde répétera, car c'est la vérité.

Le tisserand tourna la tête vers le couloir sombre.

— Nous allons bien voir. Martin !

Isaac entendit le pas léger du garçon dans l'escalier.

— Martin, qui était cette dame qui est venue voir Marc après le coucher du soleil ? La fille du médecin ?

— Non, papa.

Sa voix tremblait, mais il se ressaisit.

— Elle ne lui ressemblait pas du tout. Elle n'était pas aussi grande et sa voix était très différente.

Ramon prit le temps de la réflexion.

— Si ce n'était pas maîtresse Raquel, alors je ne comprends pas, dit-il enfin. Il vaudrait peut-être mieux parler de ceci en privé. Suivez-moi, maître Isaac.

Isaac se retrouva dans l'atelier du tisserand.

— Voilà, commença Ramon, quelqu'un est venu à la porte après le coucher du soleil. C'était une dame qui portait une robe sombre — brune, je crois, et de bonne laine — et aussi un voile. Elle a demandé à voir Marc. J'ai cru que c'était la jeune maîtresse Raquel. De qui d'autre aurait-il pu s'agir ? Aucune jeune dame n'est jamais venue demander mon fils avant ce jour. Elle a dit qu'elle avait des remèdes pour lui, et Martin l'a conduite dans la chambre où il se reposait. J'ai écouté au bas de l'escalier et, au bout d'un moment, j'ai entendu des incantations et j'ai senti l'odeur de l'encens.

— C'est tout ce que vous avez entendu ? Est-ce qu'ils ont parlé ?

— Quelques mots, tout au plus. Je n'ai pas compris. Quant à l'incantation, elle avait de quoi faire frissonner, maître Isaac. Une voix très aiguë, très étrange. Après son départ, je suis monté voir mon fils, mais il dormait. Je l'ai donc laissé tranquille, j'ai soupé et je suis allé au lit.

— Ce ne peut être ma fille, répéta Isaac avec fermeté. En premier lieu, je ne l'enverrais jamais seule rendre visite à un patient, et encore moins la nuit. Et ma fille n'essaierait pas de guérir un malade à coups d'encens et d'incantations.

— En tout cas, si ce n'est pas votre fille, une femme est venue ici cette nuit, elle a lancé un sort à mon fils et il en est mort.

Il se rapprocha, et Isaac sentit son haleine sur son visage, puis il lui enfonça un doigt dans la poitrine.

— Vous pourriez avoir envoyé quelqu'un d'autre. Marc est mort de sorcellerie, et je veux savoir qui en est responsable. Trouvez-le, maître Isaac, ou, par tous les saints du Ciel, je comprendrai que vous y avez votre part. Mon garçon ne trouvera jamais le repos dans sa tombe s'il est mort à cause de l'art d'un sorcier et n'est pas vengé.

— Quelle sorcellerie, maître Ramon ?

— Comment expliquez-vous cet encens et ces incantations autrement ?

— C'étaient peut-être des prières, papa, intervint son aîné en repoussant le rideau qui isolait l'atelier. Cependant, maître Isaac, je crois moi aussi à de la sorcellerie.

— Pourquoi cela ?

— Il n'y avait rien de naturel dans sa fin. Quand je suis allé me coucher, il avait le sommeil agité, comme une âme tourmentée, et murmurait des paroles. Puis il s'est réveillé et s'est mis à hurler. Il a dit qu'il voyait l'abîme de l'enfer et qu'il y avait des démons, d'horribles démons rouges et jaunes qui sortaient des flammes pour se jeter sur lui. Il ne cessait de le répéter et déchirait sa chair comme un dément. Martin s'est éveillé à son tour et il m'a aidé à empêcher Marc de se blesser. Nous avons appelé papa pour lui demander d'aller chercher le prêtre, mais le temps qu'il se lève, il était déjà trop tard. Marc s'est tourné vers moi et a dit que j'étais le diable, c'est alors Martin qui nous a séparés. Puis il s'est mis à hurler sans arrêt, et il est mort. Je n'ai jamais rien vu de tel.

— Voilà, monseigneur Berenguer, j'ai pensé que je devais m'empresser de vous raconter cela avant que les accusations du tisserand ne se répandent en ville. Peut-être l'un de vos prêtres pourrait-il rendre visite à cet homme et calmer ses craintes.

C'était la fin de l'après-midi du même jour; le soleil automnal pénétrait dans le bureau de l'évêque, jouait avec les grains de poussière qui flottaient dans l'air et baignait d'une chaude lumière la coupe de fruits posée sur la table. L'évêque de Gérone avait le pied posé sur un tabouret. Il pianotait nerveusement sur sa table de travail.

— Ce tisserand est insensé de croire ainsi les visions d'un mourant. Elles ont plus de chances d'être provoquées par la fièvre que par l'apparition d'un démon venu chercher son fils.

— Je suis parfaitement d'accord, Votre Excellence, acquiesça Isaac, mais je n'ai pas réussi à l'en convaincre.

— Je connaissais le jeune Marc, reprit Berenguer. C'était un plaisant jeune homme, bon et vertueux, me semble-t-il, et en outre meilleur artisan que son père. Il aimait beaucoup sa mère, une excellente femme. À l'époque, je me suis demandé pourquoi notre Père céleste avait décidé de prendre cette digne âme et d'épargner cet homme de peu. Peut-être était-ce pour lui donner le temps de se préparer au paradis. Si telle est la raison, Ramon mourra certainement très vieux.

— Les voies du Seigneur sont impénétrables, messire Berenguer, rappela Isaac.

— Certes. Quoi qu'il en soit, cette histoire ne me plaît pas, mon ami. Ramon peut faire beaucoup de mal. J'enverrai quelqu'un le rassurer et veiller à étouffer ces histoires de sorcellerie.

— Voilà qui serait excellent, monseigneur.

— Je dois toutefois vous avouer, Isaac, que je m'inquiète beaucoup de la disposition d'esprit de ce jeune homme avant sa mort.

— Ses visions ?

— Non. Il est certain que nous ne pouvons voir en l'âme d'autrui, mais j'ai du mal à croire que ces visions signifient qu'il est mort en état de péché mortel. Ce qui me trouble, c'est le malheur et la rébellion dont il a fait part au jeune Yusuf. Cela reflète ce que je vois au séminaire. Cela signifie que cette humeur est omniprésente, fit-il d'un air sombre, et je veux savoir d'où cela vient.

— Votre Excellence, la jeunesse rêve toujours et se rebelle d'être mise au carcan. Peut-être vous inquiétez-vous d'un problème qui se résoudra seul avec le temps. C'est la goutte qui vous rend nerveux.

— Vous avez raison, Isaac. C'est déjà pénible d'avoir cette maladie, et personne ne peut me dire qui est responsable du mécontentement des jeunes gens du séminaire. Je sais bien que la jeunesse se révolte. Je l'ai fait moi-même, et vous aussi, sans aucun doute. Les choses me semblent pourtant différentes.

— N'avez-vous pas placé parmi les séminaristes une personne susceptible de vous renseigner sur leur humeur ? Vous en aviez parlé, si j'ai bonne mémoire.

— Isaac, vous êtes trop modeste. C'est vous qui en avez parlé, et c'était une excellente idée. Mais je n'ai pas eu besoin de chercher très loin. J'y ai un cousin, plus âgé de quelques années que les autres garçons, entré au séminaire grâce à mon influence, je dois le reconnaître. J'ai donc envoyé quérir Bertran et je lui ai confié sa tâche. C'était un jeune officier quand il est passé de l'escrime à la prière. Il sait obéir à un ordre, et aussi tenir sa langue.

— Voilà d'utiles qualités. A-t-il appris quoi que ce soit ?

— Seulement qu'il y a des choses à découvrir, des choses interdites à ceux qui ne sont pas initiés dans un cercle intérieur.

— L'existence même d'un tel cercle provoque parfois des dissensions, remarqua Isaac. Mais tout cela me semble bien loin de la mort de ce pauvre Marc.

— Peut-être pas, dit l'évêque. Savons-nous quels étaient ses amis ?

— Marc est mort, annonça Lorens d'un air désespéré. Et je serai le suivant.

— Puisse Dieu vous protéger, dit maître Guillem en se signant.

— Comme Il a protégé Aaron et Marc ?

— Voilà une pensée blasphématoire, souffla maître Guillem en regardant autour de lui.

Ils se tenaient dans le pré, hors de portée d'oreille du reste du monde. Le vent s'engouffra dans la longue tunique de maître Guillem et donna un air de gaieté comique à sa silhouette. Rien n'était plus éloigné de la vérité.

— Non, dit Lorens.

Malgré le soleil qui lui chauffait les épaules, il frissonna comme s'il était pris dans une tempête de neige.

— Ce n'est pas un blasphème. C'est une question.

— Vos amis n'avaient pas votre force. Ils ont échoué dans leur quête et sont devenus vulnérables. Je m'en veux de n'avoir su les protéger.

Lorens sursauta en entendant ce mot.

— Les protéger ? Vous pouvez protéger les gens ? Comment cela ?

— Certains sorts protecteurs particulièrement puissants peuvent être tissés, expliqua Guillem lentement, presque à contrecœur. Pour interdire aux démons d'attaquer votre corps et de s'en prendre à votre âme.

— Alors tissez-les, messire, je vous en conjure !

— Cela n'est pas si facile ! Et c'est pourquoi je n'en avais encore jamais parlé. Pour qu'un tel recours soit efficace, votre corps doit d'abord être enduit d'un mélange d'herbes, d'onguents et d'épices. Votre esprit doit être nourri et renforcé par l'odeur de l'encens — un encens particulier. Je n'ai rien de cela en ma possession. Et ce sont choses fort coûteuses. Je connais un apothicaire de Barcelone qui peut me les fournir, mais il faut aller les chercher. Pour cela, j'ai besoin d'un messager de confiance, d'une mule robuste ou, mieux, d'un cheval rapide. Rien que cela exige plus d'argent que je n'en ai. Mes disciples de Gérone me donnent peu pour leur instruction, et je ne suis pas un homme riche. Et puis il y a le coût des ingrédients.

— Je pourrais peut-être demander cet argent à mon père, proposa Lorens.

— Et qui est-ce ? demanda maître Guillem d'un air innocent.

— Maître Pons Manet, le marchand de laine. Combien demandez-vous ?

— Tous ces ingrédients dont je vous ai parlé... plus le cheval et son cavalier pendant deux, non, trois jours...

Il calcula dans sa tête.

— Il suffirait de cinquante pièces d'argent.

— Cinquante pièces ! s'écria Lorens. Mais c'est bien plus qu'il n'en faut à mon père pour entretenir sa maison durant toute une année !

— J'en doute, jeune maître. Pas s'il est l'homme que vous dites. Mais si votre père ne peut nous aider, alors je ferai de mon mieux avec ce qui est disponible ici, au marché comme dans les champs. Et nous prierons très sincèrement pour obtenir la protection divine.

Lorens contempla le visage du lettré comme s'il venait de prononcer une sentence de mort.

Pour le reste du monde — à l'exception de Lorens, des frères de Marc et de la petite servante au cœur brisé —, la semaine s'achevait paisiblement. Malgré les sinistres et habituelles prédictions des paysans, dans les vergers, les fruits touchaient presque terre sous leur propre poids et, dans les champs, les épis tombaient sous la faux, gras et dorés, tandis que les jardins regorgeaient de légumes verts. Cependant, l'angoisse planait sur la ville. Les rues auraient dû être animées par les préparatifs de la foire d'automne, les marchands occupés à compter les bénéfices qui résulteraient de la récolte exceptionnelle et les échoppes emplies de chalands. Toutefois, les hommes regardaient le ciel clair en secouant la tête, comme si ce temps ensoleillé était là pour les tromper, pour leur faire croire que tout allait pour le mieux.

— Les gens se souviennent de la peste, dit l'armurier à l'orfèvre. Tout allait très bien avant qu'elle ne s'abatte.

— Non, tout n'allait pas bien, répliqua l'orfèvre, qui avait une excellente mémoire.

— C'est exact, reprit l'armurier qui ne l'avait pas écouté. Et une fois de plus nous paierons chèrement cette générosité.

Le lundi suivant, en fin d'après-midi, Isaac était à peine revenu de la tournée de ses patients quand un messager se présenta devant son portail pour lui demander de se rendre de toute urgence à la maison de Pons, le négociant en laine. Le messager ne pouvait rien lui dire de plus. Son maître n'était pas alité et, même s'il ne paraissait pas bien, on ne pouvait dire qu'il semblait particulièrement malade.

— Soit, j'arrive de suite. Raquel ? Yusuf ? appela-t-il.

— Oui, papa ? fit Raquel en bâillant.

Pendant la semaine qui venait de s'écouler, trop de patients avaient mandé le médecin en pleine nuit pour des broutilles, et elle souffrait du manque de sommeil.

— Nous devons repartir, la pressa Isaac. Prends un panier ordinaire jusqu'à ce que nous ayons davantage de précisions.

— Qui sont-ils ? demanda le messager d'un air soupçonneux. Le maître n'a pas demandé trois médecins.

— Ma fille et mon apprenti. Je suis aveugle, comme vous le savez certainement, et ils sont mes yeux.

— Vous n'aurez pas besoin d'eux. Mon maître dit que vous devez venir seul et discrètement.

— C'est possible, reprit Isaac, mais ils viennent tout de même.

— Comme vous voudrez.

La pièce où l'on fit entrer Isaac était assez vaste pour que le bruit de ses pas produise un léger écho. Son guide le mena vers un banc pourvu de confortables coussins avant de se retirer. Raquel et Yusuf entrèrent à leur tour dans un doux bruissement de bottes de cuir et d'étoffes de laine et prirent position derrière lui. Une autre personne arriva un instant plus tard.

— Maître Isaac, je suis Pons, dit simplement cet homme d'une voix aimable mais pas vraiment cultivée.

On lui imputait un manque d'éducation et une jeunesse pauvre, mais Isaac remarqua la cordialité de ses paroles et de sa voix.

— Je vous suis très reconnaissant d'être venu aussi vite, ajouta-t-il. Et je vois que vous avez amené vos assistants avec vous. Leur renommée s'est répandue dans le pays aussi rapidement que la vôtre.

— Merci, maître Pons. J'espère que nous pourrons vous aider.

Le marchand hésita.

— La plus grande faveur que vous puissiez m'accorder, maître Isaac, dit-il enfin, serait quelques moments de conversation en tête à tête. J'ai certaines choses à vous confier qu'on ne peut facilement dire devant une jeune fille ou un garçon. Si vous avez besoin d'eux, je les enverrai chercher. M'accorderez-vous cela ?

— Certainement, messire.

— Veille à ce qu'on leur serve des rafraîchissements, dit le lainier à quelqu'un qui se tenait derrière lui. Permettez-moi de vous conduire jusqu'à mon cabinet.

— Vous êtes malade, maître Pons ? demanda Isaac alors qu'il prenait place dans le sanctuaire du négociant.

Cela sentait le cuir, la cire chaude et le bois odorant — la pièce d'un homme riche.

— Je suis certainement las de corps et d'esprit, messire, mais je doute que vous puissiez me trouver malade.

Il retomba dans le silence. Dehors, des oiseaux se rassemblaient à grand renfort de piaillements. Isaac attendit.

— Avant que d'expliquer pourquoi un homme en bonne santé a besoin d'un éminent médecin à ses côtés, permettez-moi de vous offrir du vin.

— Je vous remercie. J'en prendrai un peu, mêlé d'eau, accepta Isaac. Le temps est chaud et sec cet après-midi.

Il y eut une autre pause pendant laquelle son patient — ou son hôte — versa lentement le vin, l'additionna d'eau et plaça le gobelet à droite de la main d'Isaac.

— J'avoue éprouver quelque difficulté, maître Isaac... Je ne sais comment commencer.

— Demandez-moi ce que vous voulez et nous partirons de là.

— Bien sûr, dit l'autre avant de prendre son souffle et de parler à vive allure. Voilà. J'ai besoin de découvrir si vous avez des remèdes pour les maladies causées par la sorcellerie.

Isaac ne s'attendait pas à une telle question de la part d'un négociant sensé et travailleur. À son tour, il prit le temps de mettre de l'ordre dans ses pensées.

— Pour cela, maître Pons, dit-il finalement, je crains que vous n'ayez besoin d'un homme de religion, pas d'un médecin. Je pourrais vous suggérer de consulter l'excellent évêque Berenguer, lequel serait sans aucun doute fort intéressé par ce que vous avez à dire. Mais si vous voulez me décrire vos symptômes, je tenterai de les alléger, quelle qu'en soit la cause.

— Le problème, maître Isaac, tient à ce que cette maladie n'est pas mienne et qu'elle n'est pas encore survenue. Je veux savoir comment la prévenir. Vous avez la réputation d'être un homme sage, docte dans toutes les branches de la guérison des maladies du corps et de l'esprit.

— Les maux causés par des démons ne sont pas de mon ressort, messire. Pour cela, il vous faut prier et chercher un prêtre qui vous assiste. Mais, si je ne suis pas trop audacieux, je puis discerner à votre voix que vous-même n'êtes pas bien. Vous toussez et ne respirez pas avec facilité. Êtes-vous sûr que nous ne parlons pas de vous ? Il n'y a aucune honte à cela.

— C'est vrai, dit le marchand de laine, mais les faiblesses de mon corps viennent du manque de sommeil, pas de la sorcellerie. Les soucis m'assaillent de toute part.

— Quel genre de soucis ?

— Je dois vous avouer, en toute confidence, qu'au cours de ces deux ou trois derniers mois, j'ai vécu mon enfer privé, ici, sur cette terre. Je n'ai pas parlé de cela...

Une quinte de toux l'obligea à se taire un instant. Puis il reprit avec énergie :

— Cela a débuté quand quelqu'un — dont je ne connais toujours pas l'identité — m'a accusé d'avoir une concubine mauresque...

— Est-ce vrai ?

— Non. Je suis parfaitement satisfait de ma brave épouse, Joana. Je n'ai point besoin d'autres femmes, et l'idée d'acheter l'amour me répugne. Mes péchés sont d'une autre sorte : la colère, et le défaut perpétuel des marchands, l'avarice. Mais ce n'est pas tout. Une autre personne — payée, sans aucun doute, pour déposer plainte — a accusé mon fils aîné, un être doux et droit, heureux en ménage, d'avoir violenté une femme juive. Je ne peux croire à une chose pareille.

— Quelle preuve a-t-on avancée ?

— Aucune plaignante n'a été identifiée, mais l'accusateur — car c'était un homme — a insisté sur le fait que seule la honte l'empêchait de se présenter aux tribunaux. Le prix du châtiment pour adultère avec une femme qui n'est pas de votre confession est très élevé, comme vous le savez peut-être. Et j'ai cru bon de régler ces deux affaires avant que la question de l'emprisonnement ne se pose. Ces accusations n'ont pas été rendues publiques, mais elles m'ont beaucoup coûté, tant en argent qu'en inquiétude. S'il y en a d'autres de ce genre, elles pourraient provoquer ma ruine ou mon emprisonnement, ou les deux.

— Je vous comprends parfaitement, maître Pons. Un patient m'a menacé un jour de m'accuser d'avoir une maîtresse chrétienne, et je me souviens très clairement de la colère et de l'inquiétude... non, de la fureur qui s'était emparée de moi. Ce fut une période difficile.

Oh oui, songea-t-il, car un moment Judith avait cru que cette accusation était le reflet de la vérité.

— Moi aussi, maître Isaac, j'ai enragé comme un dément jusqu'à ce que la raison reprenne le dessus. Et puis quelqu'un — un membre de ma famille, très cher à mon cœur — est venu me trouver hier pour me demander une somme énorme. Il en avait besoin pour se protéger de la sorcellerie. Trois attaques à l'encontre de la réputation et de la richesse de ma famille en si peu de temps ne peuvent être coïncidence, me semble-t-il.

— C'est peu probable, en effet, mais en quoi puis-je vous assister ?

— J'ai pensé que si quelque personne mauvaise, quelque sorcier, cherchait à me détruire ainsi, je devrais m'adjoindre l'aide d'un homme bon et sage afin de lutter contre sa malignité.

— Maître Pons, je serais le dernier de ce grand royaume à nier la puissance du mal en ce monde, dit Isaac, mais il y a pour cela des remèdes meilleurs qu'un affrontement direct. Croyez-en mon expérience, la simple prudence peut faire beaucoup dans le combat contre le mal.

— Que voulez-vous dire ?

— Le mal a d'autres armes que la menace et la malédiction, fit-il en se penchant vers le lainier. Il a recours aux flèches des archers et aux poisons de la terre. Et ceux-ci sont plus rapides que les sorts, plus efficaces aussi. À votre place, je garderais près de moi mon parent et surveillerais attentivement ce qu'il mange et ce qu'il boit.

— Pour l'heure, il loge dans l'endroit le plus sûr au monde qui soit, mais je vais voir comment je peux lui assurer une plus grande sécurité.

— Je mènerais aussi une vie très vertueuse, irréprochable, pour interdire à quiconque de témoigner contre moi. Le temps rendra vos ennemis impatients et ils se révéleront d'eux-mêmes.

— Il y a du juste dans ce que vous dites, fit le négociant. Mais c'est difficile.

— Quant à vous, vous devez reprendre des forces pour supporter de tels fardeaux. En premier lieu, vous devez dormir, et c'est là ma prescription. Dès l'instant où le soleil se couche, je vous conseille d'éviter les mets qui échauffent le sang et réveillent votre bile. Ils nourrissent votre colère. Pour souper, prenez du bouillon, un fruit et du pain. Et quand vous êtes prêt pour le lit, passez une robe chaude, buvez l'infusion d'herbes que nous vous laisserons et agenouillez-vous. La tête baissée, les épaules détendues, en un doux murmure récitez dix fois vos prières. Mettez-vous au lit, et vous dormirez.

— Dites-moi, maître Isaac, est-ce Dieu ou les herbes qui provoqueront mon sommeil ?

— Cela, je ne puis le dire, maître Pons. Je ne suis qu'un médecin. Mais je sais que si vous faites ce que je vous conseille, vous dormirez.

CHAPITRE VI

— C'est un bien étrange monde que celui où nous vivons, Judith, dit son mari lorsque la table du souper fut débarrassée et que le calme fut revenu dans la maison.

— Vraiment ? murmura-t-elle en rapprochant la bougie pour mieux voir son ouvrage.

— Vous vous rappelez cet homme qui avait menacé de dire à tous que j'avais une maîtresse chrétienne ?

— Si je m'en souviens ?

Elle posa sa broderie dans un bruissement indigné.

— Ce fut un geste vil — noircir votre nom pour ne pas avoir à vous payer le demi-sou qu'il vous devait ! Un demi-sou ! Et vous qui l'aviez sauvé d'une mort certaine... Toutes ces visites, sans parler des herbes et des mixtures que vous lui aviez préparées. Et il avait les moyens de vous donner trois fois cette somme, ajouta-t-elle. Raconter que vous étiez un débauché et un panier percé comme Assach Abnelfalir avec sa catin mauresque et tous ses bâtards ! Mais personne ne le dénonce. Je me demande comment son épouse n'en est pas morte de honte.

Elle reprit son ouvrage.

— J'ai été fort heureuse en apprenant sa mort. Il méritait la plus misérable des fins.

— Allons, Judith, on ne doit pas se réjouir de la mort d'un être humain. Habituellement, tout au moins, ajouta-t-il quand des exemples contraires lui vinrent à l'esprit. Aujourd'hui, j'ai été appelé dans la maison de son frère cadet. Il est aussi différent de son aîné que le jour l'est de la nuit. Je crois que c'est un très brave homme.

— C'est difficile à croire, dit Judith. Je suis surprise que vous ayez consenti à le voir.

— La chose intéressante, c'est que lui-même a été formellement dénoncé — pas seulement menacé de dénonciation — d'entretenir une maîtresse mauresque. Ce n'est pas vrai, m'a-t-il affirmé, mais cela lui a coûté beaucoup. Bien entendu, de telles calomnies constituent souvent l'arme de prédilection des méchants.

— Je suis sûre qu'il l'a mérité. C'est une famille détestable.

— Je ne le pense pas, ma mie. Quand son frère est mort, il a travaillé nuit et jour pour créer une affaire florissante à partir du petit commerce de toisons de son frère, et il a gagné assez pour nourrir la veuve et les orphelins, en plus de sa propre famille. Il est prospère à présent, mais sa vie a été difficile. Du moins c'est ce que l'on dit.

— C'est probablement la veuve qui l'a accusé. Pour récupérer tout le bien.

— Je ne le crois pas. La peste noire s'est abattue sur elle et ses deux fils.

— Oh ! Et sait-il ce que son frère vous a fait ? Il a eu le front de vous envoyer chercher ?

— Certainement pas. Et vous ne devez parler de ceci à personne. Je ne vous l'aurais pas dit si vous n'étiez, pour ainsi dire, partie prenante. Je crains que cet épisode ne vous ait fait beaucoup souffrir.

— Nous souperons tard aujourd'hui, Judith, dit Isaac au déjeuner du lendemain. Nous avons un patient à voir en ville, et il est plus pratique pour lui comme pour moi que nous lui rendions visite une fois les affaires du jour achevées.

— Papa, nous ne pouvons pas sortir ce soir, intervint sa fille en sortant brusquement de sa torpeur.

— Non, Isaac, confirma Judith, vous ne pouvez pas. Vous avez oublié ?

— Oublié quoi ?

— Mais les noces de Blanca, papa ! dit Raquel. Elle se marie aujourd'hui, et maître Mordecai donne une grande fête avec des musiciens, des chants et des danses. Tout le monde y sera. Vous devez venir. Comment pourrons-nous y aller si nous sommes en ville auprès d'un patient ?

D'ordinaire si douce, sa voix s'était faite aiguë et insistante.

— J'ai une nouvelle robe de soie.

— Dans ce cas, fit Isaac, nous devrons voir ce patient ce matin, même si cela signifie que Yusuf ne viendra pas, car je serais impardonnable de t'empêcher de montrer ta nouvelle robe de soie.

— Pourquoi Yusuf ne peut-il nous accompagner ? demanda Raquel.

— Je l'envoie chez le tisserand pour qu'il parle avec le garçon, Martin, et la petite servante, Bonanata. J'aimerais en savoir plus sur ce pauvre Marc.

— On me dit que votre maison a été épargnée par la peste noire... une des rares, maître Isaac, dit le marchand de grain.

Assise au fond de la pièce, le visage à demi caché sous son voile, Raquel observait le nouveau patient. Il avait le visage rouge et le ventre rebondi, mais, pour l'instant, elle ne découvrait aucune raison de demander avec tant d'urgence la présence d'un médecin. « Toutefois, pensa-t-elle, assez fière de sa capacité à établir un diagnostic, s'il continue à vivre ainsi, il succombera à une crise d'apoplexie. »

— Nous avons eu beaucoup de chance, sans être totalement épargnés. La peste m'a pris mon assistant.

— C'est une petite perte, comparée à votre propre vie et à celle de vos proches, maître Isaac, dit-il avec dédain. Je veux que vous fassiez de même pour moi — que vous me protégiez ainsi que ma famille et, si vous le pouvez, ceux qui m'assistent quand la peste reviendra. Quoi que cela me coûte, c'est ce que je demande pour moi et les miens.

Un petit coffre était posé devant lui. Il l'ouvrit et en sortit un maravédis étincelant qu'il laissa tomber sur la table.

— Je vous donne cette pièce d'or comme preuve de mes honnêtes intentions, reprit-il, et pour m'assurer que vous viendrez lorsque je vous appellerai, quand la pestilence s'abattra sur la ville.

— Gardez votre or pour le moment, messire, dit Isaac. Conversons plutôt. Pourquoi croyez-vous que la peste noire va frapper à nouveau ? Voilà cinq ans que la maladie a atteint son apogée, et depuis deux étés la ville a été virtuellement épargnée. Il semble peu probable, ajouta-t-il avec prudence, qu'elle survienne pendant la froidure de l'hiver.

— Ce n'est pas ce que disent certains, répliqua le marchand de grain, même quelques-uns des plus avisés. C'est la traîtrise, la sédition et la guerre civile qui nous l'ont apportée la dernière fois, et les choses sont encore pires aujourd'hui.

— Pires, dites-vous ? Pires que la guerre civile ?

— Oui, pires, répéta-t-il. Maintenant, c'est la magie noire et la sorcellerie. Elles ouvrent les portes de l'enfer et permettent au mal de se déverser sur notre monde. Dieu nous punira par la peste, comme Il l'a déjà fait.

Une sueur froide était apparue sur son front, et il l'essuya avec un mouchoir.

— Ils cherchent tous à trouver les sorcières et à les pendre avant qu'elles ne fassent du mal. C'est fort bien, mais je me souviens qu'on a dit que c'est grâce à votre sagesse et à votre savoir que vous avez échappé à la peste, vous et vos patients — ou du moins ceux qui vous ont obéi.

Isaac avait parfaitement conscience du danger où il se trouvait. Il était inutile de dire à un homme apeuré — la terreur était perceptible dans sa voix — qu'il n'avait pas de potion magique contre la contagion. Il croirait que le médecin la gardait pour ses amis et pour lui-même. D'un autre côté, il pensait que les chances étaient fort minces de voir la peste revenir en automne alors qu'aucune rumeur à ce propos n'agitait le reste du royaume.

— Avant de vous répondre, fit Isaac d'un air grave, je dois discuter avec ma fille des herbes et des simples dont nous disposons, ainsi que de ce qui doit être cueilli et préparé. Si vous voulez bien nous excuser un instant...

— Non, messire, non ! Ne bougez pas ! Je vais vous laisser seuls, tous les deux. Il me faut en effet donner des ordres à mon commis avant que la matinée n'avance trop, dit le marchand de grain.

— Raquel, vite, fit Isaac dès que le bruit des pas du marchand se fut atténué. Parle-moi de lui.

— Il m'a semblé plus susceptible de succomber à une crise d'apoplexie qu'à mourir de la peste, dit-elle, le front plissé par la concentration. Épais, des cheveux blancs bouclés, le visage rougeaud, plutôt gras. Vu les cernes qu'il a sous les yeux, je suppose qu'il n'a pas le sommeil facile.

— Excellent.

Le marchand de grain revint dans la pièce, porteur

d'une liasse de documents, se cogna à la table et s'installa.

— Avez-vous pu...

— Oui, messire. Pour le moment, j'ai tout ce qu'il me faut. Afin de renforcer votre constitution et de prévenir l'arrivée de la maladie, je vais vous envoyer des gouttes à prendre, trois dans un gobelet d'eau avant chaque repas. Je vais également vous envoyer des herbes à boire en infusion avant que de vous coucher. Chaque jour, faites une longue promenade quand l'air est bon et vif, même si cela doit vous obliger à sacrifier quelques heures d'honnête labeur. C'est très important. Soupez léger, ne buvez qu'une coupe de vin mêlé d'eau. Si vous découvrez que vous avez parlé avec quelqu'un qui a la peste, ôtez tous vos vêtements avant de rentrer chez vous, lavez votre corps et vos habits et passez du linge propre. Il semble que la contagion rôde autour de ceux qui ont la maladie et s'abatte sur quiconque les approche. Pour les herbes et les gouttes, vous me devez cinq pièces. Vous n'avez pas besoin de me payer maintenant. Et je reviendrai quand vous me le demanderez, avec ou sans or.

— Qu'allez-vous lui envoyer, papa ? demanda Raquel dès qu'ils eurent quitté le négociant.

— Des gouttes pour aider à la digestion et des herbes pour le faire dormir, dit son père. Cela ne lui fera pas de mal, et il se sentira mieux. L'exercice physique et une alimentation modérée calmeront sa tendance à l'apoplexie. J'aurais pu lui demander moins d'argent, mais il n'aurait pas cru à l'efficacité de mes remèdes.

— Et la toilette ?

— Cela ne peut faire de mal, mon enfant, et c'est peut-être cela qui nous a sauvés. Avec le secours du Ciel, bien entendu.

Il pressa le pas.

— Ce qui m'inquiète, ce sont ces histoires de sorcellerie. Je savais qu'on en parlait en ville, mais je ne me rendais pas compte qu'elles s'étaient répandues aussi vite. Je crois que je vais devoir en parler à Son Excellence avant que...

Il fut interrompu par des hurlements suraigus — une voix de femme, déformée par la fureur et l'hystérie.

— La voilà, c'est la putain qui a jeté un sort à mon mari ! Tuez-la !

Des portes s'ouvrirent, des pieds claquèrent sur les pavés, des rires d'ivrognes jaillirent d'une taverne.

— Vas-y toi-même, la mère ! cria un homme à la voix grave.

Quelqu'un lui répondit, de la colline ou d'une fenêtre :

— Noie-la dans la rivière !

— La sorcière ? demanda l'homme à la voix grave.

Quelqu'un d'autre hurla à pleins poumons :

— Mais non, la matrone ! Ça lui rafraîchira les idées !

Un tonnerre de rires accueillit cette saillie.

— La sorcière s'échappe ! lança une autre femme.

Isaac perçut le bruit d'une pierre contre une façade de maison. Une voix terrorisée appelait au secours. La foule grondait de plus belle.

Raquel saisit son père par le bras et voulut l'entraîner vers le quartier juif.

— Attends, Raquel. Cette femme est en danger.

— Non, papa. La foule est bien trop nombreuse, elle est incontrôlable et elle nous sépare de cette malheureuse. Nous ne pouvons rien pour elle. Ils se retourneraient contre nous.

Isaac comprit que Raquel avait raison. Il la laissa le ramener à la maison.

Effrayé, Jacob entrebâilla la porte. Il les laissa entrer et referma, avant de regarder par le trou de la serrure.

Les cris de la foule cessèrent brusquement et, dans le silence surnaturel qui s'ensuivit, ils perçurent le bruit des sabots des chevaux et la voix puissante de l'autorité.

Yusuf les attendait. Il était assis dans la cour au chaud soleil d'octobre, un livre posé devant lui, et il ignorait le tumulte extérieur. Pour lire, il suivait du doigt et répétait les mots en un doux murmure.

— Tu es déjà au travail, approuva Isaac. Excellent. Tu seras bientôt très calé en grammaire. As-tu rencontré une foule en venant ?

— Non, seigneur, dit Yusuf en se levant. Je suis passé par la porte nord et tout était très tranquille.

— Bien. Il y a quelque tumulte de l'autre côté de la ville. Qu'as-tu appris des habitudes de maître Marc ?

— Son frère m'a dit fort peu de chose. Martin est sûr qu'il avait des amis, mais il ne les connaît pas. Il n'a jamais prononcé leurs noms. Bonanata m'a confié qu'en de nombreuses occasions il est revenu à la maison ivre de vin. Elle dort dans la cuisine, sur un petit lit derrière le four, et Marc empruntait toujours cette porte. Un soir, il était si saoul et si malade à force de boire qu'elle a dû le nettoyer et le coucher. Il lui a donné une pièce le lendemain matin. Elle n'en a jamais eu autant de toute sa vie.

— Qui étaient ses compagnons de beuverie ? demanda Isaac. Ceux-là mêmes dont parlait Martin ?

— Je l'ignore, seigneur. Elle m'a dit qu'il buvait dans une taverne toute proche. Ce doit être chez Rodrigue ou chez Tia Josefa. Je pourrais le savoir ce soir.

— Mais le mariage ! s'écria Raquel.

— Excusez-moi, dit-il d'une voix gênée, mais peut-être y aura-t-il à la noce quelqu'un qui ne souhaite pas me voir. Je préférerais aller chez Rodrigue ou chez Tia Josefa.

— Vraiment ? demanda Raquel.
— Oui.

Le mariage était annoncé depuis plusieurs semaines, et les préparatifs duraient depuis presque aussi longtemps. Le four géant de Mossé avait fonctionné nuit et jour car, en plus de son pain quotidien, il avait dû rôtir les viandes et cuire les pâtisseries de la noce.

La mariée était vêtue de soieries aux couleurs chatoyantes, coupées avec la dernière élégance par les plus habiles couturières de la ville. La solennité de la cérémonie était égayée par la joie sans partage des principaux participants : les commères n'avaient pas tort quand elles disaient que Blanca et son époux s'étaient choisis depuis fort longtemps. Il avait fallu à la jeune femme beaucoup de doigté et de diplomatie pour convaincre Mordecai qu'il avait lui-même décidé que ce jeune homme agréable mais sans fortune ferait un excellent parti pour sa belle — et riche — fille. Le couple était maintenant uni, et il n'y avait pas eu le moindre incident. Quelque deux cents invités se déversèrent dans la salle attenant à la synagogue, car même la maison de Mordecai, aussi spacieuse et confortable fût-elle, ne pouvait en accueillir tant. Chacun s'émerveilla avec politesse devant la magnificence des tables et des plats. Le festin venait de commencer.

Les invités dévorèrent près de cinquante carpes farcies et presque autant de volailles, plus les meilleurs morceaux de six agneaux et une montagne de riz et de légumes divers. Quand les restes furent déposés dans des corbeilles et distribués aux membres moins fortunés de la communauté, le chanteur put entamer son chant nuptial. Il commença par louer la douceur de l'amour, puis devint plus hardi à chaque couplet. La mariée tenta de dissimuler ses rougeurs derrière la manche de son époux, et l'assemblée riait à gorge déployée.

On demanda à chacun de se préparer pour la danse, et Mordecai fit mettre en perce un autre tonnelet de vin. Les jeunes filles formèrent un groupe, les hommes non mariés un autre, et les musiciens attaquèrent un air lent. Mordecai leur adressa un large sourire et leur fit signe d'augmenter la cadence. Le rythme s'accéléra donc, devenant passionné puis frénétique, jusqu'à ce que les danseurs, épuisés et heureux, se mettent à tituber. La musique cessa enfin, les danseurs se rassirent et Mordecai en personne offrit un grand pichet de vin aux musiciens en sueur.

Pendant la danse, les serviteurs avaient apporté le dessert, et chacun se jeta sur les petits gâteaux et les montagnes de fruits. C'était une réception splendide.

Raquel se retrouva à côté de Dalia, la sœur de la mariée.

— Aaron doit te manquer, commença-t-elle d'un air innocent.

— Il manque à tout le monde, dit Dalia en mordant dans une petite pâtisserie. C'est toujours triste de voir quelqu'un partir aussi jeune.

— Aaron et toi, vous n'étiez pas...

Raquel laissa volontairement sa phrase en suspens.

— Moi ? Et Aaron ?

Dalia éclata de rire.

— Je peux trouver mieux qu'Aaron. Et il ne s'intéressait pas plus à moi qu'à ma grand-mère. Je le taquinais sans cesse, mais c'était uniquement parce qu'il était trop sérieux.

— Peut-être était-il timide, dit Raquel. Sa mère est persuadée qu'il était amoureux de toi.

— Eh bien, elle se trompe, affirma Dalia d'une voix assurée. Ce sont des choses qui se remarquent, tu sais, ajouta-t-elle avec un air sophistiqué que ne justifiaient nullement ses seize printemps. Quand un homme s'intéresse à toi, tu le vois à la façon dont il te regarde

— et au reste. Ce n'était pas le cas. Et je ne vois pas pourquoi je m'intéresserais à quelqu'un qui ne me désire pas particulièrement, quoi qu'en dise la vieille Esther.

Elle secoua la tête, et son épaisse chevelure noire dans laquelle s'accrochait un voile de soie refléta l'éclat des cent bougies allumées dans cette partie de la salle.

— Était-il amoureux de quelqu'un d'autre? demanda Raquel.

Si quelqu'un avait su ce qui se passait dans le cœur d'Aaron, ce ne pouvait être que Dalia. Ses yeux vifs voyaient tout ce qu'il était possible de voir, ses oreilles fines entendaient tout ce qu'il était possible d'entendre.

— Pas dans le Call. Ni même en dehors. Je crois que le mariage et l'amour ne l'intéressaient nullement. Il ne pensait qu'à ses stupides livres. Ce n'est pas comme son frère, Daniel — voilà quelqu'un à qui l'on peut donner son cœur.

Elle sourit comme seule le ferait une jeune fille qui a tant d'admirateurs qu'elle peut se permettre d'en indiquer quelques-uns à ses amies.

— Toi et Daniel, vous...

— Moi? En aucun cas. Si je pouvais avoir celui que je veux, je choisirais Jahuda, chuchota-t-elle. Mais papa connaît à Barcelone un orfèvre en quête d'épouse. Papa dit qu'il est beau, riche et courtois. J'aurais de nombreux serviteurs et tout ce que je désire.

Son regard se perdit dans le lointain. Dans ses yeux brillaient sans aucun doute des visions de robes de soie et de bijoux éclatants. Puis elle se tourna vers Raquel en poussant un soupir à fendre l'âme.

— Mais Jahuda est si grand, et quand il me regarde avec ses yeux noirs et perçants, je frissonne des pieds à la tête, fit-elle en riant.

Raquel avait toujours connu Jahuda Salomó. Il se tenait là, de l'autre côté de la salle, dégingandé, courroucé, comme s'il avait étudié le monde et n'y avait trouvé aucun intérêt.

Les musiciens reposèrent leurs coupes pour reprendre leurs instruments. Un air vif couvrit le tumulte des rires et des conversations. Deux jeunes filles se levèrent et regardèrent celles qui restaient assises à la table du banquet. Trois autres les imitèrent en riant aux éclats.

— Viens, joignons-nous à elles, proposa Dalia.

Raquel et Dalia se mirent aussi à danser, à rire, et à secouer leurs cheveux soigneusement bouclés — à moins que ce ne fût naturel — devant la foule admirative. Raquel remarqua que Jahuda ne quittait pas Dalia des yeux.

Même Judith commençait à s'attendrir. Elle regardait Raquel danser avec les autres jeunes filles et ne pouvait dissimuler sa fierté maternelle. Raquel était superbe, on n'en pouvait douter. Elle était plus grande et plus gracieuse que Dalia, avec toutes ses formes. Les immenses yeux de Dalia, ses lèvres charnues et ses cheveux brillants attiraient tous les regards, mais sa beauté était éphémère. Raquel conserverait encore longtemps son allure. Dalia ferait mieux de se marier dès à présent, car, dans quelques années, son charme aurait disparu, et maître Mordecai devrait donner en dot une véritable fortune pour lui trouver un mari.

— Votre Raquel est une vraie beauté, dit la voisine de Judith. Nous danserons bientôt à ses noces, j'espère.

— Isaac ne peut se passer d'elle pendant encore au moins un an, répondit Judith. Mais nous avons beaucoup de demandes. Il aspire à lui trouver le meilleur mari possible.

— Eh bien, fit la commère, vous direz à votre

époux qu'aspiration ou non, quand on laisse une fille trop longtemps célibataire, elle se trouve un mari toute seule. Et il pourrait bien ne pas lui plaire.

Judith lança un regard glacial à la femme qui devint écarlate.

Que ce fût innocemment ou par méchanceté, ce n'était pas un propos à tenir à quelqu'un dont la fille aînée s'était amourachée d'un chrétien. Elle avala trop de vin d'un coup, toussa, s'étrangla et se hâta de changer de sujet.

— Bien que j'aie entendu dire qu'il n'y aura pas d'autres noces d'ici un certain temps.

Avant que Judith pût répondre à cette étonnante affirmation, elle remarqua près de la porte un homme qui faisait signe à Mordecai de venir lui parler. Le père de la mariée retourna ensuite à table, l'air pensif, et il se mit à converser avec Astruch Caravida et Abraham Ravaya, deux importants membres du conseil. Un murmure prit naissance au bout de la salle, qui enfla rapidement parmi les convives, très différent en qualité du brouhaha convivial qui se faisait entendre quelques instants auparavant. Judith se rendit soudain compte qu'elle s'était montrée grossière, même si cette commère l'avait provoquée, et elle se retourna pour lui demander pourquoi.

C'est alors qu'Alta, l'épouse de Bonastruch, un autre membre du conseil, prit place à côté d'elle.

— Vous avez entendu parler de l'émeute qui a éclaté devant la porte principale ? s'enquit-elle.

— Ce n'était certainement pas une émeute, répondit Judith. Isaac et Raquel étaient là quand ça a commencé. Il dit que c'est un déplorable incident qui a vite pris fin.

— C'est possible, mais une femme a été accusée de sorcellerie et lapidée.

— Elle a été blessée ?

— Elle en est morte, oui.

— Voilà de quoi je vous parlais, maîtresse Judith, intervint la commère. C'est ce que j'ai entendu dire. Il y a des sorciers et des sorcières en tout lieu, et des actes innommables sont commis. Chacun dit en ville que cela ramènera la peste et que toute la cité sera détruite, nous y compris, si nous n'y prenons pas garde. Si j'étais vous, je ne laisserais pas Raquel franchir avec son père les murs du Call.

Elle avait l'air plus excitée qu'effrayée. Elle vida sa coupe et chercha des yeux le serviteur porteur de la cruche.

Judith hocha la tête et se tourna vers maîtresse Alta, qui lui posa des questions sur Mossé et Esther. Elle l'écoutait attentivement, mais, en réalité, elle ne pensait qu'à ce qu'elle venait d'entendre.

CHAPITRE VII

Judith suivit son mari au milieu de la cour avant de poser la main sur son épaule.

— Isaac, attendez, dit-elle d'une voix tendue. Restez un moment, je vous prie.

Raquel, épuisée par trop de danse, de rires et de vin, leur avait souhaité bonne nuit dès qu'ils étaient arrivés et s'était retirée dans sa chambre. En maugréant, Ibrahim était rentré dans sa cellule en attendant le retour de Yusuf. Pour l'heure, ils étaient donc seuls dans la cour. La lune se frayait un chemin dans le ciel et projetait parfois sa lumière entre les nuages rapides. Judith profitait de ces instants pour observer le visage de son mari.

— Certainement, mon amour, murmura Isaac. Qu'est-ce qui vous inquiète ?

Elle frissonna, bien que la nuit fût douce, et s'enveloppa dans son châle.

— Mais rien, fit Judith en tentant d'afficher son assurance habituelle. Seulement...

— Vous ne parlez ainsi que lorsque vous êtes soucieuse. Dites-moi.

— C'est Raquel, commença-t-elle.

— Pas maintenant, Judith.

Isaac se retourna pour se diriger vers son cabinet.

— Je ne resterai pas debout en pleine nuit pour vous entendre parler une fois de plus du mariage de Raquel, même si nous revenons d'une noce et que vous avez passé la soirée à admirer la tenue de la mariée. Je savais que cela se terminerait ainsi, dit-il au moment où il arrivait à la porte.

— Eh bien, vous vous trompez, rétorqua-t-elle. Ne partez pas, je vous en prie. Je vous le promets, en cet instant, le mariage de Raquel est bien la dernière chose à laquelle je pense. Vous m'écoutez, Isaac ? Il y a des dangers bien plus grands que le risque d'un gendre peu satisfaisant. Ces histoires de sorcellerie qui circulent en ville me terrifient.

Isaac revint vers elle et lui prit les mains.

— Pourquoi, Judith ? Je fais attention, et nous avons de puissants protecteurs. C'est une chose désagréable — terrible, même —, mais nullement susceptible de nous affecter directement.

Pour une fois, sa voix grave et rassurante ne calma pas les craintes de son épouse.

— Oh, Isaac, fit-elle d'un air désespéré, vous ne comprenez pas. La femme dont vous parliez ce matin est morte.

— Je le sais. Astruch me l'a dit.

— Ils ont déjà tué une femme parce qu'ils la prenaient pour une sorcière. Ils ne s'en tiendront pas là. Et Raquel est très belle. Mon cher mari, vous êtes sage et intelligent, mais vous ne pouvez voir à quel point elle a embelli. Pensez à moi le jour de mon mariage. Elle a toutes les qualités qui me paraient, mais aussi celles que je n'avais pas.

— Ma mie, vous...

— Non, écoutez-moi. De plus, elle est douée et elle circule librement en ville pour vous aider, elle pénètre dans les maisons et les chambres à coucher, elle administre des potions et des infusions. Elle suscite la jalousie des femmes et le désir des hommes. J'ai vu comment nos amis la regardaient au mariage, et j'ai compris. Et c'est une juive, Isaac. Les chrétiens ne cherchent pas plus loin quand ils partent à la chasse aux sorcières !

Isaac s'assit lourdement sur le banc, sous la tonnelle.

— Vous m'avez laissé à peine assez de souffle pour parler, dit-il. J'avoue que je m'inquiète de voir des innocentes accusées de sorcellerie, mais j'ai refusé de penser que cela pourrait toucher Raquel. Pas même quand le tisserand a lancé cette ridicule accusation. Ce n'est pas que je ne vous croie pas, Judith, mais, lâche que je suis, je ne puis concevoir une telle éventualité.

— Vous n'êtes pas un couard, mon mari, répondit-elle de sa voix raisonnable. Vous êtes, en fait, l'homme le plus brave que je connaisse. Et je ne pense pas que le danger survienne cette nuit ou demain. Mais, Isaac, je vous en conjure, ouvrez grandes vos oreilles quand vous serez hors de notre quartier. Écoutez ce qui peut se murmurer à son encontre. Demandez à Yusuf de vous signaler tous ceux qui la remarquent.

— Je doute que Yusuf puisse voir ce que vous, avec toute votre sagesse, voyez, dit Isaac d'un air pensif.

— Yusuf connaît bien le monde, Isaac. Il sait plus de choses qu'il n'ose révéler et, rassurez-vous, ce qu'il y a à voir, il le voit. Et Raquel n'est pas une insensée. Elle porte toujours ses robes les plus sages quand elle est avec vous et se comporte avec pudeur, mais elle ne doit pas oublier de se couvrir de son voile, et vous devez être prêt à la ramener à la maison au moindre signe de danger.

— Et à l'intérieur du Call ?

— Le Seigneur nous protège si nous devons craindre pour sa vie dans notre propre quartier !

— Je serai vigilant, promit Isaac. Sur ma vie, je jure d'être vigilant.

On frappa doucement à la porte, et cela mit fin à leur conversation.

— Ah, fit Isaac, Yusuf a mené à bien sa mission.

— Je vais ouvrir, dit Judith. À en juger d'après les ronflements qui s'échappent de la chambre d'Ibrahim, il faudrait défoncer la porte pour le réveiller.

— Bonsoir, maîtresse, salua Yusuf.

Il dissimula mal sa surprise. Il est vrai que Judith n'avait pas l'habitude d'ouvrir sa propre porte, surtout à une heure pareille.

— Ton maître a hâte d'entendre ce que tu as à lui rapporter, dit-elle sur un ton réprobateur pour bien lui montrer qu'il avait été un peu long à son gré. Isaac, je vous laisse à vos discussions.

Elle se retira dans un bruissement de soie.

— Qu'as-tu découvert, Yusuf? demanda Isaac. Entre. Nous nous installerons dans la cuisine. Il y aura certainement quelque chose pour toi.

Sachant que Yusuf n'aurait pas mangé et craignant que le banquet de Mordecai n'eût pas été suffisant, Naomi avait laissé des provisions d'urgence : un plat de lentilles épicées sur les braises, du pain, des fruits et du fromage sur la table, protégés par une serviette de lin, pour que chacun puisse profiter d'un souper tardif. Yusuf découvrit le petit festin, versa un peu de vin et d'eau pour son maître et s'installa.

— Je suis d'abord allé chez Tia Josefa, commença-t-il en étalant des lentilles sur un morceau de pain qu'il plia en deux. C'est l'établissement le plus proche de la maison du tisserand, et je me suis dit qu'un jeune homme aimerait y venir.

— Pourquoi cela? lui demanda Isaac qui connaissait parfaitement la raison, mais qui était curieux de vérifier les affirmations de Judith.

— Parce qu'il y a beaucoup de...

Yusuf avait le mot sur la langue, mais il réfléchit à qui il parlait et modifia la fin de sa phrase.

— ... de femmes qui viennent boire...

— Des putains, dit Isaac. C'était déjà ainsi dans ma jeunesse. Tia Josefa ne change pas.

— Oui, seigneur. Je n'ai tiré d'elles que de vilains mots. Mais elles m'ont assuré que maître Marc n'était pas de leurs clients et qu'il ne venait pas boire, seul ou avec des amis. Tia Josefa a dit la même chose. Elle a ajouté que si je ne voulais pas de son vin hors de prix et coupé d'eau, je pouvais passer ma soirée ailleurs. Alors je suis parti.

— Je ne pense pas qu'elle ait décrit son vin ainsi.

— Non, mais les filles, oui.

Il remercia le destin que son maître ne pût voir ses joues qui s'empourprèrent quand il se rappela la façon dont les femmes l'avaient traité, le pinçant, louant la beauté de ses traits ou tirant sur sa tunique. Il avait dû fuir le champ de bataille à la vitesse d'un soldat désarmé confronté à une horde d'opposants.

— Et ensuite ?

— Ensuite, dit-il, la bouche pleine de pain et de lentilles, je suis allé chez Rodrigue. J'ai commandé pour un sou de vin, que je n'ai pas bu, et je suis allé trouver le commis. Je lui ai donné un autre sou...

— Ce qui signifie que je te dois une obole. Continue.

— ... et il m'est désormais acquis à tout jamais, ajouta-t-il d'un air triomphant. Il connaissait bien maître Marc. Il semble que lui et deux amis venaient chez Rodrigue chaque fois qu'ils avaient de l'argent. Ils s'installaient dans un coin et se lamentaient sur leur sort. Le commis trouve qu'ils avaient la vie facile, comparée au travail qu'il fait pour le compte de Rodrigue et de sa femme.

Il s'arrêta pour prendre une autre bouchée de pain.

— Surtout sa femme.

— Je ne doute pas qu'il ait raison.

— Je lui ai donc demandé qui ils étaient. Il m'a dit que l'un d'eux était séminariste, et que l'autre était Aaron, le fils du boulanger.

Yusuf s'arrêta sur cette note de victoire.

— Voilà qui est intéressant. Ainsi Marc passait ses soirées avec Aaron, murmura Isaac.

— Et un séminariste, reprit Yusuf, quelque peu déçu de voir Isaac réagir aussi mollement à une telle nouvelle. Il s'appelle Lorens. Son père est très riche, mais le commis ne sait pas son nom de famille. Un jour, il a posé la question à sa maîtresse, mais elle lui a tiré l'oreille et l'a traité de fouine.

— Son père est très riche, dis-tu ?

— Oui, mais Lorens n'avait jamais d'argent, parce que son père est un grippe-sou, apparemment. Ces derniers temps, Aaron était en fonds et ils se sont enivrés à la taverne plusieurs soirs de suite.

Le mystère du coffre de Mossé était résolu, songea Isaac. Judith soupçonnait les fils de se servir. Elle avait raison. Sauf qu'Aaron était seul à voler pour boire du vin frelaté avec ses amis.

— Tu as bien travaillé, dit Isaac.

Ses doigts palpèrent délicatement la table jusqu'à ce qu'il trouve la coupe de fruits. Il prit une poire et un couteau et entreprit de peler le fruit.

— Permettez-moi, seigneur, proposa Yusuf.

— Non, cela m'amuse d'essayer.

Il pela entièrement la poire et coupa des tranches qu'il mangea avec lenteur.

— Ils forment un curieux trio d'amis, dit-il enfin. Je me demande ce qu'ils avaient en commun en dehors de leurs récriminations et de leur goût pour la piquette.

— Je l'ignore, seigneur. Mais j'essaierai de le découvrir.

La fraîcheur matinale ne s'était pas dissipée quand Isaac gravit la colline en direction du palais épiscopal.

Il avait passé la nuit à ruminer son inquiétude, mais cela n'avait débouché sur rien, et il n'avait pas grand-chose de cohérent à proposer à Berenguer.

— Oh, j'ai entendu parler de cela, dit l'évêque. Ceux qui ont commis ce forfait se sont fondus aux murailles avant même l'arrivée des officiers, mais la femme était là, sur le pavé, en sang. Ils l'ont ramenée chez elle et ont fait de leur mieux pour lui venir en aide. Elle n'est jamais revenue à elle, ajouta-t-il sur un ton sinistre. Sinon elle aurait pu parler.

— Une femme l'a accusée d'avoir envoûté son mari, dit Isaac. J'ai moi-même entendu l'accusatrice.

— Nous savons de qui il s'agit, répondit Berenguer. Elle sera convoquée.

— Cela servira à quelque chose ? demanda Isaac.

— Pas pour la malheureuse qui a perdu la vie, mais il se peut que les autres y réfléchissent à deux fois avant de lancer de telles accusations.

— Sans aucun doute, Votre Excellence.

— Je ne le pense pas, quant à moi. Mais elle sera poursuivie. Désormais, toutes les femmes doivent se méfier. C'est une époque dangereuse.

— Oui, Votre Excellence. Je crains moi-même pour mes filles.

— Rebecca n'a rien à craindre si elle ne s'éloigne pas de son foyer. Quant à Raquel... Les femmes qui doivent sortir souvent sont celles qui courent le plus grand danger, me semble-t-il. Êtes-vous de mon avis ?

— Rares sont ceux qui peuvent mettre en garde leurs semblables avec une telle courtoisie. Oui, je suis de votre avis. Mais j'éprouverai quelque difficulté à retenir Raquel dans nos murs.

— Si les choses empirent, Isaac, mon ami, dame Elicsenda la gardera en sécurité au couvent aussi longtemps que nécessaire. Il faudrait que les chasseurs de sorcières soient bien hardis pour défier l'abbesse. Je vous invite à considérer cette offre.

Le silence s'installa entre eux.

— C'est une proposition des plus aimables, Votre Excellence. Je vais y réfléchir, finit par dire Isaac. Je crains toutefois que ma bonne épouse ne prenne très mal cette suggestion.

— Pourtant, si la situation empire...

— Si tel est le cas, elle acceptera certainement de cacher sa fille parmi les religieuses.

— Nous reparlerons de tout cela, dit Berenguer.

Malgré la désagréable impression de menace qui planait sur leur monde, les affaires quotidiennes occupèrent tous les membres de la maison d'Isaac jusqu'au vendredi soir, au coucher du soleil. Sous l'œil vigilant de Judith, le sabbat fut observé avec encore plus d'exactitude que dans certaines maisons voisines. Même Yusuf travaillait à ses risques et périls. Un samedi matin, Raquel avait eu la témérité de laisser entendre que, chez Benjamin Adret, l'esclave maure travaillait le jour du sabbat, et de lui suggérer de se rendre utile. Judith avait tranché : « Yusuf n'est pas un esclave, et même s'il l'était... » Le problème était réglé. Un jour par semaine, il était libre comme l'air.

Il avait pris l'habitude d'abandonner le calme du quartier juif pour retrouver le brouhaha du marché, où il dépensait quelques pièces, bavardait et observait le monde. C'est au marché qu'il avait rencontré Hasan pour la première fois, c'est également là qu'il le cherchait en cette matinée de sabbat. Bien caché dans son panier, il y avait un somptueux repas fait de restes fourrés dans une miche et un gâteau au miel, le tout enveloppé dans une serviette, assez pour rassasier deux garçons affamés. Naomi avait un faible pour Yusuf, qui adorait sa cuisine et dont l'appétit paraissait illimité. Et Yusuf s'était rendu compte que Hasan mangeait plutôt mal chez son propre maître.

Le marché était noir de monde. Dans moins de deux semaines, la foire allait commencer, et l'excitation qu'elle générait était déjà palpable. Yusuf se planta sur les marches et scruta la foule en quête de son nouvel ami.

— Ohé ! cria-t-il quand il le vit devant l'étal du marchand de fruits secs recouvert de grands paniers d'amandes et de noisettes. Par ici ! ajouta-t-il dans sa propre langue.

Hasan ne lui prêta aucune attention.

Yusuf dévala les marches et plongea dans la foule.

— Hé, lança-t-il en se rapprochant de lui, je voulais te voir !

Hasan continuait à remplir son panier, mais il secouait la tête en examinant les amandes comme s'il en trouvait un grand nombre de gâtées. Yusuf s'arrêta brusquement et se tapit dans la foule.

Une femme petite et robuste fonçait sur le jeune esclave. Elle était vêtue de noir et un voile était accroché à ses cheveux mal coiffés. Dès qu'elle fut assez près de Hasan, elle lui donna une tape sur la tête.

— Tu crois que j'ai toute la journée à attendre que tu comptes tes amandes ? Petit idiot !

Elle regarda le ciel, où le soleil faisait une timide apparition entre les nuages.

— J'ai encore d'autres courses. Tiens, fit-elle en lui tendant une pièce. Va acheter le poisson. Et tâche qu'il soit frais et qu'il y en ait assez. Bartolomeo est un voleur.

Elle lui confia son propre panier.

— Dis-leur à la maison que je reviendrai plus tard.

— Oui, maîtresse, fit Hasan.

Elle lui donna une autre tape pour faire bonne mesure et disparut dans la foule du marché.

— C'est ta maîtresse ? demanda Yusuf, réapparu dès que la femme fut partie.

— Non. C'est la femme qui possède la maison où vit mon maître. Je crois qu'il paie son loyer en me prêtant à elle. Si elle m'avait vu parler à quelqu'un, elle aurait été encore plus méchante. C'est pour ça que je ne t'ai pas répondu, expliqua-t-il. Excuse-moi.

— C'est Marieta, n'est-ce pas ?

— Tu la connais ?

— Tout le monde à Gérone la connaît, ou a entendu parler d'elle. Est-ce que tu vis vraiment dans un bordel ? demanda Yusuf, incrédule.

— Pourquoi es-tu si étonné ?

— Parce que tu m'as dit que ton maître était un lettré. J'ai passé bien du temps chez des gens respectables, fit-il en secouant la tête. Pour moi, les lettrés sont des gens bons et respectueux des lois, comme mon maître.

— Je n'en ai jamais rencontré, dit Hasan, surpris. Tous les lettrés que j'ai connus sont sur la route et vivent d'expédients.

— J'aurais dû m'en douter. J'ai voyagé avec un pauvre lettré avant d'arriver ici, c'était un voleur et un gredin.

— Était-il bon envers toi ?

— Oui, dit Yusuf après un instant de réflexion. Il faisait de son mieux. Il n'a jamais essayé de me vendre à des trafiquants — si, une fois, quand je l'ai rencontré, parce qu'il était sans le sou —, et s'il avait de quoi manger, il partageait toujours avec moi. Il a commencé à m'apprendre à tracer les lettres romaines. Il disait que le savoir était important. Mais il a été arrêté pour vol et pendu, ajouta-t-il. Ton maître est-il bon avec toi ?

Hasan haussa les épaules.

— C'est quoi, être bon ? Il me donne à manger, en

temps normal. Il me bat quand il est en colère, parfois. Je tuerais volontiers son associé si je le pouvais, ajouta-t-il d'un air pensif. Il n'arrête pas de dire que je grandis trop vite, que ma voix va bientôt changer et qu'ils feraient mieux de me vendre avant que j'aie du poil au menton. Et Marieta est une mégère tout autant qu'une putain. Mais je dois aller acheter son poisson.

— Attends un moment. Je te cherchais parce que j'ai un panier rempli de choses bonnes à manger. Je me suis dit que tu aimerais les partager avec moi.

— Qu'y a-t-il là-dedans ? demanda Hasan en regardant dans le panier.

— Un tajine de poulet, de la nuit dernière, avec des amandes et des fruits, le tout fourré dans une miche de pain, et aussi des gâteaux au miel.

Hasan regarda autour de lui les rues étroites et les grandes maisons.

— Où pouvons-nous manger ? Avec la chance que j'ai, Marieta va me trouver.

— Prends tes affaires et viens avec moi. Tu achèteras ton poisson plus tard.

— Que fais-tu au bordel ? demanda Yusuf une fois qu'ils furent installés dans une niche pratiquée dans la muraille, loin des regards indiscrets. Tu es là pour les clients ? ajouta-t-il avec le sens des réalités que lui avaient procuré quatre années passées sur les routes.

— Cela arrive, dit Hasan en arrachant un morceau de pain fourré au poulet et en l'engloutissant. La plupart du temps, je porte un costume ridicule, comme si j'étais page dans un harem — du moins, c'est l'idée que les clients s'en font —, et j'apporte de l'encens ou à boire. Je suis là pour le décorum.

— Et cela dure depuis longtemps ?

— Que je suis chez Marieta ?

Il réfléchit.

— Tu te souviens quand il faisait si chaud que les animaux crevaient au bord de la route ? Quand il y a eu ce terrible orage ?

— Cet été ?

— Oui, cet été. C'est ce jour-là que nous sommes arrivés en ville. Mon maître, Lup et moi. Nous étions trempés, comme tout ce que nous portions. L'âne était mort et c'est moi qui portais sa charge. Lup a dit qu'il connaissait quelqu'un qui pourrait nous procurer un abri. C'était Marieta, et nous habitons chez elle depuis ce jour.

Il se lécha les doigts et détacha un autre morceau de pain.

— Cela fait longtemps que tu es avec ton maître ? dit Yusuf en s'octroyant une portion énorme.

— Oh, fit-il d'un air vague, assez longtemps, oui. Des marchands m'ont trouvé — enfin, je veux dire qu'ils m'ont volé à ma famille, s'empressa-t-il de rectifier. Ils m'ont vendu à mon maître. Il était bon alors. Nous allions de ville en ville. Il parlait aux foules et moi, avec mon costume, je faisais la quête. Nous nous en tirions bien. Il y avait l'âne pour porter les paquets et, quand j'étais fatigué, il me laissait monter dessus.

— Que s'est-il passé ensuite ?

— J'ai grandi et je suis devenu moins mignon. Les gens donnaient moins. Et puis Lup nous a rejoints, et nous sommes venus ici. Mais qui sait ce qui peut arriver ? ajouta-t-il en terminant son repas.

Il ne restait pratiquement plus rien dans le panier.

— Tu ferais mieux d'aller acheter ton poisson, conseilla Yusuf en tendant à son ami un petit gâteau dégoulinant de miel. Bartolomeo aura bientôt tout vendu.

— Marieta va me tuer ! s'écria Hasan en sautant sur ses pieds.

Il saisit son grand panier, le chargea sur son dos et s'en retourna au marché pour se perdre dans la foule.

CHAPITRE VIII

— Raquel ? appela Isaac.

Sa voix retentit au milieu de la cour.

— Inutile de crier, Isaac. Ibrahim va aller la chercher.

— Je suis à la cuisine, papa.

Les deux réponses lui parvinrent, entremêlées comme les voix d'un canon.

— Alors attends-moi. Je te rejoins dans un instant, dit le médecin.

Il monta d'un pas léger l'escalier menant au premier étage et s'arrêta prudemment sur le seuil de la cuisine.

— Bonjour, Naomi. Je vais devoir t'emprunter ton assistante.

— Ne vous en faites pas pour cela, maître Isaac, répondit Naomi. J'ai déjà préparé seule le souper avant aujourd'hui, vous savez.

— Pardonnez-moi, papa, pour faire passer le temps, je suis venue embêter Naomi au lieu de me consacrer à mes propres travaux, dit Raquel d'un ton coupable. Que se passe-t-il ?

— Nous sommes appelés à la maison de maître Pons Manet, mon enfant. Arrache Yusuf à ses livres et prends ton panier.

— Qu'est-ce qu'il a cette fois-ci, papa ?

— Il ne l'a pas dit. Mais comme l'autre jour, c'est très urgent, et comme l'autre jour, c'est un mystère. Ajoute au panier des soporifiques et des digestifs, cela devrait faire l'affaire.

La journée automnale allait s'achever, mais la chaleur du soleil de l'après-midi baignait toujours la terre. Raquel prit une cape légère, appela Yusuf et se rendit dans le cabinet paternel pour y emplir son panier. Quand elle en ressortit, Yusuf se tenait au milieu de la cour, en grande conversation avec son maître. Il lui lança un regard puis, dressé sur la pointe des pieds, murmura quelque chose à l'oreille du médecin.

— Ferme ton voile, dit Isaac sur un ton abrupt. Ferme-le bien.

— Oui, papa, répondit-elle, quelque peu surprise.

Elle se couvrit le visage. Ce que Yusuf avait dit à son père, elle ne pouvait le savoir avec exactitude, mais il était clair que cela avait mené à cette requête impétueuse. Quand ils seraient seuls, elle avait bien l'intention de lui en arracher la raison. Se voiler ? Mais pourquoi ? À cause de qui ? se demanda-t-elle avec indignation. Le vieil Ibrahim ? Ce n'était plus un homme. Nathan ? C'était non seulement un enfant, mais encore son propre frère. Yusuf lui-même ?

— Espérons que Naomi préparera quelque chose de chaud et de roboratif pour notre retour, dit Isaac d'un air enjoué avant de partir à grands pas. Nous en aurons peut-être pour longtemps.

On laissa une fois encore Raquel et Yusuf dans l'antichambre, et Isaac fut conduit dans le cabinet du négociant en laine.

L'odeur du bois, du cuir et de la cire d'abeille l'accueillit dès qu'il entra dans la pièce. Pons le prit par les mains, lui murmura la bienvenue et le fit s'asseoir.

— Bonjour, maître Pons, dit Isaac. Comment vous portez-vous depuis ma dernière visite ?

— De corps, je vais bien, maître Isaac. Je dois vous en remercier. Votre prescription pour retrouver le sommeil m'a été fort utile.

— J'en suis enchanté. Mais sinon, ça ne va pas ?

— Non, c'est même pire.

— Puis-je vous demander en quoi cela a empiré ?

Pons eut un rire bref et amer.

— Oh oui, vous pouvez me le demander. J'ai été attaqué — non, soyons honnête —, je suis sur le point d'être détruit... par la sorcellerie. Mais pas de la façon que j'aurais imaginée.

— Dites-moi ce qui s'est passé, fit Isaac, très grave.

— Un homme s'est présenté hier à ma maison, raconta Pons Manet. Il était vêtu de haillons, comme un pauvre diable, mais il a dit à mon serviteur qu'il était porteur d'un message important et qu'il devait me le remettre en personne. Je l'ai donc vu, et il m'a dit, très humblement, qu'on l'avait payé pour porter ce message. Il m'a juré sur la tombe de sa mère que ce message n'était pas de lui et que, avec la meilleure volonté du monde, il ne pourrait me décrire celui qui le lui avait confié, sauf qu'il avait la voix rauque et portait des habits grossiers. Et aussi qu'il lui a donné une pièce de cinq sous.

— Une belle somme pour un message en ville, remarqua Isaac. Pourquoi n'a-t-il pu le décrire ?

— Son visage était masqué.

— Pouvez-vous me dire quel était ce message ?

— Oh, c'était une chose assez simple que cette pauvre âme pouvait retenir de mémoire. On m'accusait d'avoir provoqué la mort du fils du tisserand suite à une rancune que j'aurais à l'encontre de maître Ramon. On disait que j'étais un sorcier et que tout le monde le savait, et qu'on avait vu la sorcière qui m'assistait entrer furtivement chez moi.

— Y a-t-il de la vérité dans tout cela ?

— Nullement.

— Y a-t-il une apparence de vérité ?

— Je ne comprends pas, maître Isaac. Une apparence de vérité ?

— Quelque chose qui pourrait éveiller les soupçons de vos voisins. Est-il possible que, de temps en temps, des femmes pénètrent furtivement chez vous, maître Pons ? Ou vous êtes-vous querellé avec le tisserand ? Publiquement, bien entendu, pour que chacun le sache en ville.

— Même pas. Ma femme va et vient, elle entre et sort de la maison, mais toujours ouvertement, et chacun sait qui elle est. Les serviteurs font de même, mais ils n'agissent pas furtivement. Je leur demanderai si l'un d'eux a eu des visiteurs secrets, mais cela me semble peu probable. Quant à Ramon, je n'ai rien à voir avec lui.

Sa voix monta sous le coup de l'exaspération.

— Je fais commerce de toisons, j'importe des laines spéciales, surtout de bonnes laines anglaises, et j'exporte nos propres toisons, qui sont plus solides. Je n'ai nullement l'occasion de traiter avec un tisserand qui fabrique des étoffes bon marché pour le commerce local. Et pourquoi souhaiterais-je du mal à son fils ? C'est totalement absurde.

— Avez-vous fait suivre le messager ?

— Oui. Pas pour le harceler car, quand il a eu fini de me délivrer son message, il a ouvert la main et déposé sa pièce sur la table en disant que j'avais été bon envers sa femme et qu'il ne pouvait accepter d'argent pour un tel message. Puis il est parti. J'ai envoyé deux hommes après lui, afin de découvrir qui il était. Ils l'ont retrouvé dans la masure où il vit, hors les murs, et ont appris que sa femme avait été à notre service. Je lui ai rendu son argent, en y ajoutant une autre pièce, pour le remercier de son honnêteté et de ses scrupules.

— Savez-vous s'il avait un quelconque rapport avec l'auteur du message ?

— Non, mais je doute beaucoup que son rôle aille au-delà de cette commission. S'il est à son service, alors sa fourberie est remarquable. Et sa récompense m'apparaît bien maigre.

— Mais pourquoi m'avez-vous appelé ? demanda Isaac. Que puis-je faire ?

— Je ne le sais pas, répondit le marchand. En toute honnêteté, je ne le sais pas. Les précédentes menaces à mon encontre pouvaient se traiter à coups d'argent, même la dernière, celle contre mon...

Il s'arrêta, comme s'il n'avait pas la force de prononcer le mot suivant.

— Votre fils, maître Pons ? J'ai eu l'impression que vous vouliez parler d'un fils.

— C'est vrai, maître Isaac. Mon fils cadet. Et j'étais persuadé que celui qui se cachait derrière tout ça était un rival professionnel désireux d'attaquer mon confort domestique pour me voir dépérir. Sans aucun doute, c'est la manière la plus aisée et la moins coûteuse d'éliminer un concurrent. Vous le menez à la ruine et reprenez sa charge pour une bouchée de pain. Cette fois-ci, cependant, il n'est pas question d'argent.

— En fait, dit Isaac, ce n'est pas une menace, mais une attaque.

— C'est cela même, fit le marchand d'un air désespéré. Hélas, malgré toute votre science, vous ne pouvez guérir une réputation injustement attaquée, n'est-ce pas, maître Isaac ?

— Non, je ne le puis pas. Mais je peux enquêter çà et là et vous faire savoir si j'entends quelque chose. J'ai personnellement de bonnes raisons de m'intéresser à ces histoires d'envoûtement et de sorcellerie.

Il s'arrêta, joignit les mains sous ses lèvres et réfléchit à la situation.

— Puis-je parler à l'évêque de votre problème ? dit-il enfin. Il n'est pas homme à vous prendre pour un sorcier, je vous l'assure.

— Si vous pensez que cela peut être utile, fit Pons d'une voix affaiblie par le souci et le désespoir.

— Je vais vous laisser d'autres remèdes, car il advient souvent que le sommeil et la digestion souffrent devant semblables événements.

— Merci, maître Isaac, je vous suis infiniment reconnaissant.

— Je vous recommande aussi de faire venir ici cet homme, celui qui vous a apporté le message, de réchauffer son corps, de remplir son ventre et d'alléger sa pauvreté. Il est possible qu'il en sache plus sur l'auteur du message qu'il ne s'en rend compte lui-même.

— Que voulez-vous dire ? Comment en saurait-il plus ?

— Sa réponse, telle que vous me l'avez décrite, me semble parfaitement élaborée. Il vous a dit ce qu'il croyait être important, et il est probable qu'il a laissé de côté les détails qui lui paraissaient secondaires. Ils sont parfois très révélateurs.

— Vous avez peut-être raison, dit le négociant d'un air dubitatif. Je ne pense pas que cet individu ait beaucoup à nous apprendre, mais je ne refuse pas de l'aider de mon mieux.

La convocation de l'évêque, le lendemain matin, fut assez péremptoire, à la limite de la grossièreté.

— Isaac, mon ami, fit Berenguer d'une voix chargée d'inquiétude, merci d'être venu si promptement. Et avant que vous ne preniez place, je dois vous avertir qu'il nous faut sortir par cette froide matinée. Au séminaire.

— Quelqu'un est malade ?

— Bien entendu que quelqu'un est malade, dit l'évêque, irrité.

Sa goutte le faisait encore souffrir et il était de mauvaise humeur. Il se leva et prit sa canne.

— Avez-vous votre panier d'herbes et de remèdes ? Ou dois-je envoyer quelqu'un ?

— Yusuf et Raquel attendent patiemment avec mon panier. Je crains cependant qu'il soit encombré de remèdes contre la goutte. Et c'est tant mieux, car j'entends à votre voix que vous en avez encore besoin. Mais il y a aussi d'autres mixtures, et Yusuf peut aller chercher ce qui manque. Que pouvez-vous me dire de cette maladie ?

— Pas grand-chose, mais le malade est un séminariste dont la santé se montre défaillante depuis deux ou trois semaines. Nul n'a songé à me prévenir, ajouta-t-il avec vivacité, même si cela fait plusieurs semaines que nous avons des problèmes avec les séminaristes. Il a maigri et n'a pas d'appétit pour la nourriture. Le pire, Isaac, c'est que c'est le fils d'un riche et honnête paroissien et je ne veux pas d'une seconde mort mystérieuse. Une seule me suffit, avec cet insensé de Ramon qui ne cesse de parler de sorcellerie à qui veut l'entendre. Aïe ! fit-il en heurtant son pied de sa canne.

— Pas une seconde mort, corrigea Isaac, mais une troisième. Il y en a eu une dans notre quartier — Aaron, le fils de Mossé, le boulanger.

— C'est vrai, fit l'évêque d'un ton radouci. Je ne pensais qu'à mes propres ouailles.

— De plus, Votre Excellence, le premier mort, Aaron, était l'ami et le compagnon de beuverie du deuxième, le jeune Marc, le fils du tisserand. Un troisième buvait avec eux, un séminariste. Comment se nomme votre malade ? Lorens ?

— J'aurais aimé vous entendre prononcer un autre nom. C'est bien de Lorens qu'il s'agit.

Ils retrouvèrent Raquel et Yusuf au pied des escaliers et traversèrent en silence la place des Apôtres en direction du séminaire.

L'évêque frappa une fois à la porte et l'ouvrit, révélant une minuscule chambre à coucher où il y avait à peine assez de place pour un lit, une petite table et un haut tabouret, ainsi que, à la tête du lit, une étagère portant quelques livres. Une croix de bois toute simple était accrochée au mur, au-dessus de la table ; sous elle, un bougeoir et une coupelle de cuivre. Sur une patère, au pied du lit, étaient accrochées une cape, une chemise propre et une tunique. Un jeune homme pâle et émacié était allongé sur le lit ; ses yeux portaient des cernes noirs, témoins silencieux de ses nuits agitées. Raquel avait relevé son voile pour l'observer plus attentivement, car les volets étaient fermés et peu de lumière pénétrait dans la pièce. Elle murmura ses observations à l'oreille de son père tout en vidant sur la table le contenu de son panier.

— Que diable... commença Lorens d'une voix pâteuse avant de comprendre qui se trouvait dans sa chambre. Votre Excellence, murmura-t-il avant de se redresser.

— Voici le jeune Lorens Manet, maître Isaac, dit Berenguer. Lorens, nous avons fait venir le médecin pour qu'il prenne soin de vous.

— Je n'ai pas besoin de médecin, protesta Lorens en hésitant sur chaque mot. Je me sens très bien.

— Alors que faites-vous couché à cette heure ? demanda l'évêque.

— Je me lève tout de suite, Votre Excellence, dit le jeune homme en posant les pieds sur le sol. J'ai eu une faiblesse passagère, rien de plus.

— Ridicule ! fit l'évêque. Vous ressemblez à votre propre fantôme. Remettez-vous au lit.

— Je vais fort bien, Votre Excellence, répéta-t-il. Seulement j'ai jeûné ces derniers jours, et j'ai veillé toute la nuit. J'ai prié pour le salut de mon âme et celui de l'âme de deux amis... deux relations récemment décédées qui ont grand besoin de nos prières.

— Aaron et Marc ? demanda Isaac.

— Non, pas du tout, fit-il, pris de panique. Deux autres personnes.

— C'est vraiment ridicule ! dit Berenguer, qui perdait à nouveau son sang-froid. Un garçon comme vous, pas encore fait, a besoin de nourriture et de sommeil, je vous le garantis. Votre devoir présent est de conserver votre corps en bonne santé pour que votre âme puisse l'habiter, pas de veiller et de jeûner pour rejoindre prématurément votre tombe.

— Mais, Votre Excellence...

— Silence ! rugit l'évêque. Je ne vous ai pas donné la permission de m'interrompre. L'acte le plus vertueux que vous puissiez accomplir est de faire ce qui est nécessaire pour que votre vie soit épargnée. Vous vous êtes consacré à l'œuvre du Seigneur. C'est pour cela que vous êtes ici, au séminaire, jeune maître Lorens. Pas pour mourir de faim. Vous allez cesser de jeûner et prendre un vrai repos sinon, par tout ce qui est saint, je vous ferai enfermer pour vous y contraindre. Maintenant, laissez le médecin vous examiner et obéissez-lui. Ce n'est pas un conseil, Lorens, c'est un ordre de votre évêque.

— Mais, Votre Excellence, je ne suis pas malade.

Il se leva pour prouver ses dires, tituba et s'évanouit sur le sol de pierre.

— Que lui est-il arrivé ? demanda Isaac.

— Il est tombé, papa, dit Raquel. Il s'est évanoui, sans convulsions, toutefois.

— Mettons-le sur le lit. Votre Excellence, je vous en prie, faites venir deux solides gaillards qui puissent le recoucher sans lui faire de mal.

Mais Berenguer se trouvait déjà à la porte de la chambre et ramenait le prêtre qui les avait conduits jusque-là.

— Nous allons nous occuper de cela, dit l'évêque. Il n'est pas très lourd. Même deux hommes d'Église peuvent le soulever.

Ils n'eurent effectivement pas de mal à le remettre sur son lit. Isaac se pencha au-dessus du jeune homme, palpant son visage et son cou, son ventre, écoutant sa poitrine. Enfin, il approcha sa tête de la bouche du garçon, comme pour l'embrasser, le huma et se releva.

— Raquel, dix gouttes de la mixture bleue dans un peu d'eau.

— Oui, papa.

Elle mesura soigneusement la quantité et s'approcha du chevet pour administrer le remède à Lorens. Elle lui souleva la tête et humidifia ses lèvres avec l'eau de la coupe. Il remua. Elle lui versa un peu de liquide dans la bouche. Il gémit et avala. Dès la troisième gorgée, il se mit à bredouiller.

— Que dit-il ? demanda Berenguer.

— Écoutons, fit Isaac.

— *Ma-ta-ra*, murmura-t-il en agitant la tête.

Il détachait clairement chaque syllabe.

— *Ma-ta-ra*, répéta-t-il d'une voix plus forte, *et discipulis tuis*.

Il chercha à se redresser et le jeune prêtre s'avança pour le maintenir en position couchée.

— *Misericorde*... reprit-il avant que sa voix ne produise plus qu'un balbutiement incompréhensible.

Raquel lui releva encore une fois la tête et lui déposa un peu plus de liquide sur la langue. Isaac localisa Yusuf, qui se tenait près de la porte pour ne pas déranger, et il murmura à son oreille. L'enfant parcourut alors la chambre comme s'il cherchait quelque chose.

— Qui parle-t-il de tuer[1] ? demanda Berenguer. Et qui sont ces disciples ?

— Votre Excellence, répondit Isaac, j'avoue ne pas le savoir. Cela n'a aucun sens.

— *Ma-ta-ra et Ma-ta-na*, sauvez-nous ! s'écria alors Lorens d'une voix forte.

Puis il commença à murmurer. Raquel avait pris un linge propre et tamponnait maintenant ses lèvres de liquide sans que cela semble le perturber.

— Que dit-il à présent ? demanda Berenguer.

— Un *Pater noster*, répondit le prêtre, qui s'était rapproché pour mieux entendre.

— C'est plus rassurant, fit l'évêque.

Le corps de Lorens fut subitement pris d'un mouvement convulsif. La coupe tomba des mains de Raquel et se renversa à terre.

— Tenez-le, pour l'amour de Dieu ! ordonna l'évêque.

— Je n'y parviens pas, dit le jeune prêtre. Je fais de mon mieux, Votre Excellence.

— Papa, dit Raquel, il a des convulsions. Non. Ce n'est pas cela. Il a plutôt l'air de souffrir énormément.

— Alors prends soin de lui, mon enfant. C'est la seule chose que nous puissions faire.

Isaac s'approcha du lit, saisit les jambes du jeune homme et les tendit.

— Tenez-lui les bras, dit-il au jeune prêtre, je m'occupe de ses membres inférieurs.

Raquel s'empressa de prendre un petit flacon dans son panier. Elle déposa quelques gouttes du contenu sur un linge humide et revint vers la tête du lit.

— Éloignez-vous de moi ! cria Lorens, le corps raidi. Aidez-moi ! Père céleste, aidez-moi !

Isaac posa les mains sur le ventre du malheureux et le massa doucement.

1. Tuer se dit *matar* en espagnol. *(N.d.T.)*

Raquel effleura ses lèvres avec le linge humide. Il frissonna et rejeta la tête en arrière. Elle recommença avant de remettre des gouttes sur le morceau d'étoffe. Il avala et se passa la langue sur les lèvres. Elle continua de verser du liquide et attendit sa réaction. Une minute. Puis deux. On eût dit qu'une heure s'était écoulée. Il émit alors un faible gémissement :

— Chassez-les loin de moi, je vous en supplie ! Je n'ai jamais trahi. Jamais. Je demanderai à mon père. Papa, aidez-moi !

Cette fois, Raquel fit directement couler le liquide sur sa langue et ses lèvres. Il avala dans une convulsion.

— Je ne parlerai pas, je le jure !

Il frissonna et chercha à éloigner les mains qui le tenaient fermement.

— Chassez-les loin de moi ! répéta-t-il dans un murmure.

Isaac sentit ses muscles se détendre, et le garçon récita à nouveau une prière.

— La douleur diminue pour le moment, dit-il. Et la terreur avec elle.

Berenguer prit le jeune prêtre par le bras et le fit sortir de la chambre. Il s'agenouilla au pied du lit et pria d'une voix forte pour que le malheureux puisse l'entendre malgré les tourments qu'il endurait. Isaac se pencha au-dessus de Lorens et posa la main sur son cou, puis l'oreille sur sa poitrine.

— Ils viennent me chercher. Je les vois, gémit Lorens. Mon père, ayez pitié — ils arrivent...

— Il n'y a rien de plus que nous puissions faire pour lui, Votre Excellence, dit Isaac. Et je le regrette profondément. Mais le tort lui a été causé bien avant que nous n'ayons entendu parler de son état.

— J'ai envoyé chercher son confesseur pour qu'il l'entende et le réconforte, dit Berenguer. Je crains qu'il n'arrive que pour les derniers sacrements.

Comme ils sortaient de la chambre, ils furent remplacés par un prêtre suivi d'un assistant portant un petit coffret de bois ciselé.

— Tout est fini, dit Berenguer d'un air triste. J'aurais tant aimé pouvoir faire quelque chose ! C'était un jeune garçon fort prometteur, et son père est un brave homme. Mais qu'entendiez-vous quand vous disiez que le tort était commis depuis déjà longtemps ?

— Votre Excellence, ce garçon a été empoisonné, comme l'ont été Marc et Aaron, je le crains. Quelque chose lui a été administré qui a gravement perturbé l'équilibre de ses humeurs, provoquant de terribles visions et des souffrances dans chaque partie de son corps. Comme vous avez pu vous-même le constater, il était tout raide. J'espérais que ces gouttes lui rendraient son équilibre, mais nous sommes arrivés trop tard, dit-il, la voix pleine de chagrin. J'ai demandé à Yusuf de chercher dans la chambre d'éventuelles traces de poison et, avec votre permission, j'aimerais qu'il termine. Même si cela peut paraître un peu macabre, avec le corps de ce garçon qui n'est pas encore froid.

— Je vais donner l'ordre qu'on ne touche à rien. Son corps sera emmené à la chapelle dès qu'il aura été lavé et préparé. Si vous pouvez attendre jusque-là, alors Yusuf pourra chercher aussi longtemps qu'il le souhaite.

Berenguer passa la tête dans la chambre et échangea quelques mots.

— Bien, c'est fait, dit-il. Allons dans la salle où les séminaristes se détendent et étudient, et asseyons-nous. Mon orteil goutteux n'a pas apprécié tout cela.

— Bien entendu. Raquel, es-tu voilée ?

— Oui, papa, je suis voilée, fit-elle, exaspérée mais s'efforçant de garder son calme. Pourquoi m'accusez-vous toujours de me pavaner en public ? Quoi qu'on ait pu vous dire, je n'ai pas l'habitude de sortir en cheveux.

— Et j'en suis fort aise, dit-il d'une voix douce.

— Isaac, mon ami, votre fille est parfaitement enveloppée — comme un fromage qu'on apporte au marché, confirma l'évêque. Soyez rassuré.

Raquel sourit derrière son voile.

— Maître Isaac, selon vous, de quoi ce pauvre jeune homme parlait-il ? Oh, je vous précise que nous sommes seuls, à l'exception de votre fille et de Yusuf, qui ne peut nous entendre.

— Je suis ici, seigneur, intervint Yusuf qui, de l'autre côté de la pièce, regardait par la fenêtre.

— Yusuf devrait être vraiment très loin pour ne pas entendre, dit Isaac. Mais ne vous inquiétez pas, sa discrétion a quelque chose d'effrayant.

— C'est bien, approuva Berenguer, qui s'installa sur un banc rembourré et posa son pied sur un tabouret.

— J'ai repensé à cela — à ce que ce garçon disait —, et j'avoue être perplexe. Mon problème tient à ce que certains mots ne semblaient pas appartenir à un langage familier. Il est possible qu'il ne parlait pas de tuerie quand il disait *matar*, mais qu'il s'exprimait dans une autre langue. Qu'en penses-tu, Raquel ? Et tu peux entrouvrir ton voile pour respirer et parler, je ne pense pas que Son Excellence te soupçonnera d'impudeur si tu fais cela.

— Merci, papa, dit-elle en écartant les pans de son voile. J'ai cru qu'il s'agissait d'un nom. Ou deux noms. Ceux de quelques étranges dieux païens.

Elle s'arrêta, effrayée par ce qu'elle venait de dire.

— Mais je dois me tromper, Votre Excellence, car un tel jeune homme, un séminariste, ne prononcerait jamais le nom de dieux païens, même dans son délire.

Où les aurait-il appris ? Ce ne sont pas des noms que j'ai entendus. Mais cela m'a paru étrange, comme...

Elle était horriblement embarrassée.

— Hélas, ma chère enfant, la rassura Berenguer, ne vous affligez pas. J'ai pensé exactement la même chose et, moi aussi, j'ai songé que c'était impossible. Mais impossible ou pas, cela sonnait pour moi comme un fragment de ces chants que les sorciers et les adeptes des dieux païens entonnent pour appeler les esprits du mal, pour conjurer les démons !

— Cela en avait l'air, fit Isaac, bien que je sois persuadé qu'il y a une autre explication.

— En tout cas, dit Berenguer d'un air sombre, si c'est là ce qu'il faisait — et c'est très certainement ce à quoi cela ressemblait —, ce qui trouble le séminaire n'est pas un simple mécontentement, mais du paganisme, de l'hérésie et peut-être même de la sorcellerie !

— C'est une affaire fort sérieuse, renchérit Isaac.

Dans le passé, il y avait eu des enquêtes — la plupart à l'époque des grands-parents et des arrière-grands-parents de la génération actuelle — qui avaient débuté par une chasse aux hérétiques et aux sorciers. Avant que ces enquêtes n'aboutissent, la ville s'était emplie d'accusations hystériques : on réglait de vieux problèmes en dénonçant son voisin, la cupidité faisait condamner rivaux et concurrents. Comme d'habitude, la populace avait fini par s'en prendre aux juifs, et des hordes avaient envahi le Call. Avant que le roi pût restaurer l'ordre, il y avait eu des morts et beaucoup de misère.

— Ce pourrait être fatal, dit Berenguer. À moins de contenir les choses dès aujourd'hui, la situation pourrait devenir aussi noire qu'à l'époque de la chasse aux cathares, quand les informateurs jaillissaient de chaque recoin de mur et que l'innocent souffrait autant que le coupable. Isaac, je ne veux pas voir cela dans mon diocèse.

— Avant que de livrer la ville aux flammes, répondit Isaac avec calme bien que son cœur fût empli de peur et de colère, n'est-il pas possible que nous exagérions les conséquences de ce que nous venons d'entendre ? Envisagez cette possibilité, Votre Excellence. Au lieu d'une nouvelle hérésie qui s'installe en ville, nous avons trois garçons, insatisfaits de la vie qu'ils mènent et amis pour cette même raison. Ils cherchent le moyen d'apaiser leur mécontentement. Nous savons que le vin était l'un de leurs remèdes. Mais, à un moment donné, ils trouvent un livre et tentent de conjurer des forces invisibles.

Il s'arrêta de parler pour donner à l'évêque le temps d'envisager cette éventualité.

— En buvant de puissantes mixtures qui auraient entraîné leur trépas ? dit Berenguer d'une voix lourde de doute.

— C'est possible. Il est certain que Marc et Aaron étaient des garçons très solitaires, sans amis que l'on puisse nous indiquer. Lorens était-il également solitaire ? Car vous voyez, Votre Excellence, s'il y a quelque chose d'endémique dans le séminaire, Lorens aurait des amis ou, pour le moins, des partenaires dans le mal.

— Je n'en ai aucune idée. C'était un garçon paisible qui aimait l'étude. Il appréciait la poésie. Il m'a souvent emprunté des livres, qu'il conservait un certain temps avant de me les rendre. Au cours des trois années qu'il a passées ici, il n'a jamais fait partie des protestataires. Oui, cela signifie probablement que c'était un garçon solitaire.

Pour la première fois de la journée, sa voix recouvra l'énergie qui la caractérisait.

— Isaac, je ne sais dans quoi ces malheureux

étaient impliqués, je ne sais ce qui les a tués, mais si nous pouvons découvrir que cela n'a rien à voir avec le séminaire et que cela ne participe pas d'une immense vague d'erreur et de fausse doctrine qui balaierait la ville, vous m'aurez sauvé une fois encore. Un jour, vous m'avez préservé des fièvres, et cette fois-ci, vous nous sauverez tous — les habitants de cette ville, le doyen et le chapitre de la cathédrale — de la colère de l'archevêque ! Et je ferai dire de nombreuses messes pour le repos de l'âme de ces trois malheureux !

Des pas résonnèrent dans le couloir menant aux chambres des étudiants.

— Ils enlèvent son corps, maître, dit Yusuf. Dois-je finir de fouiller la pièce ?

— Oui, lui répondit Berenguer. Et nous t'attendrons ici.

CHAPITRE IX

Yusuf s'arrêta sur le pas de la porte de la chambre de Lorens et ne put se résoudre à entrer. Précédemment, dans l'atmosphère de tension, d'angoisse et de cris, entouré de visages familiers et de jeunes prêtres horrifiés, il avait pu regarder le corps de Lorens Manet et n'y voir qu'un objet médical propre à l'instruction. Sa première fouille de la pièce avait été un jeu, un jeu où il excellait. Il s'était glissé entre les protagonistes du drame et s'était faufilé parmi les hommes et les choses sans attirer l'attention. Mais à présent, trois personnes attendaient qu'il trouve quelque chose, et personne ne lui avait dit quoi chercher. « Il n'y a rien ici », songea-t-il sans grand espoir. La pièce était plus que vide, réduite à de la pierre dure, à un tas de draps sales et à quelques biens personnels. Puis le vent souffla dans les persiennes comme les spectres soupirants d'une centaine de victimes d'assassinat, des êtres massacrés comme l'avait été son père, et que nul n'avait vengés. Il frissonna, seul, en proie à la panique. Tout au long de ces couloirs vides, dans cette chambre déserte, il sentait sur son cou le dernier soupir du jeune homme tourmenté, et des yeux vides mais exigeants observaient sa quête. Il fit de son mieux pour repousser ces pensées et, armé d'un formidable sens de la futilité, il se consacra à sa tâche.

Que pourrait bien cacher un garçon comme Lorens Manet, fils d'un riche négociant en laine ? Et où le cacherait-il ? Qu'on soit riche ou pauvre, étudiant ou garçon d'écurie, où pouvait-on dissimuler quoi que ce soit dans une telle pièce ? Ce n'était pas simple. La chambre n'avait pas été conçue ou meublée pour abriter des secrets — il n'y avait ni sombre recoin ni coffre fermé à clef. Yusuf souleva l'humble matelas de paille de sa plate-forme de bois et regarda dessous. Rien. Il se mit à genoux et chercha sous le lit. Un pot de chambre, beaucoup de poussière et un gobelet de bois renversé se partageaient cet espace.

Il tendit la main pour attraper le pot de chambre et le gobelet. Comme tous les précédents occupants de cette chambre, il laissa la poussière là où elle était.

Il restait une petite quantité de liquide au fond du pot de chambre. De l'urine, sans aucun doute, décida-t-il, et, à l'imitation de son maître, il la huma. Cela sentait l'urine, tout simplement. Qu'était-il censé y trouver ? Le gobelet posait un autre problème. Il avait été récemment rempli, et le bois était encore humide. Il le huma également et se dit que, même sans savoir ce qu'il avait contenu, il n'y aurait pas touché, lui eût-on agité un maravédis sous le nez. Mais nul doute que son maître découvrirait quelque étrange odeur dans cette urine et quelque herbe exotique ou autre dans les gouttes oubliées au fond du gobelet. Il posa les deux récipients sur la table. Il remarqua que la bougie avait brûlé jusqu'au bout et que la coupelle du bougeoir avait besoin d'être nettoyée. Il secoua la tête et s'intéressa à autre chose.

Il n'y avait ni bourses ni poches secrètes dans les habits accrochés à la patère ; de même, il n'y avait rien dans les draps, que Yusuf secoua avant de les replier soigneusement. Il ne restait plus que les livres.

Ils étaient au nombre de trois. Il les prit avec beaucoup de soin et les déposa sur le lit, l'un après l'autre. Le premier n'était pas plus grand que la longueur de ses doigts, mais il était aussi large et aussi épais qu'une main d'homme. Les deux autres étaient le double du premier en hauteur et en largeur, mais l'épaisseur était la même. Un des gros livres était relié en cuir fin ; les reliures des deux autres étaient plus grossières, et tous trois étaient écrits sur du parchemin. Il prit le livre pourvu de la reliure la plus précieuse et l'ouvrit soigneusement. La large marge de la première page était décorée de la silhouette d'une femme et, sous elle, de celle d'un homme. Ils paraissaient tous deux assez mélancoliques. La chevelure dorée de la femme retombait pour former la première lettre de l'ouvrage. Elle regardait vers le bas et ses doigts effleuraient à peine la main levée de son compagnon. Elle était vêtue d'une robe d'un bleu si profond et si brillant que Yusuf sentit son cœur se serrer quand il repensa aux couleurs de sa maison ; son chevalier, splendide dans son armure brunie blasonnée d'écarlate, la contemplait.

Yusuf s'assit sur le lit, enchanté. Il referma le beau livre et ouvrit les deux autres. Pas de lettre magique, pas d'élégante écriture cette fois-ci, rien qu'une encre noire sur de petites pages entièrement recouvertes, des lignes interminables avec pour seules décorations de vilaines taches là où le parchemin était de mauvaise qualité. Il tourna doucement les pages à la recherche de quelque chose — n'importe quoi — qui lui parût anormal, puis les secoua, dos en l'air, au-dessus du lit. Il n'en tomba rien qu'un peu de poussière. Alors il les reposa et revint à son premier choix.

L'écriture était ornementée mais compréhensible. Il n'eut aucune difficulté à prononcer les mots et à reconnaître la signification de la plupart, mais le sens des lignes qui s'offraient à lui lui restait caché. Elles avaient été écrites dans la vieille langue des Latins, et il avait encore beaucoup à apprendre à ce propos. Il haussa les épaules et cessa de s'en inquiéter. Les mots n'avaient aucune importance en cet instant. C'étaient les images et les décorations qui émerveillaient son regard. Il tourna une page et découvrit, couché au bas de la page suivante, comme s'il montait la garde, un petit chien au corps agile, la tête tournée vers sa queue enroulée. Puis, quatre pages plus loin, une partie de l'œuvre s'achevait par un motif compliqué exécuté à l'encre écarlate, à peine rehaussée d'or. Il le regarda longuement, comme pour inscrire ce dessin dans sa mémoire, et tourna la page. Un morceau de papier tomba sur le sol.

Il posa le livre sur ses genoux, se pencha et ramassa le papier. Il était plié de sorte à former un petit carré et adressé à maître Lorens Manet. « Je dois l'ouvrir », murmura-t-il comme pour s'excuser à l'adresse des spectres qui, depuis qu'il tenait cet ouvrage, avaient perdu — partiellement tout au moins — le pouvoir de le terrifier. « C'est peut-être important. » Alors qu'il commençait de déplier la feuille, son cœur se mit à battre comme s'il s'adonnait à un acte criminel, dangereux et infamant, et il se hâta. Au dernier pli, il l'ouvrit à demi pour voir la nature de cette missive. Cela ne l'avança en rien. L'écriture était serrée et nerveuse, les lettres mal formées. Il entreprit de déchiffrer le sens des premiers mots. Quand il y parvint enfin, cela l'étonna tant qu'il lâcha la feuille de papier.

— Où est ce garçon ? tonna une voix dans le couloir. Il a eu le temps de démanteler cette chambre pierre après pierre et de la remonter entièrement !

Yusuf ramassa le papier, le replia grossièrement et le dissimula d'un geste machinal sous sa tunique. L'air coupable, il refermait le beau livre quand l'évêque entra dans la pièce.

— Brave garçon, dit-il en voyant le livre. Tu as trouvé mon Ovide avant que quelqu'un ne décide de l'intégrer à sa collection particulière.

— C'est un bel ouvrage, Votre Excellence, s'empressa de dire Yusuf en rendant son bien à l'évêque.

— Oui, fort coûteux aussi, et de nature trop amoureuse pour un garçon de ton âge. As-tu essayé de le lire ?

— Seulement quelques mots. Je voulais en regarder les images.

— Eh bien, quand tu auras dit à maître Isaac ce que tu as trouvé — vous vous rendez compte, mon ami, ce petit futé a mis la main sur un pot de chambre —, tu pourras t'installer tranquillement dans un coin pour en admirer les illustrations.

— Ne dédaignez point un humble récipient d'urine, intervint Isaac, qui avait suivi cette scène avec beaucoup d'amusement. Il peut nous apprendre beaucoup sur le jeune homme qui est mort.

— J'ai aussi trouvé un gobelet sous le lit, ajouta Yusuf, qui avait échappé aux plaisanteries de l'évêque en se cachant derrière le livre de Son Excellence. Je l'ai posé sur la table, à côté du pot de chambre.

— Que nous a-t-il laissé d'autre ? demanda Isaac.

— Sur la table, papa ? fit Raquel.

— Commence par là. Décris-moi tout.

— Il y a un bougeoir. La bougie qui y était plantée a brûlé jusqu'à sa base d'argile. Il y a aussi une coupelle, qui a grand besoin d'être nettoyée...

— Y a-t-il quelque chose dedans ?

— Rien que quelques fragments — de la cendre, je pense.

— Donne-la-moi.

Isaac prit la coupelle et plongea ses doigts dans le résidu. Il les frotta puis les sentit.

— De l'encens, dit le médecin, mélangé à d'autres substances.

— Vous pouvez dire lesquelles ? lui demanda l'évêque. Pourquoi diable brûlait-il de l'encens dans sa chambre ? Pas étonnant que nous ayons des problèmes !

Quelques hypothèses se formaient dans l'esprit d'Isaac, certaines rationnelles, d'autres au-delà du probable, mais il se refusait à dire quoi que ce soit avant d'être vraiment certain.

— Je pourrais le savoir, murmura-t-il. Mais je dois commencer par vérifier l'urine.

— Je soupçonne fort, dit Isaac alors qu'ils s'éloignaient de la pièce, à la façon dont il est mort et à d'autres signes, qu'il ait absorbé des substances toxiques. Son urine a, de manière très distincte, un goût amer et une odeur âcre. Je dirais aussi qu'il les a prises de son plein gré. Elles se trouvaient dans le gobelet de bois, et pas dissimulées dans quelque nourriture ou une boisson quelconque.

— Vous voulez dire qu'il s'est tué ? demanda Berenguer.

— Oui et non. Il aura bu le contenu de ce gobelet en pensant que cela guérirait les maux dont il souffrait. Pourquoi vous aurait-il assuré, Votre Excellence, qu'il allait mieux, s'il ne le croyait lui-même ? Quand un homme attente à son existence, soit il le regrette et supplie qu'on le sauve, soit il demeure déterminé et supplie qu'on le laisse mourir. Lorens a dit qu'il se sentait mieux.

— Qu'y avait-il dans le gobelet, maître Isaac ?

— Je n'en suis pas encore tout à fait sûr. Je vais demander à Raquel de chercher dans les livres des poisons de cette nature.

La lumière dorée du soleil d'octobre entrait à flots par la fenêtre de la bibliothèque et illuminait le lourd volume dans lequel était plongée Raquel. Un faible bruissement derrière elle la fit sursauter et elle se retourna.

Yusuf se tenait sur le pas de la porte, pâle et hagard.

— Qu'as-tu donc ? lui demanda-t-elle avec moins de compassion qu'elle n'en aurait montré à un mendiant qui se serait présenté au portail.

Il faut dire qu'un mendiant ne l'aurait pas interrompue au milieu d'une phrase et ne l'aurait pas effrayée.

— Maîtresse Raquel, chuchota-t-il, j'ai fait une chose terrible. Du moins, je pense.

— Eh bien, approche, si tu veux chuchoter, répliqua-t-elle. Qu'est-ce que tu as fait ? Tu as volé ? ajouta-t-elle en baissant quelque peu la voix.

— Comment le savez-vous ? demanda-t-il, encore plus terrifié.

— Je l'ignorais. Et qu'as-tu volé ?

Elle l'attrapa par la main et l'attira vers elle. Il ne se débattit pas.

— Ceci, dit-il en fouillant dans sa tunique et en en tirant un morceau de papier plusieurs fois plié.

— Une feuille de papier ? fit Raquel en levant le sourcil d'un air sardonique. Voilà qui ne mérite pas la pendaison dans cette maison — pas encore, tout au moins —, alors cesse de faire cette mine. Où l'as-tu trouvée ?

— Dans la chambre de l'étudiant qui est mort. C'est une lettre. Je ne voulais pas la prendre, maîtresse Raquel. Elle est tombée d'un livre que je feuilletais, quand l'évêque est arrivé à grands pas. On aurait dit un géant...

— C'en est un.

— J'ai été si surpris que je l'ai dissimulée sous ma tunique et que j'ai oublié que je l'avais.

— C'est tout ? dit Raquel en le regardant droit dans les yeux.

Il rougit.

— Euh, non. J'avais commencé à la lire quand je l'ai entendu arriver, avoua-t-il. C'est une lettre terrible.

— Et tu l'as terminée.

Ce n'était pas une question. Elle aussi aurait mené à bout sa lecture.

— Oui, fit-il d'un air coupable.

— Dans ce cas, voyons ce qu'il y a dedans. Après tout, nous sommes les seuls de cette maison à savoir lire. Maman n'a pas appris, ni les jumeaux, ni les serviteurs, et papa ne peut plus voir. Donne-la-moi.

La lettre était écrite dans le parler de tous les jours et rehaussée de phrases en latin classique et de mots que Raquel reconnut appartenir à la langue mauresque. Elle l'étala sur la table pour qu'ils puissent tous deux la regarder et elle lut lentement l'écriture nerveuse, un mot à la fois, assez péniblement.

— Je regrette, dit-elle, que le correspondant de maître Lorens n'ait pas fait appel à un scribe au lieu d'écrire cela de sa main.

— Que dit-on, maîtresse Raquel ? demanda Yusuf plus humblement que de coutume. Je ne comprends pas tous les mots.

— Cela ne m'étonne pas.

Elle se mit à lire en suivant du doigt chaque mot.

— « Mon très estimé seigneur, Don Lorens », commença-t-elle. Voilà un titre qui me paraît un peu pompeux pour le fils d'un marchand de laine, mais bon, poursuivons sans plus de commentaires.

> Mon très estimé seigneur, Don Lorens,
>
> Tenez compte de ces mots si vous voulez échapper à la plus atroce des morts et à une damnation certaine. Je vous écris par charité, car moi aussi

je cherche la lumière et l'illumination, pour vous prévenir des conséquences de la voie que vous suivez. Vos compagnons, bien que dignes et sincères, n'ont pas eu l'énergie d'affronter les forces du mal qui entourent quiconque cherche la vérité. Ils ont succombé à la tentation ; ils ont laissé des pensées mauvaises et lascives souiller leur esprit ; ils ont lutté contre les visions et les ont trouvées trop puissantes pour leurs petites âmes. Maudits soient-ils par tous les pouvoirs...

Raquel s'interrompit.

— Quels sont ces mots ? demanda-t-elle en indiquant la ligne suivante. Ils sont dans ta langue, n'est-ce pas ?

— Oui, répondit Yusuf, mais ici, ils n'ont aucun sens.

— Que disent-ils ?

Il examina soigneusement les mots arabes et éclata de rire.

— Cela signifie poissons, amandes et figues. Il les maudit par le pouvoir des poissons, des amandes et des figues. C'est peut-être un langage secret.

— Tu veux dire que « poissons » signifierait « Je vous retrouverai près de la rivière » ? fit Raquel, amusée.

— Et « amandes », « au lever de la lune », poursuivit Yusuf en éclatant de rire.

— Quant à « figues », cela veut dire, « apportez de l'or, du vin et de jeunes danseuses », bien évidemment !

Ils hurlèrent de rire.

— Vous ne me semblez pas très occupés, tous les deux, dit Judith qui arrivait du couloir.

Elle jeta alors un coup d'œil à la table, vit un gros livre d'allure sérieuse et un papier couvert d'écriture, et elle hocha la tête, rassurée.

— Pardonnez-moi, maman, dit sagement Raquel. Nous ne nous sommes interrompus qu'un instant. Nous reprenons aussitôt notre travail.

Judith alla retrouver ses tâches ménagères, et Raquel poursuivit sa lecture à voix basse :

> S'il n'y a pas de confiance, il ne peut y avoir nul mouvement ascendant sur le chemin de l'illumination. Vous avez prononcé un vœu des plus solennels, devant tous les esprits aériens qui apportent savoir et vérité à ceux qui sont assez braves pour les affronter. Vos compagnons ont failli en chemin, et vous avez vu ce qui leur est arrivé. *Excelsior, disciple*. Ne suivez pas leur exemple, si vous accordez de la valeur à votre vie et à votre âme.

— Voilà tout, dit-elle. Dans sa grande modestie, il n'a pas apposé son nom au bas de la page.

— Je n'aimerais pas recevoir une telle lettre, remarqua Yusuf.

— Il faut la porter à papa. Parce qu'une fois débarrassée de son style fantaisiste, c'est une lettre de menace. Et il doit être mis au courant.

— C'est pourquoi, voyez-vous, Votre Excellence, dit le médecin, j'ai pensé que vous deviez immédiatement être prévenu de cela.

Il prit la lettre, pliée telle qu'elle l'était quand Yusuf l'avait trouvée, et la tendit à l'évêque.

— Je dois demander votre indulgence pour mon petit apprenti. Il avoue très franchement que ce papier est tombé de votre livre et qu'il l'ouvrait quand vous êtes entré dans la pièce. Apeuré et honteux, il l'a glissé dans sa tunique et l'a oublié jusqu'à son retour à la maison.

— J'aimerais pouvoir instiller un tel sentiment de crainte et de culpabilité chez certaines de mes ouailles, dit Berenguer avant de se consacrer à la lettre.

Il la lut, la jeta sur la table, puis la reprit.

— Quelle folie ! Quelles pernicieuses absurdités ces charlatans élaborent-ils pour tisser leurs toiles ! Un vœu ! Quel fou que cet enfant ! Que lui a-t-il pris de prononcer un vœu ? En dehors de ses vœux religieux, bien sûr, et encore, il n'était pas prêt pour eux. Oh, Isaac, ces enfants... Ils se croient des hommes parce que la barbe leur pousse au menton, mais ce sont toujours des enfants, et de bien des façons.

— C'est la menace qui m'a intéressé, dit Isaac.

— Ce n'est qu'une partie du tout. S'il n'avait pas prononcé ce stupide vœu auquel on fait allusion ici, ce monstre n'aurait pas eu d'arme pour le menacer, n'est-ce pas ? Isaac, vous ne pouvez imaginer les serments absurdes que peuvent faire les jeunes gens qui ont un idéal : ils promettent de jeûner jusqu'à ce qu'ils aient accompli quelque tâche impossible, et nous les trouvons au lit, à demi morts de faim.

— Les jeunes filles aussi, sans aucun doute ? murmura Isaac.

— Sans aucun doute, mais c'est dame Elicsenda, au couvent, qui est chargée de s'en occuper. Et elle se montre fort sévère avec elles, jusqu'à ce qu'elles cessent leurs enfantillages.

Il reprit la lettre et la lut plus attentivement.

— Et l'arabe ? Qu'en faites-vous ?

— Il semble que ce soit une liste de commissions, recopiée d'une main malhabile, expliqua Isaac. C'est du moins ce que dit Yusuf. Mais Votre Excellence lit la langue mauresque, n'est-ce pas ?

— Je peux la déchiffrer. Mais pas aussi bien que vous quand vous jouissiez encore de la vue.

Il scruta le papier.

— Par tout ce qui est saint ! s'écria-t-il. Je peux lire ceci. Et le garçon a raison. Du poisson.

— Des amandes et des figues. Yusuf a suggéré

qu'il pouvait s'agir d'un langage codé — mais je crois qu'il s'amusait à nos dépens.

— Il y a une chose réconfortante dans cette lettre. Je pense que vous l'avez remarquée.

— Elle laisse supposer que les trois jeunes hommes étaient seuls dans leur quête, guidés par l'auteur de cette lettre.

— Lequel a dû les dépouiller du moindre sou qu'ils pouvaient extorquer à leurs familles, ajouta Berenguer. Mais je vais demander à Francesc ce qu'il a découvert auprès des séminaristes.

— J'ai fait venir Bertran, Votre Excellence, dit Francesc Monterranes, chanoine et vicaire général de l'évêque lorsque celui-ci visitait des paroisses lointaines. Il pourra nous parler de ce qui se passe au séminaire. Je n'ai nul désir d'éveiller le doute et la spéculation parmi les étudiants en les questionnant l'un après l'autre.

— Voilà qui est, comme toujours, sagement pensé, Francesc. Alors, cousin Bertran, qu'avez-vous entendu durant cette quinzaine où vous avez laissé traîner vos oreilles ?

— Bien des choses, monseigneur, mais des choses de peu d'importance. Comme vous l'imaginiez, une grande partie du mécontentement est due au remplacement du père Miquel, qui était très aimé, par le père Garcia, qui devrait être un ange venu du ciel pour arriver à la hauteur de son prédécesseur. Les nouveaux étudiants, ceux qui ne connaissaient pas le père Miquel, admirent le père Garcia. Les autres doléances ont pour objet la nourriture, qui est horrible, le temps de récréation, trop court, et le temps d'étude, trop long. Je les ignorerais, dit-il avec la sagesse d'un homme de vingt ans à l'égard de garçons de quinze ans. Quoi que l'on fasse, ils ne seront jamais satisfaits.

— Vous m'aviez parlé d'un groupe intérieur, un nid de conspirateurs, pour ainsi dire.

— Oui, et ils existent bel et bien. Six garçons, quoique l'un d'eux doute déjà de leur cause. Ils ne s'intéressent pas à la religion...

— Inutile de me le préciser, fit l'évêque.

— Ils forment un groupe politique. Ce sont des garçons dont les familles ont penché vers l'éventuel usurpateur lors du soulèvement, pas assez publiquement pour être châtiées toutefois, mais chez qui le manque de loyauté doit être surveillé en permanence.

Ce n'était plus le futur ecclésiastique qui parlait, mais le jeune soldat.

— C'est l'âge où l'on se rebelle, dit l'évêque. Quinze ans... Mais ce groupe sera dissous, et ils seront soumis à surveillance pour s'assurer qu'ils ne persistent pas dans leur déloyauté. Pourtant tout cela ne nous dit rien de Lorens Manet.

— Lorens Manet ? On ne m'a pas précisé qu'il fallait enquêter sur lui, dit Bertran avec raideur, sinon je lui aurais consacré une partie de mon temps.

Il était visiblement ennuyé que son rapport fût si éloigné de l'intérêt de son cousin.

— Vous ne pouviez le savoir, Bertran, ce n'est que ce matin que nous avons compris toute l'importance de ce garçon.

Bertran réfléchit avant de reprendre la parole, parlant avec lenteur tandis qu'il mettait de l'ordre dans ce qu'il savait.

— Lorens avait quelques amis, me semble-t-il — non, quelques connaissances parmi les étudiants, mais pas de véritables amis. Il n'était pas comme les autres garçons, séminaristes ou pas, qui parlent grossièrement des femmes et se plaisent à boire jusqu'à sombrer dans l'inconscience.

— Vous me surprenez, fit Berenguer, sardonique.

Bertran s'inclina pour s'excuser d'avoir eu l'effronterie de donner une leçon sur la nature fondamentale des jeunes gens.

— Ce que vous savez, bien entendu, dit-il avant de revenir à son sujet. Par hasard, je pense avoir rencontré ses deux seuls amis. J'ai bu un jour un peu de vin en leur compagnie. Deux jeunes hommes graves, extérieurs au séminaire, qui le retrouvaient chez Rodrigue pour parler d'écriture, de philosophie et de la nature de la beauté.

— Ces jeunes hommes s'appelaient Marc et Aaron, c'est cela ?

— Effectivement, monseigneur. Je ne suis pas resté longtemps, mais vous pourriez leur demander de quoi ils débattaient.

— Ce serait difficile, mon cousin. Ils sont morts tous deux.

— Tous deux ? répéta Bertran, très étonné.

— Oui, dit Berenguer. Ainsi que Lorens Manet. Ce matin même. Et maintenant ces trois garçons sont au-delà de tout interrogatoire.

— Morts ? Tous les trois ? J'ai du mal à y croire. Je demande votre indulgence, Votre Excellence. Cette nouvelle m'a ébranlé. C'étaient d'agréables jeunes gens, ajouta-t-il avant de prendre le temps de la réflexion. La première fois que je les ai vus ensemble, dit-il enfin, c'était il y a six semaines — dans le pré, ils écoutaient avec beaucoup d'attention un prédicateur qui prétendait détenir la sagesse et les secrets des Mages. Je me suis montré curieux, je l'admets, et je les ai suivis quand ils sont allés trouver le maître...

— Son nom ?

— Il se fait appeler Guillem de Montpellier. Ils lui ont demandé s'il donnait des cours particuliers. Il a paru intéressé et il leur a indiqué un prix. Plus tard, chez Rodrigue, ils sont convenus que maître Guillem réclamait plus qu'ils ne pourraient jamais donner. Mais d'autres affaires m'attendaient, et je les ai laissés là.

— Il ne semble donc pas probable qu'ils soient devenus les élèves de maître Guillem, intervint Francesc. Ce qui signifie qu'il n'est certainement pas l'auteur de cette lettre.

— À moins qu'ils ne l'aient convaincu de dispenser son enseignement à moindre coût, opposa l'évêque.

— D'après ce que j'ai compris, reprit Bertran, l'argent dont ils disposaient et ses exigences étaient fort éloignés. Ils avaient déjà du mal à s'offrir la piquette de Rodrigue.

— Cela indique qu'ils étaient en quête d'un professeur, murmura Isaac. Si ce n'est ce maître Guillem, ce sera quelque autre charlatan. Et, pendant un moment, ils ont disposé d'une source de revenus.

— Laquelle ? demanda l'évêque.

— Je crains qu'Aaron n'ait puisé dans le coffre de son père pour régler le vin et peut-être les leçons de maître Guillem, mais il est mort. Qu'ont-ils fait ensuite ?

— Et que leur a-t-il enseigné ? ajouta Berenguer. Je vais ordonner à un officier d'aller trouver ce Guillem de Montpellier.

La brume matinale qui montait de la rivière planait toujours sur la ville quand Isaac quitta son lit. Un bruissement de vêtements en provenance de la porte le fit se retourner.

— Je suis heureuse de vous voir debout. Vous devez vous hâter, Isaac.

C'était la voix familière de Judith.

— Mais l'air est encore frais. Je vais vous préparer un bol d'une boisson chaude, et un morceau à manger. Ensuite, mon mari, vous pourrez partir pour la boulangerie.

— Le pain ne peut-il attendre ?

— Vous savez bien que ce n'est pas une question de pain. Pourquoi vous demanderais-je d'aller le chercher ? Esther est malade, et elle vous supplie d'aller la voir.

— Malade à quel point, Judith ?

— Elle tousse, selon le commis, elle a la fièvre et n'éprouve aucun goût pour la nourriture. Je pense pour ma part qu'elle pleure Aaron. Et elle a plus besoin de sympathie et de saine nourriture que de médecin. Mossé n'est pas un compagnon pour une femme affligée.

Elle se prépara à sortir pour le laisser dire en paix ses prières du matin.

— J'irai avec vous, mon mari. Naomi fait chauffer du bouillon et prépare du vin aux épices avec un œuf battu. J'aurais dû apporter cela à Esther bien plus tôt. J'ai plutôt négligé mes devoirs en tant que voisine et amie.

— Nous allons aussi prendre des remèdes pour ses maux, dit Isaac d'une voix douce. Entre nous, je pense qu'elle ne sera pas plus malade qu'elle ne l'est aujourd'hui.

Il régnait dans la boulangerie une atmosphère de profond désespoir. Baigné de sueur, le visage écarlate, Mossé terminait de glisser les miches dans le four géant. Sara déposait les pains froids dans des paniers qu'elle traînait ensuite dans la boutique.

— Je me demande si ma femme sait ce qu'elle fait, dit le boulanger. Paresser au lit comme une grande dame et envoyer le commis vous chercher alors que j'ai besoin de lui pour surveiller le feu !

Il s'essuya le visage avec son tablier.

— Oh, bonjour, maîtresse Judith ! Je ne savais pas qu'elle vous avait aussi mandée.

— Elle ne l'a pas fait, maître Mossé, répondit-elle avec une certaine froideur. Je suis venue voir comment elle allait.

— Eh bien, elle est dans la chambre à coucher. Sara vous y mènera.

— Judith, pourquoi n'y allez-vous pas tout de suite avec Raquel ? proposa Isaac. Je suis certain qu'elle appréciera votre vin et votre bouillon tant qu'il est encore chaud. Je vous rejoins dans un instant.

— Certainement, murmura la femme du médecin.

Elle prit Raquel par le coude et la fit sortir du fournil.

— Comment allez-vous, maître Mossé ? demanda Isaac. Ce ne doit pas être facile pour vous sans Aaron.

— Pas plus difficile qu'avec lui, répondit le boulanger. Sorti toutes les nuits, et essayant de faire du pain le matin avec la tête grosse comme un melon !

Il plaça les mains de part et d'autre de ses oreilles pour indiquer l'état d'ébriété de son fils.

— Oh, j'étais au courant. Tout le monde pensait pouvoir me le dissimuler, mais je savais à quel point il était ivre quand il rentrait. Il ne sort plus d'argent de mon coffre aujourd'hui en dehors de ce que je donne à Mordecai ou pour payer l'impôt à Sa Majesté. C'est déjà beaucoup pour un petit commerce. L'apprenti est de retour et je lui enseigne le travail de la pâte. Il n'est pas mauvais, mais il est si petit...

— Nourrissez-le mieux, et il deviendra très vite plus grand et plus fort, conseilla Isaac, qui avait toujours pensé que les enfants travaillant chez Mossé ne mangeaient pas à leur faim. Ainsi, il fournira plus de travail.

— Il mange déjà comme deux, fit Mossé d'un air sombre. Mais peut-être avez-vous raison.

— Parfois un fils n'est pas fait pour suivre la profession de son père, dit négligemment Isaac, désireux de susciter une réaction de la part de Mossé.

— Je n'avais rien à reprocher à ce garçon, pas quand il était petit, se défendit Mossé. Il faisait toujours de son mieux pour m'aider. Ensuite il a changé, et tout ça, ça vient de ses lectures. Je n'ai jamais appris plus que nécessaire, réciter des passages et des prières, cela me suffisait. Mais Aaron !

Tout en parlant, le boulanger transférait les miches des étagères vers les paniers.

— Il n'a pas été heureux tant qu'il n'a pas su lire, non seulement la Loi et les prophètes, mais les livres chrétiens et les écrits païens, et il s'était aussi mis en tête de lire les livres de ces diables de Maures. Honnêtement, je vous le demande, cela sert à quoi à un boulanger de pouvoir lire de telles infamies ? Oh, pardon, jeune messire, s'empressa-t-il d'ajouter quand il se souvint, un peu tard il est vrai, que Yusuf se tenait devant le comptoir de la boutique.

Yusuf se redressa et hocha la tête avec raideur.

— Cela n'a aucune importance, messire, murmura-t-il.

Le boulanger demeura un instant silencieux.

— Cela l'a détruit, fit-il à voix basse. Tout ce savoir, ça l'a détruit.

— Je dois aller voir votre femme, dit Isaac. Yusuf ?

Le jeune garçon vint se placer auprès de son maître.

— Je suis ici, seigneur.

Isaac posa la main sur l'épaule de Yusuf et se laissa guider dans le petit escalier.

Quand Judith et Raquel pénétrèrent dans la chambre à coucher, Esther était allongée sur son lit. Pâle, l'air malheureux, elle offrait une bien triste image d'elle-même. Daniel était assis à côté d'elle. Il lui tamponnait le front avec un linge humide et tentait de la convaincre de manger un peu de bœuf bouilli. Il s'empressa de se lever quand il les vit.

— Emporte ça, Daniel, je t'en supplie, dit Esther d'une pauvre voix rauque. Je ne puis manger cela.

— Je suis désolé, maman, murmura-t-il. Je vous apporterai autre chose un peu plus tard.

Il prit le bol, s'inclina devant Judith et Raquel et s'en alla.

— Naturellement que vous ne pouvez pas avaler cela, dit Judith en fondant sur Esther comme un oiseau de proie qui nourrit sa couvée. Nous vous avons apporté de bonnes choses à boire, chaudes et réconfortantes, que Naomi a préparées rien que pour vous ce matin même.

Elle déposa les deux bols sur la table et découvrit le vin à l'œuf.

— Ceci glissera dans votre gorge avec tant de douceur que vous ne le sentirez même pas.

Elle leva la main pour faire taire toute réponse de sa part.

— Et ne me dites surtout pas que vous ne voulez pas aller mieux, avec Daniel qui est assis là depuis des heures en bon fils qui aime sa mère. Que ferait-il si vous vous laissiez aller ? Vous devriez avoir honte !

Elle s'arrêta assez longtemps pour reprendre son souffle.

— Je n'ai pas...

— Je sais, mais vous allez tout de même prendre quelque chose, n'est-ce pas ?

Elle approcha le bol de la bouche d'Esther.

— Buvez un peu, ordonna-t-elle.

— Vous feriez bien d'obéir, maîtresse Esther, conseilla Raquel, sinon vous ne vous débarrasserez jamais d'elle. Je connais ma mère.

La femme du boulanger eut un pâle sourire et but. Après l'équivalent de trois ou quatre cuillerées, Judith retira le bol.

— Là, fit-elle. J'entends le pas d'Isaac dans l'escalier. Il ne veut pas que je sois ici, à occuper toute la place. Je vais descendre cela à la cuisine et le garder tiède jusqu'à ce qu'il en ait fini avec vous.

— Elle doit se reposer et rester au chaud, dit Isaac en revenant dans la boulangerie. J'ai laissé un sirop apaisant pour sa toux et des embrocations pour sa poitrine ainsi que des mixtures d'herbes contre la fièvre. Votre fils m'a promis de la veiller et de l'aider à se nourrir.

— Je ne peux pas passer mes jours et mes nuits à m'occuper d'une femme malade, dit Mossé, sur la défensive. J'ai mon travail. Et je me suis levé bien avant l'aube pour allumer les fours.

— En effet. Ma femme l'encourage à prendre un peu de bouillon. Elle vous fera parvenir d'autres plats susceptibles de tenter son appétit.

— Merci, murmura Mossé, combien dois-je pour...

— Ma femme ne monnaye pas ses services, l'interrompit Isaac. Bonjour. Je reviendrai voir comment se porte maîtresse Esther. Faites-moi appeler si son état empire.

— Mossé est de plus en plus renfermé chaque jour, dit Isaac.

— Oui, acquiesça Judith. Si ce n'était un bon boulanger, il serait difficile de continuer à le fréquenter.

Elle prit le bras de son mari, comme au bon vieux temps, alors qu'ils étaient de jeunes mariés, et elle ramassa ses jupes de l'autre main.

— Il a toujours été assez cupide, fit-elle remarquer. Et puis aussi très satisfait de lui-même. Il a réussi à obtenir de son beau-frère qu'il paye pour un grand four, assez grand pour un festin. Et les sommes qu'il demande pour le faire tourner — chaque fois qu'il y a un mariage, une bar-mitsva, n'importe quoi, Mossé touche sa part. Par la même occasion, il s'est débarrassé d'un fils qui le dérangeait. C'est alors seulement que Daniel a prouvé qu'il était un garçon honnête et travailleur. Aaron, lui, s'est rebellé et il est mort. Maintenant il a un grand four, mais il n'a plus d'héritier. Dieu l'a jugé, Isaac.

— Vous avez probablement raison, ma mie. Il devra se contenter d'un gendre.

— Il devrait trouver quelqu'un pour Sara et les fiancer. Ainsi, il aurait le temps de préparer le garçon à reprendre ses affaires.

— Allons, fit Isaac, elle n'a que dix ans.

— Ridicule, trancha Judith. Ma mère a été fiancée à six ans, et elle a eu un mariage aussi heureux que la plupart des femmes.

— De nos jours, personne ne fait plus cela avec ses enfants — ou pratiquement personne.

— La communauté en est-elle plus heureuse ? Plus bénie en bonnes familles et en enfants obéissants qu'au temps de nos parents ?

— Je ne sais pas, ma mie. En revanche, ce que je sais, c'est que je vous ai épousée parce que j'aimais votre tempérament de feu, votre force et votre beauté. Mes parents auraient pu choisir quelqu'un d'autre pour moi. Quelqu'un qui serait devenu froid et impuissant dans l'adversité.

Judith demeura silencieuse.

CHAPITRE X

Comme ils approchaient de la porte, Isaac s'arrêta soudainement et tourna la tête pour écouter. Derrière eux, des pas rapides résonnaient entre les maisons.

— Qui est-ce, ma mie ? demanda-t-il. On dirait...

Judith se retourna, puis, alarmée, posa la main sur le bras d'Isaac.

— C'est Daniel, mon mari. Je crains pour Esther. Elle doit aller plus mal.

Les joues pâles de Raquel rougirent et elle s'empressa de refermer son voile.

— Maître Isaac ! cria le fils aîné du boulanger. Maître Isaac, un mot, je vous prie !

— Est-ce votre mère ? A-t-on besoin de moi ? demanda Isaac, prêt à revenir sur ses pas.

— Non, maître Isaac. Elle a bu un peu du bouillon que lui a apporté maîtresse Judith avant de dormir paisiblement. Je vous suis reconnaissant pour votre bonté.

Il s'empressa de poursuivre avant que l'un ou l'autre puisse répliquer.

— J'ai demandé à la servante de veiller sur elle et je suis venu vous parler.

— Nous bavarderons plus à l'aise à l'intérieur, près du feu, dit Isaac. Entrez.

— Merci, maître Isaac.

Il les suivit dans la cour puis dans l'escalier qui menait à la salle commune.

Yusuf disparut dans la bibliothèque et les autres s'assirent.

Judith se releva presque aussitôt pour aller chercher des rafraîchissements dans la cuisine. Raquel rosit et murmura une excuse incohérente avant d'aller apporter à Yusuf une aide qu'il ne demandait pas.

— Qu'est-ce donc que vous vouliez me dire ? dit Isaac une fois qu'ils furent seuls. Est-ce à propos de votre mère ?

— Non, maître Isaac, je ne m'inquiète pas pour elle en ce moment.

— Votre père ? Il est très désemparé, me semble-t-il.

— Mon père me fait beaucoup de peine. Il n'a jamais été un homme patient et jovial, maître Isaac, mais au cours de ces dernières semaines, son état a empiré de jour en jour. Chaque fois que je lui rends visite, il se met en colère. Ma mère ne peut le supporter et s'enferme dans sa chambre. Sara et l'apprenti subissent tout le poids de son mauvais caractère, mais même le garçon et la pauvre petite servante en viennent à être terrorisés. Je crains qu'il y ait peu de choses que vous-même — ou qui que ce soit d'autre — puissiez faire pour modérer sa fureur.

— Voilà une curieuse raison de rendre visite à un médecin, Daniel, fit Isaac d'un ton sec. Lui dire qu'il ne peut vous aider... Mais peut-être vous trompez-vous. Vous êtes-vous demandé pourquoi votre père se met dans un tel état ?

— C'est le chagrin que lui procure la mort d'Aaron, sans aucun doute.

— Je ne le pense pas, dit Isaac. Du moins, il n'y a pas que cela. Je crains que votre père n'ait commis la même erreur que vous. Il s'est senti responsable de la mort d'Aaron parce qu'il...

— ... m'a éloigné de la maison ?

— Oui. Mais priver l'aîné de son droit ne conduit pas d'ordinaire à la mort du cadet, Daniel. La fin d'Aaron fut étrange, mais elle n'a pas grand-chose à voir avec vous ou votre famille. Deux autres jeunes gens, tous deux amis de votre frère, sont morts récemment de manière semblable.

— Des amis de mon frère ? Quels amis ? Morts tous les deux, dites-vous ?

— Oui. Votre frère avait des amis, de bons amis, même s'il faisait de son mieux pour vous les dissimuler. De jeunes hommes dont le cadre familial était très différent du vôtre. Ils étaient tous deux chrétiens, l'un était le fils d'un tisserand et travaillait auprès de son père, l'autre étudiait au séminaire. Ils ne sont pas morts parce que vous êtes l'héritier de votre oncle. Dites-moi, fit Isaac sans la moindre pause dans son discours, votre frère a-t-il reçu une lettre peu avant sa mort ? Une lettre troublante ?

— Non, pas que je sache. Ma mère ou la servante sont peut-être au courant. Si vous voulez, je peux leur poser la question.

— Si vous n'en savez rien, Daniel, je doute qu'elles soient au courant.

Isaac se leva pour dire au revoir au jeune homme.

— Maître Isaac, je vous en prie, dit Daniel en se levant à son tour, encore un mot. Vous m'avez demandé pourquoi je suis venu vous voir, et cela me semble à présent avoir si peu d'importance que j'ai presque honte d'accaparer votre temps. Vous m'aviez demandé de quoi nous parlions ces dernières semaines, ces derniers mois. Il m'a entretenu d'un grand mage, un lettré venu d'un pays étranger, qui l'a beaucoup impressionné par sa sagesse et son savoir. Il a ajouté qu'il était allé une ou deux fois chez Marieta pour entendre son cours de théologie.

— Chez Marieta ? Au bordel ?

— Je crois bien, oui, dit Daniel, gêné.

— Vous êtes certain qu'il ne se moquait pas de vous ? Qu'il n'allait pas plutôt chercher du plaisir chez Marieta ?

— Non ! s'écria Daniel avec force. Ce n'est pas possible. Pas Aaron. Maître, il faut me croire. Aaron était un ascète, il avait renoncé au plaisir...

— Pas à tous, certainement, trancha Isaac. Il passait beaucoup de temps chez Rodrigue, à boire du vin et à discuter avec ses amis.

— Disons que les femmes ne l'intéressaient pas. Je sais que les hommes mentent à propos de ce genre de choses, surtout à leur famille, mais nous en avons beaucoup parlé. Il paraissait capable de les ignorer, pas seulement de se confronter à la tentation, tantôt pour perdre et tantôt pour l'emporter, comme nous tous. Cela l'irritait que notre mère cherche sans cesse à lui donner une femme — n'importe laquelle —, rien que pour améliorer son tempérament, comme s'il était un taureau qu'il faut castrer pour qu'il tire la charrue sans broncher.

— Il devait être malheureux, dit Isaac d'un air pensif. Mais cela n'a rien à voir avec le fait qu'il était l'héritier de son père plutôt que de son oncle.

— Je ne comprends pas, maître Isaac.

— C'est peut-être aussi bien, répliqua le médecin. Je ne comprends peut-être pas moi-même.

Ce soir-là, dans la taverne de Rodrigue, Ramon le tisserand accepta le gobelet de vin qu'on lui tendait et, un peu ivre, s'apprêta à raconter une fois encore son histoire. Sa renommée grandissait dans le sillage des contes sensationnels qui circulaient en ville et sa façon de boire changeait de même. Au lieu d'un gobelet de vin avec ses amis dans la petite taverne, il passait ses soirées à donner des versions de plus en plus élaborées de la mort de son fils et cherchait un public de plus en plus vaste pour ses épouvantables récits.

— Et j'ai entendu frapper à ma porte, comme je vous le dis, fit-il en se lubrifiant la gorge avec le meilleur vin de Rodrigue. Il était tard et je m'apprêtais à me coucher. Une nuit sombre et ventée, oui, une nuit propice à la sorcellerie et aux vilenies.

— Qui était-ce ? demanda un étranger, la seule personne de l'assistance qui ne connût pas encore cette histoire, sous une forme ou une autre.

Les autres consommateurs de Rodrigue avaient depuis longtemps cessé de l'écouter.

— Une dame en noir, grande et voilée. Je ne pouvais voir son visage, mais j'ai compris, à sa façon de se déplacer et à sa voix, que c'était une beauté, et qu'elle était mauvaise. Il y avait quelque chose de maléfique dans sa voix.

— Que voulez-vous dire ? s'enquit l'étranger.

— Elle était grave, profonde. Une voix de tentatrice. Elle est entrée dans la maison et a pris l'escalier jusqu'à la chambre de mon fils sans cesser de psalmodier. Rien que de l'entendre, cela m'a glacé le sang. Puis elle a brûlé de l'encens et s'est mise à chanter plus fort, d'une voix criarde et suraiguë.

Il se pencha en avant et murmura :

— Elle était si puissante que j'en étais terrassé. Dieu sait combien de temps je suis resté sous son charme, et Lui seul sait combien de temps elle est restée.

— Tu ne nous avais jamais raconté ça, Ramon, fit l'homme qui se tenait de l'autre côté de la table. La dernière fois, tu as dit qu'elle était petite et qu'elle avait la voix très haut perchée.

— Et avant cela, surenchérit un autre, tu as dit qu'elle ressemblait à un ange, avec des...

— Je craignais pour ma vie, répondit-il d'un ton boudeur. Je n'osais pas révéler la vérité.

— Et maintenant tu l'oses ? lui demanda un sceptique.

— Oui, parce que l'évêque en personne a prié l'un de ses hommes les plus importants de venir me voir. Il a promis que l'Église me protégera des sorciers.

— Et ensuite, qu'est-ce qui s'est passé ? Tu as dit que tu étais sous un charme.

— Quand j'ai rouvert les yeux, je me tenais au pied de l'escalier, et elle tout en haut. Elle est descendue en flottant, sans faire le moindre bruit. Ses pieds ne touchaient même pas les marches.

— C'est comme le médecin, fit remarquer quelqu'un. On dit qu'il peut descendre un escalier sans poser le pied.

Ramon hocha la tête.

— C'est comme ça que j'ai su que c'était la fille du médecin. Ils peuvent nier tout ce qu'ils veulent. Moi, je sais ce que je sais, ajouta-t-il d'un ton lourd de signification.

Sur ce, il vida son gobelet et chercha du regard celui qui pourrait contribuer à approfondir son état d'ébriété.

Isaac fut satisfait le lendemain matin de constater qu'Esther, si elle n'était pas encore guérie, allait au moins bien mieux que la veille. Il lui laissa du sirop pour la gorge, vérifia que Judith avait fait porter assez de bouillon et autres mets légers, puis envoya Yusuf et Raquel chez l'herboriste afin de se réapprovisionner.

— Je vais rentrer et savourer le plaisir d'être seul un instant, dit-il brusquement. Je dois réfléchir à bien des choses, et marcher stimule l'esprit.

— Mais, seigneur... objecta Yusuf.

— Il y a quelques mois encore, Yusuf, je marchais dans toute la ville. Je n'aimerais pas oublier comment elle est faite, ajouta-t-il sèchement. Raquel, tu es couverte ?

— Oui, papa, répondit-elle d'un ton agacé. Bien sûr que je suis couverte.

C'est ainsi que Raquel et Yusuf sortirent du quartier juif pour se rendre vers l'endroit où l'herboriste avait installé son étal. Raquel se planta devant et écarta son voile afin de mieux examiner, humer, comparer et marchander.

— Je pourrais ramasser ça dans n'importe quel champ, dit-elle en désignant des herbes fraîches et sèches assez communes — romarin à odeur forte, sauge aromatique, ainsi que bouquets de thym et branches de laurier. Et vous voulez un sou pour cette misérable botte ? ajouta-t-elle en montrant les herbes entassées dans les grands paniers à fond plat.

— Vous n'en trouverez pas de semblable, maîtresse Raquel ! répliqua l'herboriste, indignée. Elles poussent au flanc de nos collines et elles sont bien arrosées. Il y a en elles plus de choses nourrissantes que dans ces plantes broussailleuses que vous trouvez au bord de la route, toutes piétinées par les ânes et les bœufs qu'elles sont. Mais puisque c'est pour vous et pour votre père, par bonté, je veux bien...

Elle hésita, comme si elle se préparait à un monumental sacrifice.

— Si vous prenez quatre bouquets, n'importe lesquels, je vous les laisse au prix de trois.

— C'est encore trop ! maugréa Raquel. Mais cela m'évitera de courir les champs.

Elle choisit huit bouquets, une moitié pour son père et l'autre pour Naomi, et paya.

— Allons-nous-en, Yusuf.

Elle n'obtint aucune réponse.

Elle se retourna et parcourut du regard les étals encombrés. Yusuf était en grande conversation avec un garçon qui devait avoir le même âge que lui. Elle soupira comme si elle passait la majeure partie de sa vie à l'attendre et se résolut à aller le chercher.

Elle s'arrêta quand quelqu'un l'appela par son nom. C'était Dalia, accompagnée de sa mère et de leur serviteur. Elle se rendit compte que, si Dalia l'avait reconnue d'aussi loin, c'est qu'elle devait être dévoilée; elle rougit, dissimula son visage et courut vers eux.

— Raquel ! cria son amie. Viens avec nous, je t'en prie. Nous cherchons de la soie et nous avons besoin de ton avis.

— Pour une robe ? demanda Raquel.

Dalia hocha la tête.

— Une robe d'un type particulier ?

— Oh, Raquel, dit son amie en battant des mains. Papa est allé à Barcelone et il a vu ce gentilhomme dont je t'ai parlé...

— Dalia, gronda sa mère, tu manques de discrétion ! Rien n'est encore arrangé. Que se passera-t-il si tu en parles à tout le monde et que...

— Mais, maman, Raquel n'est pas la première venue. Elle ne bavarde pas. Elle sait tout sur tout le monde et ne dit jamais rien, n'est-ce pas, Raquel ?

— Je ne puis rien dire sur les patients de papa, pas même qui ils sont, sans sa permission.

— Ah, vous voyez ? Je peux donc le lui dire, et elle ne parlera pas. J'ai besoin d'une très belle robe parce qu'il vient ici pour ses affaires. C'est ce qu'il dit, mais en réalité, c'est parce qu'il veut me rencontrer et me voir.

Sur ce, elle gloussa, certaine que tout homme posant les yeux sur elle ne pouvait que tomber amoureux.

— Si nous nous plaisons assez, nous nous marierons.

Elle avait chuchoté cette dernière phrase comme si chacun cherchait à surprendre ses confidences.

— Papa dit qu'il est beau en plus d'être riche, et très doux.

Elle pressa le pas pour ne pas être entendue de sa mère.

— Je dois reconnaître que Jahuda n'est pas très doux, murmura-t-elle. Il boude quand on n'est pas de son avis, et il paraît qu'un mari boudeur est difficile à vivre.

— Il y a donc des chances pour qu'il boude quand il apprendra cela, dit Raquel.

— Oui, mais je ne le verrai pas, n'est-ce pas ? Car je serai à Barcelone.

Sur ce, elle rit à nouveau et tira Raquel par la main pour l'emmener dans l'échoppe où des piles de soieries étaient disposées pour le plus grand plaisir des chalands.

Dalia et sa mère avaient limité leur choix à deux lourdes étoffes d'excellente qualité, l'une écarlate et l'autre d'un rouge tirant plus sur le prune.

— Cela ferait une robe splendide, dit Dalia en désignant la soie écarlate. Assortie à... Mais à quoi pourrais-je l'assortir ? Le surcot... il doit être d'une couleur différente, et je veux des manches avec des crevés très lumineux... Cependant, le vert ou le bleu seraient... Raquel, qu'en penses-tu ?

Raquel regarda son amie, puis la soierie, avant de trancher.

— Ni vert ni bleu, Dalia. Mais peut-être l'autre couleur est-elle plus facile à assortir, murmura-t-elle.

— Maîtresse Dalia ne devrait pas porter ces couleurs, dit une petite voix derrière elles. Regardez plutôt celle-ci.

Chacun se retourna. Yusuf tenait un rouleau de soie d'un jaune chaleureux, riche et étincelant comme l'or ou le soleil d'automne.

— Mais je n'aime pas le jaune ! fit Dalia.

C'est alors que le marchand de soie intervint.

— Ah, maîtresse, mais ce n'est pas jaune. C'est doré, presque safran, et tout à fait approprié à une jeune fille ayant votre teint. Regardez, madame, comme la beauté de votre fille est éclatante, même dans ma misérable échoppe, lorsque j'approche cette étoffe de son visage.

Il prit le rouleau des mains de Yusuf et le déroula en partie sur l'épaule de Dalia.

— S'il plaît à Madame, je lui ferai porter cette soierie avec d'autres tissus afin que vous puissiez les marier à votre guise.

Raquel et la mère se tournèrent vers la jeune fille. Yusuf et le marchand avaient raison : peu d'hommes pourraient résister à son amie ainsi vêtue.

La mère de Dalia palpa le tissu, l'approcha du visage et de la chevelure de sa fille, recula, et entreprit de discuter le prix. Les deux amies sortirent dans la rue, entraînant Yusuf avec elles.

— Comment as-tu fait pour choisir ? dit Raquel. Je n'aurais jamais pensé à une telle couleur.

— J'aime la couleur, répondit simplement le garçon.

Il ferma un instant les yeux et revit sa mère, si belle dans une robe de soie de cette nuance. Son image disparut, et il se demanda si son teint était semblable à celui de la jeune femme qui se tenait maintenant à côté de lui, pudiquement voilée.

— En tout cas, tu nous as tous impressionnés, reprit Raquel. Au fait, à qui parlais-tu ?

— À Hasan. Son maître est un lettré, mais il n'est pas très bon avec lui. Il parle ma langue et j'aime converser avec lui, ajouta-t-il comme pour s'excuser.

— J'en suis certaine.

La mère de Dalia sortit de l'échoppe, l'air triomphant. La transaction était terminée.

— Je dois rentrer, dit Raquel. Maman va s'inquiéter. Yusuf m'accompagnera.

Dalia, sa mère et leur serviteur se mirent alors en quête d'un orfèvre.

En réalité, Raquel n'était pas pressée de rentrer. Il faisait un temps agréable pour cette époque de l'année et elle prenait plaisir à flâner. Elle pénétra chez Ephraïm le gantier, qui avait reçu de nouveaux gants d'un beau gris souris sur lesquels étaient brodées de minuscules perles. Yusuf se tenait en retrait. L'endroit semblait désert, et elle écarta son voile pour mieux voir le travail du gantier.

Un cri retentit dans la rue. Surprise, elle s'approcha de la porte, ne vit rien et fit un pas à l'extérieur.

— La voilà ! dit une femme.

Raquel s'avança encore pour voir de qui elle parlait et elle comprit soudain que c'était elle que désignait la matrone au visage rougeaud.

— Je savais bien que je l'avais vue traverser la place, cette effrontée, avec son voile, exactement comme elle était quand elle est rentrée chez le tisserand !

— C'est la fille du médecin, ajouta une autre femme qui venait de sortir de sa maison. Ramon l'a bien dit, que c'était la fille du médecin !

La rue s'emplissait de curieux. Mortifiée, Raquel ramena son voile sur son visage. Une main la saisit par le bras, mais ce n'était que Yusuf qui s'efforçait de la reconduire vers les échoppes.

— C'est ça, ta sorcière ? dit un homme à la porte d'une cave à vin. Elle peut m'ensorceler quand elle veut, ajouta-t-il avec un rire gras.

— Par ici, jolie sorcière ! lança un autre.

Il y avait de plus en plus de monde. Quelqu'un bouscula Raquel. Elle heurta Yusuf et faillit le faire tomber. Elle agrippa son épaule et s'apprêta à se retirer avec le maximum de dignité. Soudain, une main se plaqua sur son bras et l'entraîna ainsi que le garçon dans une pièce sombre. Une porte claqua.

— Qui êtes-vous ? bredouilla-t-elle.

La main la relâcha.

Elle se retourna, écarta les pans du voile et constata qu'elle était à nouveau dans l'échoppe du gantier.

— Daniel ! Mais que faites-vous ?

— Je croyais qu'on allait vous attaquer, se défendit-il. Et vous n'aviez que ce garçon pour vous protéger.

— Allons, Daniel, ce n'étaient que deux mégères et un ivrogne. Personne n'allait m'agresser.

— Daniel ? Que se passe-t-il ? dit une voix grave dans l'arrière-boutique.

— Maître Ephraïm, salua Raquel avec une petite révérence. Votre neveu m'a arrachée à une foule de trois personnes, et je lui en suis très reconnaissante, même si ce n'était pas nécessaire.

Ephraïm éclata de rire.

— Ah, je ne le blâme pas, dit le gantier. Trois personnes peuvent rapidement devenir trente. Et nous ne voulons pas qu'il vous arrive du mal, maîtresse Raquel. N'est-ce pas, Daniel ?

— Non, mon oncle. Ce n'est pas très loin d'ici qu'une femme a été frappée à coups de pierre.

— Personne ne m'a lancé de pierres, dit Raquel avec une bravoure feinte.

— Malgré tout, Daniel et mon serviteur vous raccompagneront jusqu'à votre porte, n'est-ce pas, Daniel ?

— Certainement, mon oncle. Je vais chercher Samuel.

Ils passèrent donc par l'arrière-boutique pour rejoindre en toute sécurité la maison du médecin. Pendant tout le chemin, Raquel ne cessa de railler Daniel, mais, dès qu'elle fut chez elle, elle gagna sa chambre et repensa à l'incident avec inquiétude.

CHAPITRE XI

Raquel descendit lentement les escaliers qui menaient à la cour en s'interrogeant sur les diverses manières de relater le désagréable incident du matin. Mieux valait prendre les choses à la légère, décida-t-elle. Elle en ferait une scène comique, au cours de laquelle l'hystérie et l'ivrognerie seraient vaincues par son attitude imperturbable. Elle s'arrêta un instant pour réfléchir à la façon d'entamer son récit et regarda la table du dîner, baignée de la chaleur du soleil de fin octobre. Les jumeaux se chamaillaient pour des futilités, comme de coutume, mais leur bruyante férocité ne les empêchait pas de paraître incroyablement petits et vulnérables dans leur univers protégé. Dans leur cage, les oiseaux chantaient et sautillaient de perchoir en perchoir. Ceux qui vivaient dans les arbres et les buissons grimpants leur répondaient, lançaient un trille et retombaient dans le silence. Raquel refoula une larme furtive, descendit à la hâte les dernières marches et prit sa place. Elle ne pouvait faire entrer la haine de ce matin dans ce lieu enchanté.

Le dîner débuta paisiblement. Les jumeaux avaient trop faim et les aînés étaient trop plongés dans leurs préoccupations pour faire la conversation. Raquel contempla le simple repas composé de plats froids —

la cuisine était réservée à la préparation du sabbat — et goûta à des crudités agrémentées de vinaigre et d'œuf. Elle émietta du pain qu'elle lança derrière elle. Pas la moindre paire d'ailes ne se fit entendre.

— Je me demande ce qu'ont les oiseaux, dit-elle, incapable de supporter plus longtemps le silence. Ils n'ont pas l'air d'avoir faim. C'est pourtant une si belle journée !

Avant qu'elle ne termine sa phrase, le vent s'engouffra dans le coin de la cour où la table avait été dressée. Des oiseaux tournoyèrent joyeusement dans l'air, bientôt rejoints par d'autres oiseaux aux plumes ébouriffées, et finalement toute une nuée s'abattit dans l'abri relatif que constituait la cour.

— Voilà ta réponse, répondit son père d'un air narquois. Tu sens ce vent ? Ce n'est pas une aussi belle journée que ça.

— Le temps change, constata Judith.

Raquel frissonna.

— Il fait froid, se plaignit-elle. Je vais chercher un châle, maman, si vous le permettez.

Le soleil disparut brusquement. Dans leur cage, les grives cessèrent de chanter et s'ébrouèrent.

— Moi aussi, j'ai froid, dit Miriam.

— Viens avec moi, répondit sa mère. Raquel, rentre les oiseaux. Je crois qu'il va pleuvoir.

Raquel avait à peine gravi la moitié des marches qu'un éclair déchira le ciel et que l'orage éclata. La pluie s'abattit, rebondissant sur le dallage, assourdissante. Les serviteurs se précipitèrent pour rentrer les plats.

— Vous voyez, dit Judith à personne en particulier, le temps a changé.

Elle pressa les jumeaux et se dirigea vers l'escalier.

— L'hiver arrive.

Raquel s'était occupée de la cage et pouvait maintenant lui donner un coup de main.

— Oh, maman, pas encore, fit-elle comme si sa mère avait effectivement le pouvoir de faire venir l'hiver. Nous aurons encore du beau temps. La foire n'a même pas commencé.

— Il fait toujours froid pour la foire, lui répondit sa mère.

— Ce n'est pas vrai, fit Raquel.

Elles discutèrent jusqu'à la salle à manger où un feu venait d'être allumé et où Naomi, comme par enchantement, apportait un plat d'agneau haché épicé, présenté en boulettes aplaties et accompagné d'une sauce épaisse aux olives émincées et de légumes de saison cuits à l'étouffée.

— C'était pour demain soir, dit-elle, sur la défensive, comme si les convives avaient protesté. Mais il vous faut quelque chose de chaud dans le corps.

La pluie cessa dans l'après-midi, aussi soudainement qu'elle avait commencé, laissant dans son sillage un ciel plus bleu, un air frais et un petit vent mordant. Isaac prit la cape chaude que lui tendait Judith et se mit en marche vers le palais épiscopal.

— En ce qui concerne la mort de ces jeunes gens, je n'ai pas appris grand-chose, mais j'ai entendu quelques réflexions aussi tristes qu'étonnantes, Votre Excellence, dit Isaac. J'ai pensé vous faire une visite, m'inquiéter de votre goutte et peut-être vous en parler.

— Pour l'heure, je souffre plus de colère et de curiosité que de goutte, maître Isaac, répliqua Berenguer. Mon infortuné orteil ne me tourmente plus. Je puis à nouveau enfiler une paire de bottes avec la prestance d'un jeune chevalier. Mais je n'aime pas ce que j'entends en ville.

Il s'arrêta un instant.

— Nous en reparlerons plus tard. Commencez plutôt par me relater ce que vous avez trouvé.

— Eh bien, j'ai découvert que ce garçon, Aaron, aimait passionnément apprendre. Ce n'est pas un penchant facile quand on est le fils de Mossé. Le boulanger fait de l'excellent pain, mais il se moque bien des livres. Le frère d'Aaron me dit que ce jeune homme s'était rendu dans l'établissement de Marieta pour y suivre au moins un cours de théologie et étudier d'autres branches de la science.

— Chez Marieta? Pour y apprendre la théologie? Ah, Isaac, on s'amuse à vos dépens.

— C'est ce que j'ai d'abord pensé, Votre Excellence. Je sais qui est Marieta, et le genre d'établissement qu'elle dirige. Mais mon informateur me jure que son frère n'était pas troublé outre mesure par le désir des femmes...

— C'est là ce qu'il a dit? Marieta peut aussi combler d'autres désirs.

— J'en suis conscient. Je ne crois pas que ce soit le cas de Daniel, même s'il se montre très discret. Mais il me jure, ainsi que je viens de vous le dire, qu'Aaron se passionnait pour les choses de l'esprit. Et que chez Marieta il ne recherchait pas une jolie compagne, mais un grand mage, nouveau en ville, et susceptible de lui enseigner toutes les choses qu'il ignorait.

— Ce Guillem de Montpellier, fit l'évêque d'un air pensif.

— Je le crois, oui.

— C'est certainement lui, à moins que Marieta n'abrite toute une troupe de mages. J'ai demandé à deux de mes officiers de se renseigner, le plus discrètement possible, sur ce Guillem. Et la première chose qu'ils ont découverte, c'est qu'il loge en dehors de la juridiction du conseil, chez Marieta. Ce n'est pas très rassurant. Quoi qu'il en soit, il dépend encore de ma propre juridiction.

— Heureusement, dit Isaac, songeur. Il ne semble

pas s'entourer d'amis très respectables. Il faut dire, à sa décharge, que la vie est difficile même pour le plus lettré des hommes, quand il n'a ni position ni relations puissantes pour lui venir en aide.

— Certes, acquiesça l'évêque.

Berenguer n'avait jamais été dépourvu de l'un ni de l'autre, et ce depuis l'âge de neuf ans, où il avait troqué les soins attentifs de sa mère contre l'éducation plus rigoureuse de l'Église.

— Que sa vie soit difficile ou non, reprit-il, cet individu commence à m'ennuyer. Il a nié de la manière la plus véhémente avoir jamais parlé à un dénommé Lorens.

— Vraiment ? Et a-t-il nié avoir proposé ses leçons à de jeunes hommes crédules ?

— Pas précisément. Il a reconnu avoir parlé de temps à autre de ces choses, quand on lui prêtait une oreille attentive, et même avoir accepté une pièce. Aucune loi ne s'oppose à cela. Mais vous comprendrez, maître Isaac, que ce que les officiers l'ont entendu faire pourrait passer pour de la prédication, et il n'a pas l'autorisation de prêcher, comme il le sait lui-même. C'est là un délit assez sérieux, qui pourrait lui valoir des ennuis.

— Il prétend ne pas avoir donné de cours chez Marieta ?

— Pas exactement. Il dit que les gens viennent le voir pour lui poser quelques questions auxquelles il se plaît à répondre, mais qu'il ne se rappelle pas le nom de tous ceux qui se sont présentés à lui.

D'impatience, il tapota des doigts sur la table.

— Je leur ai dit de ne pas le presser de questions pour l'instant. Je ne veux pas l'effrayer, et je ne suis pas prêt à ordonner son arrestation. Mais les officiers ont eu l'impression que la culpabilité suintait par tous les pores de sa peau. Nous devons faire quelque chose à son propos.

— Je suis d'accord, Votre Excellence, il n'est pas d'une bonne influence sur notre ville.

— Oui. Même s'il n'est pas directement responsable de la mort de ces trois jeunes gens, c'est un escroc, un illusionniste, quelqu'un qui joue avec l'esprit et les croyances de pauvres innocents. Si je ne puis le faire inculper pour ces délits, je veillerai à ce qu'il soit chassé de mon diocèse.

L'évêque poussa un grand soupir.

— Je ne dois pas laisser ma colère prendre le pas sur la courtoisie. Je vous ai interrompu, mon ami. Quelle autre nouvelle est venue à vos oreilles ? demanda-t-il.

— Il y a une chose que j'hésite depuis trois jours à porter à votre attention, Votre Excellence.

— Trois jours ? s'étonna Berenguer.

— Oui. C'est un délai de réflexion un peu long, mais vous me comprendrez, je le pense, quand je vous décrirai les circonstances. Un de mes patients m'a dit qu'un inconnu l'avait accusé d'avoir provoqué la mort de Marc, le fils du tisserand Ramon, en faisant usage de sorcellerie et avec l'aide d'une femme anonyme.

— Qui est votre patient ?

— Vous voyez ma difficulté, hésita Isaac. C'est une grave accusation, vous en conviendrez, qui pourrait mener droit au tribunal. Il ne m'a pas donné l'autorisation d'en parler...

— Mais vous l'a-t-il interdit ?

— Non, Votre Excellence, non, mais de là à déduire que j'ai la permission de vous révéler ses affaires...

— Ah, Isaac, votre conscience vous fait honneur.

— J'ai cependant la permission de vous faire part d'anciennes menaces à l'encontre de lui-même et de sa famille, des menaces de sorcellerie à leur égard.

— Sur mon âme, mon ami, dit Berenguer, je jure de ne pas faire usage de vos paroles, ni même de votre information, s'il doit y avoir une action contre celui que l'on accuse. Seulement contre l'accusateur, si je m'en trouve justifié. Ce patient vit-il dans le Call ?

— Non, Votre Excellence, il fait partie de vos ouailles. C'est même l'une de vos plus ardentes. Il s'appelle Pons Manet.

— Je ne puis y croire, dit Berenguer. Je ne puis croire que quelqu'un ait imaginé que Pons Manet aurait pu tuer grâce à la sorcellerie le fils de ce tisserand, ce balourd aviné. Ou que l'on puisse prendre au sérieux cette accusation. Même si les propos les plus invraisemblables passent trop souvent pour véritables, ajouta-t-il d'un air sombre.

— La vie a été rude pour Pons Manet, reprit Isaac. Je soupçonne fortement que son fils, Lorens, est ce même Lorens dont je n'ai pas réussi à sauver la vie. Ce même Lorens qui buvait, discutait philosophie et recherchait la connaissance, avec Aaron, le fils du boulanger, et Marc, le fils du tisserand.

— Lorens était son fils, dit Berenguer. Et Pons Manet est un brave homme, Isaac, il n'y en a pas de meilleur. C'est un père généreux et un excellent mari. Il s'est beaucoup battu pour arriver à la position qu'il occupe aujourd'hui et a vaincu le mépris de ceux qui sont nés fortunés. J'aime cet homme, Isaac, et Dieu m'est témoin, tout ceci va trop loin ! Je me demande si ce n'est pas aussi l'œuvre de notre ami Guillem de Montpellier.

— Peut-être avez-vous raison, Votre Excellence, mais puisque le mot de sorcellerie est sur toutes les lèvres ces jours-ci, n'importe lequel de ses rivaux pourrait y recourir afin de détruire maître Pons.

— C'est cela qui est diabolique, Isaac. Mais avant votre départ, je pense que nous devrions avoir un entretien discret avec le capitaine des gardes. Il a seulement besoin de savoir que l'on menace maître Pons.

J'aimerais apprendre qui entre ou sort de cette maison et si l'un de ses serviteurs a été suborné.

Il se dirigea vers la porte de son cabinet et parla à une personne qui attendait dans le couloir.

— Je serais heureux de voir ce problème réglé. Mon patient souffre beaucoup depuis le début de l'été.

— Nous en reparlerons, maître Isaac, mais il y a un autre sujet que nous devons aborder. Vous ne l'avez pas mentionné, et j'ignore si votre silence est le fruit de votre discrétion ou de votre ignorance. Votre fille vous a-t-elle relaté sa rencontre dans la rue ce matin ?

— Quelle rencontre ? fit Isaac. On ne m'a rien dit. S'agit-il encore de commérages malveillants ?

— Nullement. On me l'a rapporté il y a une heure. Votre fille sortait de la boutique du gantier, son voile légèrement ouvert, et elle a été reconnue par une certaine Miquela, qui l'a accusée en termes violents d'être une sorcière, celle-là même qui a aidé à tuer le jeune Marc. Deux ivrognes sont sortis de la taverne et ont repris l'accusation à leur compte, mais avant qu'il se passe quoi que ce soit, quelqu'un l'a mise à l'abri dans l'échoppe. L'incident a ainsi pris fin, mais tout cela ne me plaît pas, Isaac, mon ami. Non, cela ne me plaît pas.

— Elle ne m'en a rien dit.

— Peut-être pense-t-elle que cela n'a pas d'importance.

— Non, je crois au contraire qu'elle a été tellement bouleversée qu'elle a cherché à me le cacher.

Isaac passa l'extrémité de ses doigts sur son front comme s'il avait mal à la tête puis, les réunissant en forme de pyramide, il posa dessus son menton.

— Un jour, elle me le dira, reprit-il en relevant la tête, et je serai très surpris d'apprendre cela, mon ami, et je lui répondrai qu'elle a agi avec beaucoup de bravoure — et de folie, en me le dissimulant.

— Si vous le souhaitez, nul ne l'apprendra de ma bouche, à moins que cette femme ne soit traînée devant le tribunal. Mais je vous demande de réfléchir à la proposition de dame Elicsenda de garder Raquel à Sant Daniel. Le couvent l'accueillera volontiers. Elle y sera en sécurité.

— C'est entendu, mais, pour l'instant, elle reste parmi nous.

— Fort bien. Allons voir le capitaine. Et dimanche prochain, je parlerai dans mon sermon de l'incitation à l'émeute, et, croyez-moi, j'emploierai des termes que personne n'oubliera de sitôt.

Le jour du sabbat se leva, froid et gris. Une vapeur blanche s'échappait de la bouche et des narines des hommes qui se rendaient à la prière. Dans la maison d'Isaac, le feu de la cuisine, allumé la veille, répandait dans cette pièce, ainsi que dans les deux salles adjacentes, une douce chaleur qui repoussait le froid. Au-delà de la cour, le calme n'était rompu que par quelques bruits domestiques, étouffés parce que les persiennes n'étaient pas encore ouvertes à cause de la fraîcheur matinale.

Mais à l'extérieur du quartier juif, le brouhaha habituel du marché du samedi s'était changé en une véritable cacophonie. La foire allait se tenir la semaine suivante, et les préparatifs de la fête battaient leur plein. Les ménagères se pressaient pour discuter les prix ou se chamailler, et les enfants couraient en tous sens, ajoutant à la confusion générale. Entre le lendemain et la Toussaint, à une semaine de là, on travaillerait peu en ville, et il y avait encore beaucoup à faire avant la tombée du jour.

Maître Pons Manet se trouvait dans son cabinet et étudiait avec son premier commis les chiffres des deux derniers mois. Ils avaient commencé à travailler à la lueur des bougies, une heure après que les cloches eurent sonné prime. Quand ce serait terminé, il resterait dans l'entrepôt pendant toute la journée à classer les réserves en compagnie de son premier manutentionnaire. On pouvait s'attendre à de fortes ventes pendant la foire et tout devait être prêt. En dépit de sa fortune, maître Pons travaillait aussi dur que chacun de ses employés.

Les derniers chiffres furent vérifiés, étudiés, commentés, puis mis de côté. Avant que le lainier eût remercié son commis, le garçon habituellement chargé d'allumer le feu et de rendre de menus services passa la tête par la porte.

— Pardonnez-moi, maître Pons, dit-il, mais la maîtresse est partie au marché avec Caterina, Pere n'est pas là et la cuisinière m'a demandé de répondre à la porte. Il y a là une dame qui dit qu'elle veut vous voir, et je ne savais pas si...

Qu'ignorait-il ? On ne l'apprit jamais. Une femme, pas très grande, couverte d'un voile et enveloppée d'une cape chaude et épaisse qui dissimulait parfaitement son corps, l'écarta et marcha jusqu'à la table où travaillaient les deux hommes.

— Il y a une chose très importante dont je dois vous parler aujourd'hui, maître Pons, déclara-t-elle.

Elle murmurait, comme si elle était enrouée d'avoir trop crié, mais sa voix était assez claire pour être parfaitement comprise.

— Cela ne vous prendra pas beaucoup de temps, reprit-elle, mais ce que j'ai à dire doit l'être en privé, me semble-t-il.

D'un geste, Pons renvoya son commis. Il resta assis et ne l'invita pas à prendre un siège. Tous deux attendirent que la porte fût fermée.

— Et qu'avez-vous à me dire qui exige une telle discrétion ? fit Pons sèchement.

Il l'examinait attentivement et tentait de deviner ses traits sous le voile.

— C'est fort simple. En premier lieu, sachez que je ne suis qu'une messagère. Me faire suivre ne vous servira à rien. Je ne sais rien de cette affaire au-delà de ce que l'on m'a priée de dire, et j'ignore le nom ou la profession de ceux qui m'ont engagée. Je ne connais pas plus leurs traits.

— Voilà un message étrangement familier, femme.

Elle ne releva pas son propos et poursuivit sa récitation.

— Mes employeurs ont la faculté de tisser un sortilège protecteur autour de vous et de votre maison, dit-elle. Si vous n'acceptez pas leur assistance, votre dernier fils mourra. Si vous continuez de refuser, votre femme mourra, puis vous-même.

— Et c'est par charité que vos employeurs proposent leurs services ?

— Non. La somme exigée pour cela est inscrite sur ce papier.

Elle sortit de son gant un document scellé à la cire et le déposa sur la table.

Il s'en empara, brisa le sceau et le déplia. C'était une feuille du papier le plus fin que l'on fît dans cette ville, pliée en quatre, puis à nouveau en deux, dans le sens de la longueur. Il n'y avait qu'une seule chose inscrite dessus, et c'était un montant en maravédis. Pons Manet le lut, écarta la papier et leva les yeux vers le personnage debout devant lui.

— Cette somme d'argent détruirait mes affaires, dit Pons. Ma famille serait sauvée de la mort par sorcellerie pour finalement périr de faim.

— On m'a demandé de vous dire que cet argent n'a jamais été le vôtre et que, par conséquent, vous n'aurez rien perdu. Enfin, vous avez jusqu'à la Toussaint pour payer.

— À qui ? demanda Pons.

La femme secoua la tête.

— Je l'ignore. On vous le fera savoir.

Avant qu'il pût ouvrir la bouche, elle sortit précipitamment de la pièce et dévala les escaliers.

CHAPITRE XII

Tôt, le samedi matin, Berenguer de Cruilles envoya chercher Bernat sa Frigola, scribe, secrétaire et officier administratif de son diocèse, et lui confia la tâche consistant à noter et à mettre en ordre les pensées que la crise lui inspirait afin de donner le jour à deux sermons enflammés, un qu'il prononcerait le dimanche, et l'autre le mercredi, jour de la Sant Narcis.

— Je n'arrive à rien, Bernat, dit l'évêque. Quand je pense à la stupidité de tout cela, je ne puis que secouer la tête et reposer ma plume. Entre ceux qui répandent ces ridicules superstitions païennes et tous les esprits crédules, la ville court à sa perte. La sauver d'agresseurs extérieurs, comme le fit Sant Narcis, me semble plus aisé que de tenter de l'arracher des mains de ses habitants. S'ils la démantelaient pierre après pierre, ils ne pourraient s'y mieux prendre pour la détruire de l'intérieur.

— C'est vrai, Votre Excellence, répondit Bernat, homme à garder ses opinions par-devers soi. Souhaitez-vous que cela fasse partie du sermon de mercredi ?

Berenguer réfléchit un instant.

— D'une certaine façon, nous devons les convaincre qu'ils causent de plus grands dégâts que ne le feraient sorciers et sorcières. Nous pourrions commencer par là. Après un texte adéquat.

— Un conte, peut-être, Votre Excellence, dit Bernat avec calme. Quelque chose qui illustre la notion de pourrissement intérieur. Chacun le comprendra.

— Faites de votre mieux et apportez-moi quelque chose cet après-midi.

— Oui, Votre Excellence. Francesc Monterranes attend de vous voir.

— Un sermon ? dit Francesc, une fois qu'ils eurent fait leurs affaires. Vous pensez qu'un sermon résoudra le problème ?

L'incrédulité de son ton frisait l'irrespect.

— Vous n'êtes pas d'accord, c'est cela, Francesc ?

— Effectivement, Votre Excellence. Mais cela ne peut faire de mal, et puis...

— Cela apaisera ma bile. Ce n'est pas une bonne raison pour un prêche.

— Ce n'est pas ce que je suggérais, Votre Excellence. Je voulais seulement dire que cela frappera les esprits pour l'avenir, même si cela n'aide pas vraiment à résoudre le problème actuel.

— C'est une maigre consolation, Francesc, mais je l'accepte tout de même. Ce pauvre Bernat a dû écarter tous ses autres travaux et voilà qu'il se débat avec mes sermons. J'avais bien songé vous demander de travailler dessus avec moi, mais...

— Bernat est expert lorsqu'il s'agit d'exprimer en mots simples des idées difficiles, Votre Excellence. Pas moi.

— Vous êtes un logicien trop subtil, Francesc, pour vous adresser aux gens du peuple.

— Et je ne puis écrire facilement dans la langue de tous les jours. Je ne suis pas doué pour l'anecdote, c'est pour cela que je tiens les comptes et entends des controverses au lieu de prêcher la crainte de Dieu à des foules de fidèles impressionnés.

— C'est là votre suggestion pour le premier sermon, Bernat ?
— Oui, Votre Excellence. Ce conte est assez bref, et je sais que ce n'est pas exactement ce que vous recherchiez. Je vais m'atteler à un autre, si vous préférez.
— Non, pas du tout. Celui-ci ira très bien.

L'évêque monta en chaire, la mine sombre, et contempla l'assemblée. La foule s'était réunie dans la cathédrale, l'esprit léger, prête à absorber un peu de spiritualité avant de célébrer un dur labeur dans la joie et la ripaille. Il y avait beaucoup d'agitation, de bruissement et de chuchotements, mais le silence du prélat dura plus que de coutume, et les fidèles mal à l'aise retrouvèrent bientôt le calme.

— *Consilia impiorum fraudulenta*, dit Berenguer. Les conseils des méchants sont trompeurs. De sages paroles pour ceux qui ont l'intelligence de les entendre. Aujourd'hui, nous entamons la célébration de la fête de Sant Narcis. Le jour venu, j'en dirai plus sur le bon saint, comment il a sauvé la ville et ce que cela signifie pour notre vie spirituelle, mais pour l'heure, je discourrai sur les conseils des méchants.

« Vous connaissez l'histoire de ce roi qui, se voyant près de mourir, réunit sa famille afin de partager ses biens. À son fils aîné il donna le royaume que son propre père lui avait laissé, et à son deuxième fils il donna les terres qu'il avait remportées avec son épée. À son troisième fils, il donna trois trésors. Il les confia à sa reine, pour qu'elle les conserve jusqu'à ce qu'elle jugeât le garçon digne de les recevoir. Quand le roi mourut, la reine donna à son fils le premier trésor, un anneau qui rendait son propriétaire si charmant que tout ce qu'il demanderait lui serait accordé. Elle le prévint aussi qu'une femme tenterait de le lui dérober.

« Il passa la bague à son doigt et sortit sur la grand-place. Là, il rencontra une femme d'une beauté et d'une grâce incomparables. Avec un sourire charmeur, elle le pria de la laisser mettre la bague à son doigt : elle en prendrait grand soin et la lui rendrait immédiatement. Il lui confia son secret et lui passa la bague. Un instant après, elle avait disparu. Le jeune homme alla trouver sa mère, en larmes.

« La reine lui donna ensuite un collier serti de pierreries qui garantissait à son propriétaire tout ce que son cœur désirait. Il vit la même femme qui franchissait la porte de la ville. Elle remarqua le splendide collier et se jeta à ses pieds pour lui avouer la perte de la bague. Elle pleurait amèrement. Il la releva et lui montra le collier qu'il portait en remplacement de la bague. Avec force sourires, elle l'ôta de son cou, le passa au sien et s'enfuit.

« Quand le jeune homme revint auprès de sa mère, elle le prévint qu'il ne restait plus qu'un cadeau. C'était une étoffe richement brodée, capable de transporter où ils le voulaient ceux qui prenaient place dessus. Il alla la montrer à sa bien-aimée, étala l'étoffe et l'invita à s'y asseoir avec lui. Il souhaita se rendre avec elle aux confins de la terre et ils se retrouvèrent aussitôt dans une forêt, avec pour seule compagnie des bêtes sauvages. “Comme c'est astucieux ! s'écria sa bien-aimée. Comment avez-vous fait cela ?” Il lui expliqua tout. Elle s'assit à côté de lui sur l'étoffe, prit sa tête sur ses genoux et attendit qu'il se fût endormi. Alors, elle tira l'étoffe de dessous lui et souhaita revenir dans leur ville natale, laissant le jeune prince au milieu des bêtes sauvages.

« La traîtresse représente ceux qui fomentent la

révolte parmi vous et vous offrent les conseils trompeurs des méchants. Ceux qui répandent le mensonge et vous volent votre innocence et votre renom. Vous autres, habitants de Gérone, êtes ce prince insensé, qui écoute les voix trompeuses des perfides. J'ai entendu ces rumeurs qui parlent d'un mal qui s'abattrait sur la ville. Le mal est bien là, croyez-moi, mais il ne vient pas de l'extérieur. Il réside dans vos cœurs. Qui d'autre que vous a blessé ces femmes innocentes ? Ce n'est pas un étranger, mais bien l'un de vous qui est responsable de la mort de l'une de vos voisines. Vous avez répandu le mensonge avec diligence parmi les honnêtes bourgeois.

Il s'arrêta un instant pour s'éclaircir la voix, secoua la tête et reprit.

— Vous êtes aimés de votre Père céleste qui vous a donné tous les trésors : de puissantes murailles, des rivières poissonneuses, des forêts abondantes, des vignobles et des arbres fruitiers. Votre saint bien-aimé, comme la sage reine de ce conte, veille sur la ville et la sauve des attaquants venus de l'extérieur, mais vous n'avez de cesse d'ignorer les sages conseils et de détruire de l'intérieur ce que vous aimez. Soyez prévenus que vos calomnies, vos menaces et vos persécutions d'innocents vous vaudront non seulement la colère de notre roi, mais aussi la colère de Dieu. Et ce ne serait que juste châtiment si vous vous retrouviez, comme le jeune prince, face aux griffes et aux crocs des bêtes sauvages.

« Mais son Père qui est aux cieux, qui pardonne encore et toujours, donna au prince une ultime chance de regagner sa ville natale et de reprendre son bien. C'est peut-être votre dernière chance de mettre un terme à votre comportement mauvais et de conserver les trésors qui nous ont été donnés.

« *In nomine Patris, et Filii, et Spiritus Sancti. Amen.*

Sur ce, l'évêque de Gérone, les joues empourprées par la colère, quitta la chaire pour l'autel.

La population de la ville prit à cœur l'homélie de l'évêque. Les moins fautifs fouillèrent douloureusement leur conscience, se rappelant les commérages entendus au cours de l'année passée et prenant la décision de ne pas céder à nouveau à la tentation. Les plus fautifs hochèrent la tête, se sentirent vertueux et furent d'accord avec l'évêque pour dire qu'ils étaient entourés de voisins vils aux intentions malignes. Quelques-uns furent troublés dans leur conscience en se souvenant de propos qu'ils avaient tenus. Mais, heureusement pour la paix des âmes, les festivités qui commencèrent le lendemain chassèrent bien vite des pensées aussi dérangeantes.

De presque toutes les maisons sortaient les senteurs des préparatifs de la grande fête du mercredi. Les chaudrons frémissaient et les fours des boulangers étaient chargés de viandes à rôtir. Chacun en ville se préparait à inviter ses amis et ses voisins, qui viendraient les bras chargés de mets délicieux. Pourtant, dans quelques demeures, l'humeur était sombre, et les rires ne fusaient pas. Pons Manet, sa femme et leur fils pleuraient la mort de leur fils et frère, et n'avaient le cœur ni à boire ni à manger ; le mari de la belle femme frappée par la pierre restait assis près d'un foyer éteint et s'interrogeait sur l'énigme de sa mort. Pourquoi ses voisins l'avaient-ils prise pour une sorcière ? Qu'avait-elle fait ? Le tiendraient-ils pour un sorcier ? La peur, plus que le froid qui régnait dans son humble maison, le faisait frissonner et le poussait à se demander s'il valait mieux se jeter du haut de la plus haute tour ou attendre leur venue.

De l'autre côté de la rivière, sur le champ de foire, artisans, amuseurs et vendeurs de toutes sortes de choses — du ruban et de la babiole aux chevaux et au bétail — installaient leurs tréteaux en pestant contre le mauvais temps, l'état du terrain et la pingrerie bien connue de la population. Mais, intérieurement, ils calculaient les profits astronomiques que cette semaine allait leur rapporter.

Dans le quartier juif, la maison d'Isaac le médecin était relativement calme. Ibrahim et Leah avaient emmené les jumeaux assister aux préparatifs de la foire ; Judith et Naomi étaient en cuisine et confectionnaient un dîner capable de les satisfaire tous quand ils rentreraient à la maison. Isaac passait en revue les herbes et les teintures rangées dans son cabinet. En général, il était son propre apothicaire, distillant, pilant et mélangeant ce qui était utile à ses patients. Certains ingrédients venaient toutefois d'outre-mer : ils lui arrivaient de Barcelone, et mieux valait s'occuper de cela avant que les pluies hivernales et le mauvais temps ne ralentissent les navires et n'embourbent les routes.

Isaac prenait chaque article, jugeait de son poids et de son état de fraîcheur, puis Raquel le remettait en place.

— Il ne nous manque que des herbes communes, seigneur, dit Yusuf qui cochait la liste. Nous pourrions en cueillir ce matin, avant que le soleil ne soit trop chaud.

— Excellent, mais tu devras y aller seul, Yusuf. Raquel restera ici avec moi. À ton retour, elle vérifiera ce que tu as ramassé pour s'assurer que tu n'as pas commis d'erreurs.

Cette fois-ci, Raquel ne protesta pas.

Quelques-unes des herbes les plus odorantes et les plus puissantes poussaient sur les collines escarpées du nord de la ville. Selon la tradition, il convenait de les cueillir par une fraîche matinée, après que la rosée eut séché, mais avant que le soleil n'en ait sucé la sève. Il fallait aussi que la lune fût décroissante.

— Toutes ces choses sont-elles vraies ? avait demandé Yusuf.

— Je l'ignore, avait répondu Isaac. C'est possible. Les gens le croient depuis longtemps. Cela ne fait pas de mal de les cueillir au moment le plus propice quand on en a la possibilité.

Ainsi, la matinée était fraîche, la rosée avait disparu et la phase de la lune convenait. Yusuf n'était donc pas seul au flanc de la colline. Les cueilleurs qu'il rencontrait d'ordinaire étaient absents, l'esprit de fête ayant déjà enveloppé la ville, mais il reconnut le panier d'Hasan, presque aussi grand que lui, et derrière lui, Hasan qui se penchait pour ramasser quelque chose.

Avant de parler, Yusuf regarda autour de lui pour voir si le garçon était accompagné.

— Hasan ! l'appela-t-il. C'est Yusuf, par ici.

— Je n'ai pas le temps de bavarder, dit le garçon, je dois remplir mon panier.

— Tu ne cherches pas la qualité ?

— Pas du tout, fit Hasan en riant. Nous les brûlons pour impressionner les clients. Et Marieta en garde quelques-unes pour sa cuisine.

— Dans ce cas je vais t'aider. Je prendrai les meilleures plantes, car nous en avons besoin. Tu auras les autres.

Pendant une heure, ils errèrent à flanc de colline, s'éloignant de plus en plus vers l'est au point d'arriver presque à Sant Daniel. Ils avaient parcouru les hauteurs et la vallée, récoltant les plantes qui aimaient le sol humide des abords du ruisseau tout autant que celles qui préféraient l'air et le soleil. Leurs deux paniers remplis, Yusuf prit le pain fourré à l'agneau en sauce que Naomi lui avait préparé, et il le rompit en deux.

— Je te le dis, Yusuf, j'en ai assez de cette vie, annonça Hasan en mordant dans son morceau.

— Que s'est-il passé ?

— Le serviteur de mon maître me rend la vie insupportable. J'ai des marques partout sur les jambes et dans le dos à cause de son bâton. Il me frappe, il me donne des coups de pied et il m'enferme dans une petite pièce, parfois un jour et une nuit avec seulement une cruche d'eau et jamais rien à manger.

— Qu'as-tu fait pour l'irriter à ce point ? demanda Yusuf, intéressé.

Il savait par expérience que toute action, aussi désagréable fût-elle, avait une cause.

— Rien. Une des filles a raconté qu'un client lui a dit que je devenais vieux et laid. C'est pourquoi il m'a battu.

Yusuf l'observa avec attention.

— Quel âge as-tu ? demanda-t-il à son ami.

— Je n'en suis pas trop sûr. On ne me l'a jamais dit. Quatorze ans, peut-être. Mais je grandis.

— Qu'en pense ton maître ?

— Il dit que ce n'est pas important, il me donne une friandise, puis il tourne le dos quand je suis battu à nouveau.

— Je m'enfuirais, à ta place.

— Facile à dire, mais comment y arriverais-je ?

— Rien ne t'empêche de partir, affirma Yusuf. Tu n'es pas enchaîné. Tu pourrais le faire tout de suite.

— Mais je mourrais de faim !

— Il y a des gens qui cherchent des commis. Toujours. Tu aurais de quoi manger.

— Je serais pris par un autre trafiquant et je serais vendu encore une fois, je le sais bien. Je ne peux pas m'en aller comme ça.

Il prit une longue brindille, dont il se servit pour se curer les dents.

— Si, il existe bien un moyen. J'ai réfléchi à la question et je sais comment je pourrais m'y prendre.

— Oh, fit Yusuf en s'allongeant dans l'herbe, prêt à entendre quelque propos extravagant. Et comment ?

— Si tu me remplaçais.

Yusuf se redressa brusquement.

— Moi ? L'esclave de ton maître et de sa brute de serviteur ?

— Rien que pour un soir, pendant une cérémonie. Tu prendrais ma place et je m'en irais. Ainsi, je pourrais emporter mes habits et les quelques sous que des gens m'ont donnés.

— Et à la fin de la soirée, qu'est-ce que je fais ?

— Tu pourras partir dès que ton rôle sera terminé. Personne ne te remarquera. Quand les clients s'en vont, tout le monde s'endort pour avoir trop bu de vin. Ils ne se réveillent pas avant le lendemain matin. Cela me donnerait près d'un jour pour fuir avant qu'ils ne le remarquent.

— Hasan, il leur suffira de me regarder pour savoir que tu t'es sauvé.

— Tu ne comprends pas. Pour les cérémonies, je porte un costume et un masque. Et personne ne me regarde — ils sont trop occupés par ce qu'ils font. L'endroit est mal éclairé, sauf à l'endroit où les filles dansent. Ils ne voient pas grand-chose. Tu t'en rendras compte par toi-même. Mon costume t'ira bien, tu as pratiquement ma taille.

— Tu es plus grand que moi, beaucoup plus grand.

— Mais nous ne serons pas ensemble, Yusuf. Je suis plus petit que toutes les filles sauf une. Toi aussi. C'est tout ce qui compte.

— Et quand est-ce que cela doit avoir lieu ?

— Demain. Après le coucher du soleil.

— Je ne sais pas si mon maître me laissera m'absenter pour la soirée, fit Yusuf d'une voix faible.

— Il n'en saura rien. Tu m'as dit toi-même que tu n'as aucun mal à sortir de la maison ou du Call.

— Mais si quelqu'un est malade, il aura besoin de moi.

— Tu ne seras pas parti longtemps, je te le promets. Je t'en prie, fais ça pour moi. Je ne supporte plus cette vie et si tu ne m'aides pas, je te le jure, je me tuerai.

Yusuf sentit son estomac se nouer.

— Où dois-je te rencontrer demain soir ?

CHAPITRE XIII

Ce lundi-là, à l'heure où la plupart des habitants de Gérone avaient achevé leur dîner, la foire s'était agrandie au point de déborder sur la ville. Les camelots et les vendeurs de brimborions qui ne disposaient pas d'étal ou de charrette proposaient leurs marchandises sur les ponts et dans les rues. Oisifs, curieux et esprits crédules se rassemblaient partout où jongleurs, acrobates, magiciens et diseurs de bonne aventure exhibaient leurs talents. L'air vibrait du son des chalumeaux, des tambourins et des instruments à cordes qui jouaient chacun dans leur coin et attiraient leurs propres admirateurs. Tous ceux qui vivaient à un jour de marche de la ville étaient là, trouvant un lit chez un oncle, un cousin éloigné, un ami de la famille négligé depuis longtemps. Et partout, les tavernes ne désemplissaient pas.

Vu le bruit et l'agitation, personne ne sut exactement comment naquit la rumeur. Après coup, certains dirent qu'elle avait été portée en ville par un certain Jaume, un marchand de Barcelone, arrivé l'après-midi même. Quand ledit Jaume fut retrouvé et interrogé, il nia farouchement avoir entendu une telle chose et nia tout autant avoir raconté de telles inepties à qui que ce soit. D'autres prétendirent que l'affaire avait été révélée par une voyante dotée de pouvoirs magiques ; cette théorie fut encore plus difficile à étudier car, dès que la voyante en eut vent, elle remballa son attirail et disparut. Après une enquête approfondie, une seule chose se révéla certaine. À l'heure où le soleil se couchait sur la ville, chacun savait que l'infant Johan, duc de Gérone, qui à trois ans était l'héritier chéri du trône d'Aragon, avait été ensorcelé et que sa santé déclinait. S'il mourait, la guerre civile éclaterait et les détruirait tous.

— Et Joana, la femme de Romeu Rains, le menuisier, a fait une fausse couche, dit une femme non loin du pont. Je viens droit de chez elle. Une fausse couche, oui, sans la moindre raison.

— Peut-être qu'elle a été approchée par une sorcière, suggéra la personne qui se tenait à côté d'elle.

— Je ne vois pas comment ça pourrait être autrement, répliqua la première femme.

Le temps de se rendre d'un pont à un autre, tout le monde savait que trois honnêtes femmes avaient été abordées par des sorcières alors qu'elles s'en revenaient de la messe dominicale. Cela s'était passé à l'ombre même de la cathédrale, et elles avaient fait des fausses couches. Un fermier assis devant un gobelet de vin se mit alors à parler de sa vache qui avait perdu son veau, et un autre d'une truie grasse et saine dont les neuf porcelets étaient mort-nés, sans préciser que cette tragédie était survenue quatre années plus tôt.

— Y a qu'à pendre ces sorcières ! s'écria un tailleur de pierre aviné, qui déboulait d'une taverne du quartier sud de la ville et, aveuglé par le soleil, cherchait autour de lui une sorcière à pendre. Faut les pendre, je vous dis !

Ces mots embrasèrent la foule comme un feu de paille. Des réponses fusèrent, et une horde quitta les tavernes, excitée par la perspective de passer enfin à l'action.

La première victime fut Guillema, dont les cheveux bruns enduits de henné, le visage maquillé et la robe à demi délacée indiquaient clairement la profession. Elle déambulait près de la rivière, non loin de la porte sud, quand la foule arriva.

— En voilà une ! cria une voix mâle. C'est une sorcière ! Une femme de mauvaise vie, et j'ai la preuve que c'est une sorcière.

Elle se retourna, surprise, comprit ce que voulait la foule et partit dans le sens contraire.

— Attrapez-la ! lança une autre voix.

Elle retroussa ses jupes et se mit à courir. Guillema était rapide, mais pas assez. Une main se referma sur sa jupe, s'agrippa à son surcot et la retint un instant. Elle se débarrassa de son vêtement et s'engouffra dans une ruelle comme une biche apeurée. Mais, pour Guillema, ce retard fut fatal. Un gars de la campagne, œil vif et bras vigoureux, en profita pour ramasser une pierre et la lui jeter. Elle l'atteignit à la tête, et Guillema tomba tel un oiseau mort. Qu'elle fût morte ou non, nul ne le savait ou ne s'en préoccupait. Après que la foule l'eut piétinée, elle l'était certainement.

Quelques-unes des épouses et des filles de la ville, avec leurs cousines de la campagne, suivirent alors le mouvement, poussées par une curiosité morbide et envahies par une peur quasi délectable ; le reste, ébahi et terrorisé par les hurlements, fit demi-tour et rentra à la maison. En quelques minutes, les rues et les places de la ville, mais aussi les proches faubourgs ne furent plus peuplés que d'émeutiers. Frustrée, l'odeur du sang aux narines, la foule s'en alla vers le nord, empruntant les rues transversales pour ensuite revenir vers l'artère principale ainsi qu'un fleuve qui contourne une île et se reforme sitôt après.

Quand elle arriva à Sant Feliu, ses meneurs entrevirent une nouvelle proie, une femme dont l'épaisse chevelure brune s'était défaite et dont le voile avait glissé alors que, prise de panique, elle cherchait un refuge. Elle traînait un enfant épuisé sur les marches raides qui conduisaient à la grand-place de Sant Feliu. L'enfant trébucha et tomba, et elle se pencha pour le relever.

— La voilà ! cria quelqu'un. C'est elle, la vraie sorcière ! Catin ! Meurtrière ! Attrapez-la, et son engeance infernale avec elle !

Quelques voix protestèrent, mais la clameur était telle qu'on ne les entendait pas. Le tailleur de pierre aviné qui avait lancé le mouvement avait été oublié par la foule avant même qu'elle trouve Guillema, et il était revenu à sa beuverie en toute inconscience du mal qu'il avait déclenché. Les nouveaux meneurs s'étaient refermés sur la femme essoufflée. Elle recula, tenta de les repousser, mais quelqu'un éclata de rire et lui donna une bourrade. Des bras la saisirent et la firent passer par-dessus la balustrade de pierre. Elle tomba sur les pavés de la place en contrebas.

Quelqu'un cria alors, assez fort pour être entendu de ceux qui se trouvaient près de la balustrade :

— C'était Venguda, la femme de Tomas de Costa.

Il y eut un début d'échauffourée au milieu des marches et un petit homme brun se détacha de la masse. Il se mit à courir non pas en direction du corps brisé de son épouse ni de son enfant qui hurlait de terreur, mais vers la porte nord afin de rentrer au cœur de la ville.

Venguda passait pour une jeune femme discrète et agréable. Après une telle découverte, le groupe perdit un peu de son énergie. Ceux du dernier rang se retirèrent, honteux ou apeurés, et les autres se disséminèrent dans les rues de Sant Feliu. Un homme à la voix puissante prit alors la parole pour dire ce que nombre de ses compagnons pensaient.

— C'est fort bien, Pere, mon ami, de nous dire d'aller pendre les sorcières, mais qui m'indiquera où elles sont ?

— Il a raison, approuva son voisin. Et si la femme de Tomas était une sorcière, on pourrait en dire autant de n'importe laquelle de nos épouses. Je ne crois pas que c'était une sorcière.

Sur ce, les deux hommes abandonnèrent le groupe et revinrent vers la ville.

Pendant ce moment de calme relatif, une porte s'ouvrit au coin de la rue, et une belle femme brune qui tenait par la main un enfant blond s'avança prudemment.

— Je crois qu'ils sont partis, dit-elle à quelqu'un qui se tenait derrière elle.

La porte se referma et elle se hâta de traverser la rue pavée.

Un homme apparut devant elle, qui lui bloqua le chemin.

— C'est la fille du médecin, dit-il. C'est bien elle. J'ai trouvé la fille du médecin !

Et brusquement, ce qu'elle pensait n'être qu'un murmure lointain explosa à quelques mètres d'elle.

— Nicholau ! hurla Rebecca, avant de se retourner pour faire face à la foule.

L'homme plaqua ses mains au mur, de part et d'autre de Rebecca, pour lui interdire de s'enfuir.

— Je te cherchais, lui dit-il. Toi et ceux de ta race.

Elle chercha à se dégager, mais en vain. L'enfant pleurait, le visage caché dans ses jupes.

— Laissez-moi passer !

— Oh non, dit le meneur, qui la dépassait d'au moins une tête. Regardez ce qu'elle est petite !

Il haussa le ton pour que chacun l'entende.

— C'est bien ce qu'a dit Ramon, que c'était la fille du médecin, même si elle était plus petite. Il avait oublié que le médecin avait deux filles, non ?

Un murmure d'approbation lui répondit, un murmure de plus en plus fort malgré le nombre restreint des émeutiers.

— Oui, Ramon ne s'est pas trompé. C'est bien elle.

— Laissez-moi passer ! répéta-t-elle.

— Nous allons nous occuper de toi. C'est fini, tu ne tueras plus personne.

— Marc de Puig, dit Rebecca d'un ton sec, j'exige que vous me laissiez passer !

Il recula d'un pas, surpris d'avoir perdu son anonymat, puis il approcha son visage tout contre le sien.

— Nous ne voulons pas de sorcières dans cette ville ! Nous avons déjà réglé leur compte à deux de tes sœurs et nous allons faire de même avec toi.

Il l'attrapa alors à la gorge et la colla contre le mur.

— Allez me chercher une corde ! Nous allons pendre cette sorcière ! cria-t-il d'un air triomphant.

Mais les gens qui se trouvaient derrière lui — et qui lui auraient obéi — avaient entendu un bruit que lui-même n'avait pas perçu : celui de sabots en provenance de la porte de la ville. Déjà, ceux du dernier rang se dispersaient le plus rapidement possible. Les chevaux coincèrent contre les murs ceux qui avaient commis l'erreur de s'engager dans cette rue étroite. Quelques émeutiers réussirent à s'échapper, dévalant la berge avant de fouler le fond boueux de la rivière Galligans.

Le capitaine de la garde épiscopale mit pied à terre et s'inclina.

— Maîtresse Rebecca, dit-il, emphatique, car ils s'étaient déjà rencontrés. Êtes-vous blessée ?

— Non, nullement. Mais essoufflée, et furieuse, et soulagée de vous voir enfin.

Là-dessus, elle éclata en sanglots.

— Je vais vous escorter jusqu'à votre domicile, ensuite je m'occuperai de cette racaille, dit-il. Ils ont fait beaucoup de mal en peu de temps.

Au coucher du soleil, la ville était étrangement paisible. Ceux qui étaient sortis de leurs maisons pour participer aux commérages s'étaient vu intimer l'ordre d'y rentrer sur-le-champ. Les camelots et les amuseurs, habitués depuis toujours à éviter les représentants de la loi, s'étaient discrètement retirés dans leurs campements dès les premières clameurs. Les portes de la ville étaient fermées. Nul ne pouvait les franchir sans permission.

Aux premiers signes d'émeute, les portes du Call avaient également été fermées. Jacob, le gardien, se tenait près de la petite poterne, le visage collé à l'œilleton, prêt à ouvrir et à refermer très vite à quiconque se trouverait au-dehors. Ceux dont les boutiques ou les maisons avaient des portes permettant de sortir directement du quartier les avaient soigneusement barricadées, et tout le monde attendait.

Les officiers avaient arrêté près de trente personnes, émeutiers ou simples témoins. Les responsables de la ville et la garde de l'évêque étaient engagés dans une compétition, délicate mais bien réelle, afin de savoir qui avait le droit de juger les accusés, lesquels attendaient, le regard sombre, sur les bancs de pierre au-dessous de la cour. Car Guillema était morte dans la ville de Gérone, mais Venguda avait fait une chute mortelle à Sant Feliu, où avait été également agressée Rebecca. Toutes trois à cause de ces individus à la mine piteuse.

— Je savais que cela arriverait, dit Berenguer au capitaine de la garde.

— J'accepte d'être blâmé pour leur mort, dit le capitaine d'un air abattu. Nous nous y attendions, mais nous n'avons pas été assez rapides, Votre Excellence. Dès que nous avons été prévenus, nous nous sommes mis en route pour intercepter la foule.

Il secoua la tête.

— La confusion régnait quant au site exact de l'émeute, et l'on nous a d'abord donné de mauvaises indications.

— Je crois que la foule n'a pas cessé de changer de direction, fit remarquer l'évêque.

— Oui. Chaque fois qu'elle voyait une victime potentielle. Nous ne l'avons rejointe qu'une fois les deux femmes mortes.

— Mais rappelez-vous que vous avez appréhendé les plus responsables et que vous avez empêché un troisième drame, pour le moins, grâce à votre prompte réaction. Cela n'est pas négligeable.

— Vous m'accordez trop de crédit, Votre Excellence. La foule commençait à se calmer quand nous sommes arrivés. C'est pourquoi maîtresse Rebecca est encore en vie. Elle leur a parlé sans frémir, et au lieu de la tuer tout de suite, cette vermine de Marc de Puig a pris le temps de répliquer. C'est une femme courageuse.

Il secoua à nouveau la tête.

— Il faut dire qu'elle avait son enfant avec elle et que cela peut rendre une femme aussi brave qu'un lion.

— Bien, comme vous voudrez. Maîtresse Rebecca s'est sauvée toute seule, l'émeute a fini comme elle avait commencé et vos hommes n'ont rien fait.

— Nous avons circonscrit les meneurs. Vous avez raison. Pour cela, Votre Excellence, nous méritons quelque louange. Que va-t-il advenir de la foire ? s'empressa-t-il de demander avant que l'évêque eût le temps de répondre.

— J'ai déjà parlé aux membres du conseil. Nous sommes du même avis, me semble-t-il. Fermer la foire causerait beaucoup de tort aux honnêtes marchands, aux négociants venus ici et à ceux qui doivent faire affaire avec eux. Cela créerait aussi un profond mécontentement dans la ville et dans tout le diocèse. Nous ne pouvons l'autoriser à ouvrir tant que ces hommes ne seront pas jugés, demain matin, mais si tout est calme, chacun pourra reprendre ses occupations une heure avant midi. Le conseil est d'accord sur ce point, ajouta-t-il, ne laissant aucun doute au capitaine sur l'identité du vainqueur de la confrontation. Fermer la foire ce soir et demain matin suffira à faire comprendre à tous qu'il s'est passé une chose très grave.

Peu de temps après, le conseil chargé du bon fonctionnement du Call se réunissait dans la demeure de Bonastruch Bonafet.

— Un messager vient d'arriver porteur de nouvelles de la part de l'évêque, dit Mahir Ravaya en entrant dans la pièce, un papier plié et scellé à la main.

Sans attendre, il brisa le sceau et se mit à lire.

— Le conseil municipal a rencontré l'évêque. La ville est soumise au couvre-feu, et les instigateurs de l'émeute ont été appréhendés.

— Comment les conseillers en sont-ils sûrs, à moins d'avoir été là quand cela a commencé ? lança Vidal Bellshom d'un air narquois. Ils veulent seulement dire qu'ils espèrent que les instigateurs ont été arrêtés.

— Vous êtes trop pessimiste, Vidal, intervint Isaac. Espérons qu'ils ont raison d'avoir confiance. Cette lettre nous renseigne-t-elle sur l'étendue du drame ? Certains disent qu'il n'y a eu aucune victime, d'autres parlent de dix morts, d'autres encore de six.

— Voyons, dit Mahir en retournant la feuille de papier. Deux femmes ont été tuées. Guillema, une prostituée, a reçu une pierre lancée par un certain Bernat, actuellement recherché. Venguda, femme de Tomas de Costa, a été jetée du haut de l'escalier de Sant Feliu par cinq hommes. Désirez-vous leurs noms ?

— Nous n'en avons pas besoin pour l'heure, n'est-ce pas ? demanda Vidal.

— Certainement pas. Ensuite, Maria Rebecca, femme de Nicholau Mallol, scribe...

Mahir hésita avant de reprendre sa lecture.

— ... a été abordée puis agressée par Marc de Puig, mais a résisté assez longtemps pour que la garde vienne à son secours. Elle n'a pas été blessée.

La pièce était silencieuse. Chacun s'était tourné vers Isaac. Bonastruch versa un verre de vin et le lui plaça dans la main.

— Il est bon de savoir exactement ce qui a eu lieu, dit-il. Merci. Qu'y a-t-il d'autre dans cette lettre, Mahir ? Nous avons besoin de savoir ce qui va se passer dans un jour ou deux pour décider quelle action nous devons entreprendre.

Mahir reprit son papier.

— La décision du conseil municipal et de l'évêque est de ne pas autoriser la foire avant la fin du procès des émeutiers. Il aura lieu demain matin. Les portes de la ville s'ouvriront demain comme à l'accoutumée. Voilà, c'est tout ce que contient cette lettre.

— Quand ouvrirons-nous nos propres portes ? demanda Vidal.

Isaac repoussa le verre de vin auquel il n'avait pas touché.

— Je propose que nous gardions nos portes fermées jusqu'à ce que le procès soit terminé et que les gens aient pris connaissance du verdict. S'ils doivent se soulever à nouveau, c'est à ce moment-là qu'ils le feront. S'ils sont tranquilles, ils le resteront probablement.

— Et les maisons qui disposent d'accès personnels ? intervint Astruch des Mestre.

— Je leur conseillerais de mettre la barre.

— Je suis un homme plus prudent, peut-être, que certains, dit Bonastruch. Je suis d'accord, nous devons nous protéger jusqu'à la fin du procès, mais rouvrons progressivement. Si la ville est calme pendant l'après-midi, les boulangers pourront ouvrir leurs portes extérieures pour vendre leur pain en ville. Si quelqu'un a des affaires pressantes, il passera par la poterne, où le gardien sera prêt à refermer au moindre danger. Je propose que nous fassions cela jusqu'à mercredi soir.

— Je suis d'accord, dit Mahir Ravaya.

— Moi aussi, murmurèrent les seize autres hommes assis autour de la table.

La brume planait encore sur la rivière et l'air matinal était froid et humide quand le procès débuta. Lorsque tous les témoins eurent été interrogés et leurs dépositions soigneusement enregistrées, cinq hommes furent mis en accusation. Dans la grisaille du matin, après une nuit sans sommeil et un repas misérable, ils furent traînés au tribunal pour affronter trois juges dans toute leur splendeur, menés par la vive intelligence et l'aspect terrible de Francesc Adrober. Les autres détenus avaient été entassés dans une pièce exiguë. Bien qu'il fût très tôt, la petite salle d'audience était pleine de monde.

On avait retrouvé cinq témoins qui prétendaient ne pas avoir pris part à l'émeute, mais avoir entendu les rumeurs qui avaient déclenché la colère du tailleur de pierre.

— Oui, monseigneur, dit une femme qui avait hurlé ses encouragements à la foule la veille mais apparaissait à présent comme un modèle de vertu domestique. Tout le monde était bouleversé parce que l'infant Johan...

— Le témoin comprend-il qu'il n'y a aucune part de vérité dans cette rumeur? l'interrompit Francesc Adrober de son ton le plus sévère. Et que ce genre de rumeur est néfaste à la paix civile?

— Oui, monseigneur, acquiesça-t-elle avec un air de chien battu. Ensuite, le tailleur de pierre a dit que les sorcières devraient être pendues. Il est sorti, et tout le monde s'est mis à chercher des sorcières. Il a suivi les gens un certain temps, mais il était trop saoul, et il est revenu à la taverne.

— Et vous, où étiez-vous ? demanda le juge d'instruction.

— Moi aussi, je suis rentrée. Ils jetaient des pierres et tout ce qu'ils trouvaient, et je suis partie.

— Qui a suggéré que Guillema était une sorcière ?

— Euh... fit la femme en regardant autour d'elle d'un air paniqué, je n'en suis plus très sûre...

— Maîtresse, la nuit dernière, vous avez fait une déclaration sous serment au cours de laquelle vous avez donné un nom, lui rappela Francesc Adrober. J'ai cette déclaration devant moi. Si vous ne souhaitez pas aller en prison pour...

— C'était Pere Vives.

— Merci. Qui est notre prochain témoin ? demanda-t-il en se tournant vers le juge d'instruction.

— Une certaine Miquela, monseigneur, murmura un clerc. C'est une amie et une... collègue de la défunte.

Miquela ne présentait pas l'air effronté de la femme en question ; ses habits et son allure générale rappelaient davantage ceux d'une servante harassée que d'une fille des rues, et tel était, en effet, son état.

— Non, messeigneurs, dit-elle d'une voix terrifiée. Je ne suis que la domestique. Je balaye les chambres et je fais parfois la cuisine pour les...

— Je comprends, interrompit Francesc d'un air aimable qui étonna ceux qui ne l'avaient pas vu présider avant ce jour. Vous n'aviez rien à voir avec les clients.

— Je les faisais entrer, c'est tout.

— Et vous étiez une amie proche de Guillema? poursuivit-il sur le même ton.

— Oui, Votre Seigneurie, dit-elle, le fixant du regard tel un oiseau hypnotisé par un serpent. Nous étions du même village. Elle était bonne avec moi... meilleure que les autres.

— Je vois. Un des hommes ici présents, demanda-t-il en désignant les accusés, rendait-il visite à Guillema?

— Oui. Celui-là. Il s'appelle Pere. Il est venu souvent la voir. La semaine dernière, il a refusé de la payer et quand elle s'est plainte, il l'a frappée à coups de pied et à coups de poing. On a dû appeler Johan — il travaille là, lui aussi — et il l'a mis à la porte. Il est revenu deux jours plus tard, mais on lui a refusé l'entrée. Il a alors dit qu'il s'occuperait personnellement de Guillema et qu'elle apprendrait à le traiter différemment.

Elle poussa alors un long soupir et devint écarlate.

— Vous avez fort bien fait, mon enfant, dit l'auguste juge. Sont-ce là exactement les paroles qu'il a prononcées?

— Oh oui, monseigneur. Je m'en rappelle parce que j'ai eu très peur. Les autres aussi l'ont entendu, vous pouvez leur demander.

— Merci. Vous pouvez partir. Qui voyons-nous à présent?

Le reste de la matinée fut occupé par la triste histoire de Tomas et de Venguda. La cour découvrit les deux crimes de cette pauvre femme, aux yeux de son mari, à savoir qu'elle était stérile et qu'elle avait accueilli sous son toit l'enfant de sa sœur défunte, causant ainsi de grandes dépenses à son mari. Puis Tomas raconta qu'elle volait chaque nuit autour de la maison et qu'elle lui avait jeté un sort pour le rendre impuissant. L'auditoire frissonna.

— Je crois que nous avons un témoin qui éclaircira cette déclaration, dit Francesc Adrober. N'est-ce pas ?

La femme qui se présenta aux juges semblait avoir quelque expérience au prétoire. Elle déclina son identité sans la moindre hésitation, d'une voix claire, et regarda les juges droit dans les yeux. Mais elle répondit à leurs questions sans détour, comme quelqu'un qui a la conscience tranquille.

— Voulez-vous dire à la cour ce que vous savez de Tomas de Costa ?

— Il m'a rendu visite à plusieurs reprises, Votre Seigneurie. Pour faire affaire avec moi, vous me comprenez. Je peux attester qu'il était bel et bien impuissant. Les autres filles avec qui il est allé vous le diront comme moi.

— Et quand était-ce ? demanda le juge.

— Il a commencé à venir me voir l'année de la famine, Votre Seigneurie. Et il a continué par la suite.

— C'était il y a dix ans, précisa le juge.

— Oui, Votre Seigneurie, exactement. Et comme chacun le sait, il n'a marié sa pauvre femme que l'année qui a suivi la grande peste. Pas étonnant si elle n'a jamais eu d'enfant !

Des rires nerveux parcoururent l'assistance.

— Elle m'avait déjà ensorcelé ! s'écria Tomas. Avant même notre mariage !

Le clerc murmura quelque chose aux juges.

— Quand elle avait dix ans et qu'elle vivait au couvent à deux jours de cheval d'ici ? demanda l'un d'eux.

Les magistrats se retirèrent brièvement et revinrent avec le verdict. Marc de Puig fut jugé directement responsable de la mort de Venguda ; Bernat, dont l'identité exacte restait à définir, de celle de Guillema. Ils furent condamnés à être pendus. Le tailleur de pierre écopa d'une amende. Tomas de Costa et Pere Vives durent également payer une amende pour avoir excité la foule, et le juge leur fit comprendre qu'ils avaient une chance extrême d'échapper à la pendaison.

Finalement, à l'exception des quatre condamnés présents au tribunal, chacun trouva que c'était un jugement équitable. Marc n'était pas aimé, personne ne connaissait Bernat, et les trois autres, semblait-il, avaient probablement plus d'argent qu'ils ne voulaient l'admettre. On ne saura jamais ce qu'en pensa Bernat, car on ne le revit plus aux abords de la ville de Gérone.

CHAPITRE XIV

Un calme menaçant planait sur la ville en ce mardi matin. Même les oiseaux en cage se taisaient dans la maison d'Isaac le médecin, où seul se faisait entendre le murmure de la douce voix de Yusuf lisant ses leçons. Le silence emplissait chaque recoin, comme le bourdonnement persistant des insectes par une chaude journée, agaçant les oreilles tendues en quête du moindre danger. Raquel errait d'une pièce à l'autre à la recherche d'une occupation ou d'une distraction, n'importe quoi qui pût détourner ses pensées du monde extérieur. Depuis que l'avaient atteinte les premières rumeurs de femmes agressées dans les rues, elle s'était résolue en secret à accepter son enfermement dans le Call et même à admettre les inquiétudes paternelles relatives à sa tenue et à son comportement. Mais cette résolution ne l'aidait en rien à supporter l'atmosphère de cette journée.

Elle prit son aiguille et un ouvrage depuis longtemps négligé, fit quelques points assez maladroits et reposa le tout. Elle était trop distraite pour coudre et préférait penser à ce qu'il convenait de décider. Avec un remords de conscience, elle se rappela que son père lui avait demandé d'effectuer des recherches. Dès qu'elle entendit partir Salomó, le tuteur, elle gagna en toute hâte la bibliothèque et prit deux gros ouvrages de médecine : l'un d'eux avait pour auteur Isaac Israeli et l'autre était le *Speculum medicinæ* d'Arnau de Vilanova. Elle leur consacrerait toute sa journée pour tenter d'y trouver quelles maladies ou substances pouvaient avoir déclenché les étranges symptômes que les trois jeunes gens avaient présentés avant de mourir.

Dans la cour, Isaac arrêta sa femme alors qu'elle sortait précipitamment de la réserve pour accomplir des tâches domestiques qui ne sauraient attendre, et peu importait ce qui se passait en dehors du quartier juif !

— Judith, mon amour, dit Isaac, je dois vous parler un instant. Quelque part où Raquel ne risque pas de nous entendre.

— Elle est près du feu, dans la bibliothèque. Quand le soleil réchauffera la cour, elle y descendra sans aucun doute avec ses livres.

— Nous n'en aurons pas pour longtemps. Venez dans mon cabinet.

Judith s'installa près de la table et regarda son mari déambuler dans la pièce, soulever des objets pour les reposer aussitôt.

— Qu'y a-t-il, Isaac, que vous hésitiez à me dire ? fit-elle, incapable de supporter plus longtemps ce silence.

— Je n'hésite pas, répondit-il en se tournant vers elle, le sourire aux lèvres. Je ne fais que rassembler mes pensées. Hier, je vous ai parlé de deux malheureuses tuées au cours de l'émeute. Ce que je ne vous ai pas dit — ce que je ne pouvais dire, même à vous, en cet instant —, c'est qu'une troisième femme a été prise à partie par cette horrible foule d'ivrognes et de braillards. Au lieu de fuir, comme les autres avaient tenté de le faire, elle les a affrontés avec beaucoup de courage et les a priés de la laisser tranquille. Nous devons supposer qu'ils furent surpris par son refus de céder à la peur, car ils reculèrent et cherchèrent même à se justifier. Ce fut une véritable chance pour cette jeune femme, car cela permit à la garde de voler à son secours. Elle a été effrayée, mais elle n'a pas été blessée.

Sur ce, Isaac s'arrêta de parler et reprit sa déambulation.

— Pourquoi me dire cela ? murmura Judith.

— Elle était avec son enfant, un garçon de deux ans. Ils ont fondu sur elle alors qu'elle rentrait à la maison. Elle croyait que la foule s'en était allée. J'ai appris cela en partie lors de la réunion qui s'est tenue hier soir, et le reste dans un message que m'a fait porter l'évêque.

— Pourquoi l'évêque vous a-t-il envoyé ce message, Isaac ? demanda Judith d'une voix où perçait la peur.

— Parce que cette jeune mère n'est autre que Rebecca, Judith. Comprenez-vous ? La femme qui a affronté si bravement les émeutiers était Rebecca. Notre première-née. Et elle était avec notre petit-fils. Ils cherchaient une corde pour la pendre quand la garde est intervenue.

Judith éclata en sanglots.

Par-delà les murs du Call, un vague murmure retentit, premier signe que le procès était terminé et la vie reprenait en ville. Mossé ouvrit sa porte avec d'infinies précautions, vit quelques personnes d'allure pacifique vaquer à leurs occupations et décida de sortir ses paniers. Le commerce fut bientôt aussi animé que d'habitude, car l'homme doit avoir du pain à manger, même en période d'émeutes et de pendaisons, et c'est chez le boulanger qu'il s'attend à le trouver.

Les tavernes ouvrirent également avec prudence, l'une après l'autre. Les jongleurs et les musiciens, même les diseurs de bonne aventure, quittèrent leur campement pour venir en ville. Lentement, l'esprit de fête revint. En fin d'après-midi, la foire avait retrouvé toute son animation.

Yusuf avait passé la journée en proie à la plus grande indécision. Quelque part, au plus profond de lui-même, il était convaincu de commettre la pire erreur de sa jeune vie s'il se rendait ce soir-là chez Marieta. Mais Hasan l'attendrait, confiant qu'il viendrait et lui permettrait ainsi de recouvrer la liberté. En fin de compte, Yusuf entra dans la bibliothèque, prit une plume et du papier et écrivit, du mieux qu'il put, un petit mot pour expliquer à Raquel où il se trouvait et pourquoi. Il réfléchit à ce qu'il allait en faire, et le posa sur son lit.

Ensuite, sans grand zèle, il chercha son maître et lui demanda la permission de souper tôt et de quitter le quartier juif pendant une heure ou deux. Afin d'aider un ami.

— Tu sembles hésiter à ce propos, Yusuf. S'agit-il de ton ami Hasan ?

— Oui, seigneur. Il doit faire quelque chose de compliqué ce soir, et avant même de vous demander votre permission, j'ai eu la sottise de lui promettre de l'aider.

— Dans ce cas, tu dois y aller. Il faut toujours tenir sa promesse.

— Oui, seigneur.

— Mais prends bien garde dans les rues. Les choses pourraient à nouveau mal tourner.

— Oui, seigneur, je ferai de mon mieux.

— C'est tout ce que je te demande.

Quand Yusuf franchit la poterne et entra dans la ville, ce fut dans un autre monde qu'il pénétra. Les rues étaient emplies de torches et des cris des vendeurs qui portaient des paniers de viande grillée, des noix grillées et toutes sortes d'autres mets savoureux. De chaque côté de la rivière, les musiciens se défiaient de toutes leurs forces comme si leur vie en dépendait. Les jeunes femmes encore célibataires se fondaient dans la foule, loin du regard de leurs mères ou de leurs tantes, et se mêlaient aux danses improvisées sur le pavé des rues. Yusuf profita de la confusion pour se glisser jusqu'à Sant Feliu sans se faire remarquer. Il suivit le chemin qui longeait la rivière et atteignit la porte de service de l'établissement de Marieta. Elle n'était pas verrouillée et il la poussa avec précaution. Les gonds étaient aussi silencieux que l'eau par une journée sans vent : quelqu'un avait eu la bonne idée de les graisser récemment.

De l'autre côté de la cour, une silhouette sombre se détachait dans l'encadrement de la porte.

— Où étais-tu passé ? murmura Hasan. Je croyais que tu n'allais pas venir.

— Mon maître avait besoin de moi, répondit Yusuf sur le même ton. Et il y a beaucoup de monde dans les rues. Où est le costume que je dois enfiler ?

— Il est sur mon dos, idiot ! lui lança son ami. Tu ne le vois donc pas ?

— Pas vraiment, avec toute cette lumière derrière toi. On peut entrer ?

— Il ne faut pas faire de bruit.

Hasan attrapa Yusuf par la main et lui fit franchir la porte. Il la referma presque complètement derrière eux avant d'écarter un rideau. Il y avait là un ensemble hétéroclite de paniers, de jarres à vin, de coussins et de braseros.

— Reste là, dit Hasan en poussant son ami dans le coin le plus sombre.

Puis il disparut.

Dans le lointain, Yusuf percevait des murmures, parfois ponctués de gros rires masculins auxquels répondaient de petits gloussements de femmes. Puis des pas rapides claquèrent sur le carrelage.

— Où est ce satané gamin ? dit une voix féminine, à deux pas de l'endroit où il se cachait.

Yusuf se tapit dans son coin pour se fondre dans l'ombre. Une main écarta le rideau pendant un bref instant avant de le laisser retomber. Les pas claquèrent à nouveau sur le sol, et Yusuf poussa un soupir de soulagement.

À travers le rideau, il vit approcher une lueur vacillante et se tapit à nouveau. Le rideau s'écarta encore une fois, et Hasan entra dans la petite réserve, une chandelle à la main. Yusuf réprima une envie de rire.

— Qu'est-ce que tu portes là ? demanda-t-il enfin.

— C'est le costume, fit Hasan. Enfile-le, mais fais bien attention, il coûte très cher et si tu le déchires, ils le remarqueront tout de suite.

Il planta sa chandelle dans un bougeoir crasseux qu'il posa sur un coffre en bois. Il leva les mains et ôta soigneusement son turban.

— Dès que j'aurais été trop grand pour le mettre, mon maître m'aurait vendu, parce que cela revient moins cher d'acheter un petit garçon que de refaire un costume. C'est ce qui est arrivé à mon prédécesseur. C'est pour ça qu'il faut que je m'en aille, tu comprends ?

Yusuf murmura quelque chose pour signifier qu'il comprenait et reprit l'examen du costume qu'il allait devoir porter. La coiffure ressemblait plus à un chapeau qu'à un turban. Assez gros, rembourré, il était recouvert d'or ou d'une substance semblable. Dessous, il y avait un loup de couleur jaune et écarlate. En dehors de cela, le garçon était vêtu d'une tunique rouge à laquelle étaient cousus une multitude d'ornements de cuivre. Sa culotte était jaune safran et brodée de motifs écarlates qui lui remontaient le long des jambes. L'effet était plutôt malheureux, et on avait l'impression qu'il était prisonnier des tentacules monstrueux de quelque bête fabuleuse.

Il ne fallut toutefois qu'un instant à Hasan pour se débarrasser de cette étrange mue et passer sa tunique de tous les jours. Il tendit le pantalon à Yusuf.

— Vite, fit-il. Enlève ta tunique et ta culotte et jette-les dans un coin. Mets cela.

Fébrilement, Yusuf endossa le curieux costume.

— Tu feras illusion, dit Hasan en l'examinant à la lueur de la chandelle.

Il la reposa et resserra la cordelette jaune que Yusuf portait à la taille.

— Là, c'est mieux.

— Que vais-je devoir faire ?

— J'ai tout préparé pour la cérémonie. J'ai allumé les feux, mais pour le reste tu devras te débrouiller. Voici ce qui va se passer.

D'une voix murmurante, mais à toute allure, il lui donna une liste d'instructions.

La personne qui avait failli découvrir Yusuf fit à nouveau entendre sa voix.

— Ali ! cria la femme. Dépêche-toi ! On va commencer.

— Pourquoi t'appelle-t-elle Ali ?

— Ils font tous ça. Ils appellent tous les musulmans Ali. Ils disent que c'est plus facile que de se rappeler mon nom quand ils sont pressés. Je les déteste.

Hasan laissa la chandelle sur le coffre, prit un paquet dissimulé derrière une jarre à vin et attira Yusuf dans le couloir.

— Viens avec moi, dit-il.

— Pourquoi ne pas passer par ici ? demanda Yusuf en montrant un escalier en colimaçon, de l'autre côté de la réserve.

— On se ferait prendre.

Il entraîna Yusuf dans un couloir spacieux qui faisait toute la longueur de la maison. Les chaussons écarlates de Hasan étaient trop grands pour Yusuf et claquaient sur le sol de pierre. Les deux garçons atteignirent l'extrémité du couloir, marquée par un autre escalier.

— Par là, murmura Hasan. Quand tu arriveras en haut, tu verras une porte doublée d'une tenture. Elle mène à la salle de cérémonie. Les choses dont tu as besoin sont là-haut. Reste dans la pénombre et tiens-toi la tête baissée. Ils n'aiment pas qu'on les regarde.

« Mais qui sont-ils ? » se demanda Yusuf en grimpant les marches quatre à quatre avant de s'arrêter devant la porte doublée d'une étoffe brune assez grossière.

En face de lui, une plus vaste tenture formait comme un quatrième mur au palier et transformait cet espace en une petite pièce. Avant toute chose, il devait savoir par où s'enfuir en cas de problème. Sans faire de bruit, il écarta la tenture, juste assez pour voir. Devant lui, la salle était vide. Il se trouvait au niveau de la rue car, comme la plupart des maisons de la ville et de ses faubourgs, celle-ci était à flanc de colline. Un long couloir meublé de bancs, de chaises et de petites tables et éclairé par des torchères s'étirait entre la porte d'entrée de l'établissement, à sa gauche, et le haut de l'escalier, à sa droite. Alors qu'il observait cela avec intérêt, la porte de la salle s'ouvrit en grand et il battit en retraite. Il prit son souffle et écarta la tenture grossière pour pénétrer dans la salle où devait se dérouler la cérémonie.

Il ne savait pas très bien à quoi s'attendre, mais, en tout cas, ce ne fut pas ce qu'il vit devant lui. Espace et ténèbres, voilà quelle fut sa première impression. L'entrée qu'il avait empruntée était percée dans le mur du fond. La seule lumière émanait des quatre bougeoirs muraux, dans la partie avant de la pièce, là où se réunissaient les participants. La pièce était assez longue, avec un plafond voûté soutenu par deux piliers qui la divisaient vaguement en deux. Six gros coussins, arrangés en demi-cercle entre les piliers, étaient posés sur un tapis aux couleurs sombres. Devant chacun d'eux, un petit brasero était empli de braises. Un autre brasero était disposé près d'un étrange cercle dessiné sur le carrelage. Yusuf s'approcha un peu pour voir de quoi il s'agissait. La fumée âcre des braseros lui piqua les narines.

Le cercle, trois pas de diamètre environ, avait été tracé en noir. À l'intérieur, il y avait un grand triangle, lui-même habité d'une étoile à cinq branches. À la périphérie s'étalait une collection disparate de symboles empruntés pour certains à l'astrologie, pour d'autres à des sources plus mystérieuses, pour d'autres encore à aucune source connue si ce n'est l'imagination fertile de Hasan. Deux gros chandeliers à sept branches portant des cierges à peine entamés avaient été placés à l'extrémité du cercle, à trois pas l'un de l'autre.

Quatre coussins étaient occupés par des hommes d'âges divers que Yusuf trouva tous dans un état d'ébriété plus ou moins avancé. De toute évidence, ils venaient de la foire, où ils avaient mené grand tapage, et avaient bien l'attention de s'amuser jusqu'à ce qu'ils n'en puissent plus. L'un d'eux se tourna vers son voisin et lui murmura quelque chose à l'oreille. Le voisin éclata de rire et lui donna une bourrade avant de sauter sur ses pieds.

— Par tous les saints, tu as raison, mon ami. On

n'est pas venus ici pour s'asseoir sur un coussin ! cria-t-il. On commence !

Les trois autres ajoutèrent leurs voix à ses cris.

— Et apportez du vin ! lança l'un d'eux. On meurt de soif !

— Et de solitude ! dit un autre en enlaçant son compagnon.

À cet instant, deux autres hommes franchirent la porte d'entrée et regardèrent autour d'eux, l'air un peu perdu. Yusuf prit son courage à deux mains : il était temps de s'y mettre. Il s'inclina, faillit perdre sa coiffure et les accompagna vers les deux derniers coussins.

— C'est pour nous, ça ? demanda l'un d'eux.

— On croyait qu'on allait s'asseoir sur des cuisses accueillantes, dit l'autre.

Tous éclatèrent de rire.

Yusuf n'avait pas l'intention de parler, quoi qu'il advînt. Sa voix ne ressemblait pas à celle de Hasan. Un seul mot, et c'en serait fait de lui. Il joignit les mains et s'inclina à nouveau, le plus bas possible, et rattrapa encore une fois son turban.

— On peut bien attendre cinq minutes, dit un des hommes en riant.

Les nouveaux venus s'installèrent. L'homme qui s'était levé voulut en faire autant, tituba et s'étala de tout son long au grand amusement des autres.

— C'est quoi, cette chose ? demanda l'un des nouveaux en désignant le cercle tracé sur le sol.

Yusuf porta la main à ses lèvres pour indiquer le silence et s'en revint au fond de la pièce.

Hasan lui avait dit que son premier travail consistait à allumer les cierges. Puis, dès que le mage arriverait, de placer dans chacun des braseros une cuillerée de la mixture de la jarre d'argile.

Il ne voyait pas de jarre. Peut-être se trouvait-elle encore dans la réserve, et il était censé se hâter de la trouver. Pris de panique, il fouilla la pièce jusqu'à ce que, dans un coin sombre où il avait déjà regardé, il vît un pot carré d'un brun terne. Il y avait à côté une cuiller en étain et une mèche pour allumer les bougies. Il prit la mèche, l'alluma à un flambeau et revint avec le plus de dignité qu'il put.

Il approcha la mèche du premier cierge, et les hommes assis sur les coussins poussèrent des acclamations suivies de remarques bruyantes que Yusuf ne trouva pas amusantes. Il sentait ses joues s'empourprer sous son masque, et ses mains tremblaient tant qu'il eut du mal à allumer les derniers cierges.

Quand il eut terminé, il reprit sa place au fond de la salle et put admirer le spectacle : l'intérieur du cercle formait une scène illuminée, tandis que tout le reste disparaissait dans l'obscurité.

Comme si le fait d'allumer les cierges constituait un signal, un personnage grand et mince pénétra dans la pièce. Il était vêtu d'une longue tunique étroite de couleur noire, et ses broderies reproduisaient la plupart des symboles dessinés à terre. Il portait aussi un chapeau noir et pointu ainsi qu'une large ceinture dorée. Il se plaça en dehors du cercle et, consacrant toute son attention à l'espace intérieur de celui-ci, commença à psalmodier à voix basse.

— C'est quoi, cette comédie ? demanda l'un des spectateurs.

— Ce n'est pas pour voir ça que je paye, grommela un autre. Je croyais qu'il y avait des filles.

— Il y en a, dit un troisième. Il y en a même une dehors qui vaut le coup d'attendre, crois-moi.

Le mage porta son regard sur le groupe indiscipliné et écarta les mains en un geste suppliant.

— Protégez-nous, ô Tout-Puissant, lança-t-il d'une voix forte, des esprits qui rôdent au milieu de nous !

Il fouilla dans sa manche et en sortit une substance qu'il répandit sur le brasero placé devant lui.

— Ainsi que de ceux qui planent sur nos têtes.

Il jeta encore un peu de poudre.

— De ceux qui nous entourent et de tous les autres ! cria-t-il d'une voix qui monta dans l'aigu.

Une fumée âcre s'éleva du brasero. À nouveau, il chercha dans sa manche et lança quelque chose sur les charbons.

— Vile racine de mandragore au pouvoir immense, hellébore magique et nourriture des démons, voilà ce que je vous offre ! Venez, esprits ! s'écria-t-il en levant les bras au ciel.

C'était le signal pour Yusuf. Il prit la jarre, trempa la cuiller dans la mixture et en arrosa généreusement chaque brasero. La fumée s'épaissit considérablement et les hommes se mirent à tousser, les yeux humides, et à grommeler des jurons. Yusuf déposa la dernière cuillerée dans le sixième brasero et se hâta de s'éloigner avant d'éternuer.

Dans l'autre salle, un tambour retentit, sur un rythme doux et insistant. Yusuf avait la tête qui tournait, et un conseil de Hasan lui revint en mémoire : « Hâte-toi, ne respire pas la fumée et ne mets pas trop de poudre. » Il n'avait rien fait de cela. De l'air frais, voilà ce qu'il lui fallait. Il écarta la tenture qui recouvrait la porte du fond et sursauta de terreur. Il se trouvait face à face avec un homme dont le corps déformé et le visage balafré auraient engendré l'horreur chez n'importe qui.

Il saisit Yusuf par le bras et le repoussa dans la pièce.

— Où est Romea ? siffla-t-il.

Yusuf haussa les épaules.

— Pauvre idiot !

Il leva la main pour lui tirer l'oreille, mais n'en fit rien.

— Pas le temps, murmura-t-il. Retourne au travail.

Sur ce, il disparut.

Le mage avait encore levé les bras. Le tambour reprenait après s'être arrêté un instant. Yusuf saisit le pot brun et, d'une démarche assurée, se hâta de rejoindre les participants. Cette fois-ci, il ne jeta qu'une demi-cuillerée de mixture sur les braises en évitant de respirer. Cependant, en arrivant devant le sixième homme, il se rendit compte, horrifié, qu'il avait utilisé toute la poudre.

Ensuite venait le vin. Il pouvait leur en donner... non, tout le monde s'en rendrait compte, s'il apportait des gobelets au lieu de continuer à jeter des herbes magiques dans le feu. C'est pourquoi, quand le tambour s'arrêta et que le mage leva une fois encore ses mains décharnées, Yusuf se hâta de plonger sa cuiller dans le pot vide et de faire semblant de saupoudrer les charbons rougis.

— Qu'est-ce que tu as ce soir ? dit le balafré qui était revenu.

Il l'attrapa par le bras et le secoua sans ménagement.

— Tu cours partout comme un chat. Tu sais où est Romea, c'est ça, hein ? Si tu l'as aidée à s'enfuir, je t'arrache du dos ta sale peau de Maure. Ne reste pas planté là, imbécile, va leur donner le vin ! Les filles attendent pour entrer.

D'une main tremblante, Yusuf versa du vin aux épices dans les six gobelets posés à côté de la jarre. Il les porta, deux par deux, en prenant garde de ne rien renverser. Dès qu'il eut tendu le dernier gobelet, il fonça vers la porte.

— Oh, pas question !

Le balafré était là. À nouveau, il l'attrapa par le bras.

— Tu vas rester pour rapporter les gobelets. Tu ne sortiras pas pour la prévenir. Ou pour sauver ta peau. Je ne bougerai pas de derrière cette tenture.

Le tambour se remit à jouer. Alors la voix du mage s'éleva pour hurler supplication ou menace. Il agita les mains au-dessus du brasero placé devant lui et Yusuf ferma très fort les yeux.

Même ainsi, l'éclair ne lui échappa pas. Quand il rouvrit les paupières, le rideau de la porte d'entrée était écarté. Trois filles vêtues d'étoffes légères qui couvraient à peine leur nudité pénétrèrent pieds nus dans le cercle; trois autres entrèrent et s'agenouillèrent derrière elles. Toutes levèrent les bras comme si elles imploraient le mage, restant ainsi jusqu'à ce que les yeux éblouis des clients puissent les distinguer. Entre la surprise de l'éclair et la quasi-nudité des danseuses, le public était réduit à un silence hébété.

Les trois filles du centre se mirent à onduler au rythme du tambour avant d'entamer une danse complexe mais aguicheuse. C'est alors que l'une d'elles trébucha et qu'un éclat de rire fusa parmi les hommes. L'illusion était momentanément réduite à néant. Les danseuses se lancèrent des regards paniqués, puis une des filles agenouillées se mit à chanter d'une voix pleine de mélancolie.

— Les adorables esprits que j'ai conjurés ne peuvent être arrachés à leur cercle protecteur sans pièces d'or, ou d'argent, ou de quelque autre métal, dit le mage d'une voix puissante.

Maladroitement, mais avec un rire bon enfant, les hommes fouillèrent dans leurs tuniques, en sortirent leurs bourses et déposèrent quelques pièces sur le sol.

Le balafré se jeta sur Yusuf.

— Ramasse l'argent, murmura-t-il, et hâte-toi !

Il le poussa dans la pièce. Yusuf profita de l'occasion : au lieu de récolter les pièces, il courut sur le carrelage et franchit la porte de devant dans l'espoir d'atteindre l'escalier.

Le chemin lui fut barré par une fille de douze ou treize ans qui portait elle aussi une tenue vaporeuse.

— Où vas-tu comme ça ? lui demanda-t-elle en arabe.

— Dehors, répondit-il machinalement dans la même langue.

Elle le regarda droit dans les yeux.

— Tu n'es pas Hasan. Qui es-tu ?

— Personne, fit-il, paniqué. Un ami. Il m'a demandé de prendre sa place pour ce soir. Mais si je m'attarde...

— Viens par ici, murmura-t-elle, et elle le tira derrière un autre rideau, dans une petite pièce encombrée de vêtements. C'est là que nous nous changeons. Lup s'y trouvait, mais il ne reviendra pas tout de suite. Où est Hasan ?

— Parti, chuchota Yusuf. Sorti, je veux dire. Il voulait...

— Tant mieux, répondit-elle, la main levée pour le faire taire. J'espère qu'il va y arriver.

— Qui es-tu ?

— Romea. Je suis censée jouer de la flûte, mais l'un de ces rustres, fit-elle avec du venin dans la voix, a essayé de m'attraper, et il a marché dessus, elle est tout abîmée à présent. Il y en a une autre là-dedans, quelque part.

— Tu ne peux pas t'appeler Romea, dit Yusuf. C'est un nom de chrétien.

— Je n'ai pas le temps de discuter de ça. Lup sera là dans une minute. Tiens, donne-moi ce chapeau et ce masque — où sont tes habits ?

— En bas, dans la petite pièce, avec les jarres à vin et tout le reste, dit Yusuf en se débarrassant de son costume ridicule.

— Marieta est juste à côté. Tu n'y arriveras jamais. Passe par-devant.

— Et mes vêtements ? demanda Yusuf, horrifié.

— Je te les apporterai demain matin à dix heures.

Sur les marches de Sant Feliu. Attends-moi là-bas. Allez, dépêche-toi.

Elle le fit sortir de la petite pièce par la porte qu'il venait de franchir. Comme ils s'en approchaient, une main tira la tenture de l'intérieur. Romea poussa Yusuf vers une porte voûtée. Un escalier en colimaçon menait à l'étage supérieur.

— Attends qu'il n'y ait plus personne, lui dit-elle, et vas-y !

Elle fit demi-tour et revint dans le couloir en marchant avec une grâce insolente.

Yusuf monta quelques marches et attendit.

— Où étais-tu passée ? aboya une voix méchante.

— Qu'est-ce que tu crois ? Un de ces lourdauds a voulu un échantillon gratuit et il a cassé ma flûte. Ali est monté voir s'il y en avait une de rechange dans ma chambre. Je m'apprêtais à regarder dans la réserve. Dis à Maria de chanter un couplet de plus.

Les notes plaintives d'une flûte en bois emplirent alors le couloir. Yusuf descendit prudemment. Romea était seule, à côté de la tenture menant à la pièce principale. Elle leva une main de son instrument et lui fit un geste impérieux pour qu'il déguerpisse. Il lui adressa un petit signe et disparut dans la nuit, tout vêtu d'or et d'écarlate.

CHAPITRE XV

Yusuf était essoufflé, pris de vertige et surtout affreusement mal à l'aise quand il arriva près du portail de la maison de son maître. Tout au long du chemin, il avait été arrêté par des ivrognes ou des femmes grossières qui avaient éclaté de rire en le voyant ou lui avaient lancé d'obscènes propositions. Il ne désirait plus qu'une chose, se jeter dans son lit, et qu'il fût tard ou pas, il tirerait Ibrahim de sa chambre pour qu'il le fasse entrer. Il serra les dents et frappa, puis actionna la cloche. Il venait à peine de s'asseoir sur ses talons quand il vit Ibrahim traverser la cour.

Surpris, il s'empressa de se relever.

— Je m'excuse de revenir si tard, murmura-t-il, les yeux baissés.

— Si tard ? fit Ibrahim, déconcerté.

Il entrouvrit le portail, juste assez pour laisser entrer l'enfant, et relégua son commentaire dans le vaste domaine des questions sans réponses qui se posaient chaque jour à lui.

Yusuf lui souhaita bonne nuit et se hâta de traverser la cour pour rejoindre sa chambre. Il ne cessait de se demander ce qu'il allait faire avec ses vêtements. Il ne pouvait pas se promener vêtu d'or et d'écarlate jusqu'à ce que Romea lui apporte sa tunique et sa culotte. Si elle les lui apportait. Il ne pouvait pas non plus se rendre à Sant Feliu vêtu d'une simple chemise. Le commis de cuisine avait peut-être... mais non, Yusuf le savait pertinemment, les habits que ce garçon avait sur le dos constituaient toute sa fortune. Il s'arrêta devant la porte de sa chambre en se demandant s'il pouvait se permettre de déranger encore une fois le portier.

Il remarqua alors quelque chose d'étrange. Une lumière était allumée dans le cabinet de son maître. Il n'était pas inhabituel que son maître veillât à une heure aussi avancée, mais il ne l'avait jamais vu allumer une chandelle ou une lampe s'il n'y avait personne d'autre avec lui.

La porte s'ouvrit et Raquel apparut, un bougeoir à la main.

— Ah, tu es de retour !

Elle leva sa bougie et éclata de rire.

— Mais qu'est-ce que tu portes ? Tu aidais un ami, ah oui ! Tu es allé déguisé à la foire, n'est-ce pas ? Tu ne devrais pas mentir de la sorte, Yusuf !

— Tu l'as trouvé, Raquel ?

La voix de son maître dans l'escalier était bien la dernière chose que Yusuf voulût entendre en cet instant.

— Oui, papa, répondit-elle. Je vous l'apporte. Ainsi que Yusuf, avec un costume ridicule. J'aimerais que vous puissiez le voir !

Elle le tira par le bras — ce même bras qui était meurtri d'avoir été malmené tout au long de la soirée — et lui fit monter les marches, pareille à une chasseresse rapportant quelque trophée exotique. Elle le poussa dans le salon, pièce chaude et agréable, bien éclairée par un feu et une abondance de bougies.

— Le voilà, tout vêtu d'or et d'écarlate pour la fête !

— Je m'excuse de revenir si tard, dit Yusuf d'une voix penaude.

— Si tard ? fit Isaac. Tu n'es certainement pas parti plus d'une heure, n'est-ce pas, ma mie ?

— En effet, dit Judith en posant sur lui un regard horrifié.

— Une heure ? répéta Yusuf, surpris. Je croyais y avoir passé la moitié de la nuit.

— Assez longtemps pour perdre tes habits, en tout cas, gronda Judith. Où sont-ils ? Et où as-tu déniché cet accoutrement ?

Yusuf se sentait soudain rompu de fatigue, l'esprit lourd de sommeil.

— C'est difficile à expliquer, commença-t-il.

— Essaie tout de même.

— Oui, maîtresse, dit-il d'une voix obéissante. J'aidais un ami. Ce costume, c'est le sien. J'ai pris sa place pendant la soirée et je récupérerai mes vêtements demain matin, sur les marches de Sant Feliu. Mais, seigneur, j'ai vu le mage et son serviteur ainsi que la cérémonie qui se tient là-bas.

— Guillem de Montpellier ? s'empressa de demander Isaac.

— Je n'ai pas entendu prononcer son nom. Hasan l'appelait le mage. Ou maître.

— Où s'est déroulée cette cérémonie ? Non, fit-il en levant la main. Je veux tout savoir, mais pas maintenant. Es-tu assez chaudement vêtu ?

— Non, répondit Judith. Il porte une grotesque tunique toute mince et il grelotte de froid. Assieds-toi près du feu et je vais voir ce que je peux te donner. Raquel, viens m'aider. Apporte une bougie.

La mère et la fille quittèrent la pièce, laissant Isaac seul avec son apprenti.

— Tu es allé chez Marieta, à Sant Feliu ? Au bordel ?

— Oui, seigneur, dit-il d'une voix misérable. Mais pas pour...

— Je ne t'ai pas demandé cela. Est-ce que ton ami Hasan appartient à Marieta ?

— Non, seigneur. Son maître vit là-bas. Marieta l'utilise pour faire des courses ou l'aider en cuisine. Quand son maître organise une cérémonie, Hasan y participe en apportant des choses ou en entretenant les braseros.

— Parle-moi de cette cérémonie. Vite, avant que ta maîtresse ne revienne.

De façon hésitante, trébuchant sur chaque mot à cause de la gêne qu'il éprouvait, Yusuf entreprit de décrire les événements de la soirée. Comme Isaac ne poussait aucun cri de surprise et ne lui reprochait rien, il augmenta le débit de son récit.

— Tu dis qu'il a jeté dans le feu de la mandragore et de l'hellébore ? demanda Isaac, incrédule.

— Non, seigneur. C'est ce qu'il a dit, mais je pense qu'il s'est contenté de brûler des herbes aromatiques. Hasan les cueille pour impressionner les clients. J'ignore ce que sentent ces choses — la mandragore et l'hellébore —, mais j'ai reconnu l'odeur de la sauge.

Isaac l'interrompit à plusieurs autres reprises, le faisant revenir en arrière pour décrire certaines choses et certains événements de manière plus détaillée, surtout le cercle et les symboles qui le décoraient.

— Cela suffira, dit-il. Cette cérémonie n'a rien de sérieux. Il est évident qu'elle a pour unique but de faire monter les prix du bordel. Mais c'est tout de même intéressant. Demain, je t'accompagnerai quand tu iras récupérer tes vêtements. J'aimerais parler à cette Romea. Je crois que c'est une enfant courageuse.

Il s'arrêta une seconde.

— Nous amènerons aussi Raquel. Pour la rassurer.

Des pas retentirent dans l'escalier.

— Voici ta maîtresse, sans aucun doute les bras chargés de vêtements. Passe quelque chose de chaud, et va te coucher.

— Il commencera par prendre une soupe bien chaude, dit Judith.

La maison de Marieta à Sant Feliu ne fut pas la première à s'éveiller en ce jour de la Sant Narcis, mais quelques-uns de ses occupants étaient debout bien plus tôt que Hasan ne l'avait escompté. Maître Guillem de Montpellier grognait dans son lit : il souffrait d'une formidable gueule de bois, mais son serviteur était, comme à son habitude, on ne peut plus lucide. Lup déposa près du mage un bol plein d'un liquide noirâtre, d'aspect délétère.

— Bois cela, dit-il. Nous avons un problème. Ton intelligence, aussi faible soit-elle, sera bien utile.

Il quitta la pièce et poussa la porte de la chambre de son hôtesse sans prendre la peine de frapper.

— Le gamin est parti, annonça-t-il.

— Quel gamin ? dit Marieta, qui n'était pas au mieux de sa forme. Parti où ?

Elle cligna des yeux et se dressa.

— Ali ? Quand cela ?

— La fille de cuisine ne l'a pas vu depuis hier soir.

— Les servantes sont des incapables. Elles ne verraient pas une chèvre entrer dans la maison. Demande à Romea. Elle saura où il est.

— Je lui ai posé la question, dit-il en frottant la cicatrice qu'il portait au visage. Elle m'a répondu qu'elle ne savait rien, s'est retournée et s'est rendormie.

— Qu'est-ce que tu veux que je fasse ? demanda Marieta, énervée. C'est ton esclave. Moi, je m'occupe des miens.

— Cette fille — Romea —, elle l'a aidé à se sauver. Je le sais. Et elle se vautre dans son lit en se riant de nous.

Furieux, il secoua le montant du lit.

— Il s'est passé des choses très étranges hier soir. Je n'ai jamais vu Ali se comporter de la sorte. Il courait dans tous les sens, aussi nerveux qu'un chat. D'habitude, il faut lui taper dessus pour qu'il se remue.

Il s'arrêta pour réfléchir à la situation, secoua plus violemment le montant du lit et prit sa décision.

— Elle était dans le coup. Il va falloir s'en débarrasser.

— Se débarrasser d'elle ? Cette petite garce m'a coûté une fortune ! Et puis les clients l'apprécient, et quand je pourrai la mettre au travail, je rentrerai dans mes frais.

— Elle peut nous détruire, Marieta, et si nous tombons, tu tombes avec nous.

Enfin réveillée, Marieta retrouva toute sa combativité.

— Tu n'as aucun droit de me parler comme ça. Ton maître et moi avons passé un accord et...

— Un des grands défauts de mon maître, c'est la politesse. Il n'arrive pas à assener les vérités désagréables à une dame. C'est à moi que cela revient.

Il se rapprocha de la tête du lit et se pencha au-dessus du visage de Marieta. Sa cicatrice livide barrait son visage tordu.

Marieta sursauta malgré elle.

— Débarrasse-toi d'elle, dit-il doucement, ou c'est moi qui m'en occuperai. Tu peux la vendre dès aujourd'hui — Sancho est encore à la foire, mais il part demain pour le Sud —, sinon je l'étranglerai et je la jetterai dans la rivière. D'un côté tu récupères une partie de ton argent, de l'autre tu ne récupères rien du tout.

— Mais elle pourrait rapporter deux fois ce que cette crapule de Sancho me donnerait pour elle ! s'écria Marieta, horrifiée.

— Vends-la à Sancho aujourd'hui même et fais-la

sortir de Catalogne, ou tu le regretteras pendant le restant de ta misérable vie.

Peu de temps après, le médecin gravissait les marches conduisant à la place de Sant Feliu. Il s'arrêta à l'ombre de l'église.

— Attendons ici, dit-il.

— Pourquoi, papa ? lui demanda Raquel.

— Il vaut mieux ne pas se trouver trop près de l'église en ce jour de la fête du saint, expliqua-t-il. Surtout si elle est pleine de monde. Ce n'était pas un très bon endroit pour organiser un rendez-vous, Yusuf. Tu n'y as donc pas pensé ?

— Romea m'a indiqué l'heure et l'endroit, ensuite elle a disparu, répondit Yusuf, inquiet. Mais il n'y a personne alentour.

— Je n'entends aucun bruit en provenance de l'église, reprit Isaac. Il n'y a peut-être pas de service à cette heure-ci. Est-ce que tu vois la fille ?

— Non, seigneur, dit Yusuf. Elle se cache peut-être au coin.

— Je me suis conduit comme un insensé de te faire venir ce matin, Raquel. Je craignais que cette fille n'ait peur de parler et j'espérais que ta présence la rassurerait. Tu dois me promettre que s'il y a le moindre danger — si plus de deux ou trois personnes s'approchent de nous —, tu t'enfuiras le plus rapidement possible.

— Oui, papa.

— Les raisons qui justifient ta présence ici ne sont rien à côté des éventuels dangers.

Morose, Raquel attendit près de la balustrade et regarda les pauvres maisons serrées le long de la berge en se demandant comment des gens pouvaient y vivre. Son père lui effleura le bras.

— Je l'entends venir, je crois.

Raquel se tourna et vit l'apprenti accompagné d'une

créature à l'air famélique vêtue d'une robe bien trop grande pour elle. Elle tenait dans ses bras un ballot de vêtements.

— Seigneur, dit Yusuf, Romea est ici. Elle a mes habits. Romea, voici mon maître, Isaac le médecin, et sa fille, maîtresse Raquel. Ils désirent te parler. Tu n'as rien à craindre d'eux.

Romea se jeta à genoux.

— Maître Isaac, je vous implore de m'aider !

— Ne t'agenouille pas, fit Raquel, choquée. Pas ici, pas devant nous. Pas sur ces pavés.

Elle tendit la main pour l'aider à se relever.

— Ma fille a raison, dit Isaac, tu ne dois pas t'agenouiller devant moi. Mais que puis-je faire pour toi ? demanda-t-il avec douceur.

La fillette se releva avec la grâce d'une danseuse.

— Je dois avoir ma liberté, dit-elle d'une voix ferme. Je ne cherche pas à m'enfuir. Ma maîtresse est une méchante femme, mais elle m'a achetée de bonne foi et je la rembourserai. J'ai mon prix avec moi, avec mes vêtements et mes biens, ainsi que ceux de Yusuf.

— Si tu as les moyens d'acheter ta liberté, mon enfant, pourquoi as-tu besoin de mon aide ?

— Elle ne me laissera pas partir. Je le sais.

— Comment peux-tu en être aussi sûre ?

— Cela s'est déjà produit. Si je lui donne l'argent, elle le prendra et elle m'enchaînera avant de me vendre à un trafiquant en prétextant que je suis une mauvaise tête. Elle l'a déjà fait l'hiver dernier avec une autre fille, encore plus jeune que moi et qui avait aussi réussi à économiser son prix grâce aux cadeaux des clients.

— Je vois ta difficulté. Mais faut-il que cela se passe aujourd'hui ?

— Oui, maître Isaac. Je crains que demain il ne soit trop tard. Elle est furieuse. Hasan a disparu, et tout le monde est contrarié comme s'il valait une cassette pleine d'or. Elle me soupçonne d'avoir aidé Hasan à s'enfuir, et je sais qu'elle projette de me vendre pendant la foire. Si cela arrive, je ne serai jamais libre, conclut-elle, désespérée.

— Qu'attends-tu de nous ? demanda le médecin.

— Donnez-moi le temps de quitter cet endroit, puis apportez-lui mon prix et dites-lui que je suis partie.

— À quoi cela servira-t-il ?

— Je ne comprends pas, maître Isaac.

— Ta maîtresse me dira que l'argent que je lui propose est bien loin du prix que tu vaux vraiment, et elle m'accusera de te voler. Alors elle appellera les officiers et te dénoncera comme esclave fugitive. Tu ne t'es pas rendu compte que ce ne serait pas aussi simple ?

— Je ne peux pas revenir, s'entêta Romea. Pour être battue et vendue... Je m'enfuirai.

— Et tu seras ramenée enchaînée ?

Romea baissait les yeux.

— Je ne puis supporter cette honte. Je me jetterai de la muraille plutôt que d'y retourner.

Raquel ne put s'empêcher de regarder en direction du sud, où les murs de la ville étaient particulièrement hauts, puis elle se tourna vers l'enfant à l'allure fragile. Elle frissonna et referma sa cape.

— Que feras-tu si tu quittes ta maîtresse ? Que sais-tu faire ?

— Je peux chanter, danser et jouer de la flûte, dit Romea. Je sais que je peux gagner honnêtement ma vie.

— Vraiment ? fit Isaac. Je n'aimerais pas t'aider à recouvrer ta liberté et apprendre ensuite que tu es morte de faim, ou pis encore, par manque de travail honnête.

Romea regarda autour d'elle, nerveuse, mais ils étaient toujours seuls.

— Je connais quelqu'un, un gentilhomme, pas un lettré comme vous, maître, mais c'est un homme bon et généreux. Il est avec une troupe de comédiens. Au printemps, il m'a entendue chez Marieta, et il m'a dit qu'ils avaient besoin d'une fille qui sache chanter et danser. Ils sont revenus pour la foire. Il m'a fait chercher et m'a réitéré son offre. Je le crois honnête. Plus que ma maîtresse, en tout cas. Il m'a donné la somme qui me manquait pour me racheter, chuchota-t-elle.

— C'est possible, fit Isaac.

Il se tourna jusqu'à ce que le soleil vînt éclairer son visage, puis il demeura quelque temps silencieux. La ville était paisible, mais, dans le lointain, on pouvait entendre la musique et les rires, ainsi que le meuglement des vaches et le braiment des mules sur le champ de foire.

— Il y a peut-être un moyen, Romea... Mais non, ton nom ne peut être Romea, ajouta-t-il brusquement.

— C'est exact, maître Isaac. Quand Marieta m'a achetée, elle a changé mon nom en Romea et m'a ordonné de dire que j'étais chrétienne. Car il y a des lois qui interdisent d'avoir des filles mauresques dans un établissement fréquenté par des chrétiens. Je suis heureuse qu'elle m'ait retiré mon nom, car ma mère me l'avait donné en souvenir d'une dame de grande vertu, et j'aurais eu honte d'être ainsi interpellée en un tel lieu.

— Quel est ton nom ? demanda Yusuf.

— Zeynab, murmura-t-elle.

— Zeynab ! s'étonna Yusuf. C'est le nom de ma sœur. Je croyais ne plus jamais l'entendre. Quand tu seras libre, tu pourras à nouveau t'appeler ainsi.

— Bien, dit Isaac, nous en reparlerons. Mais il vaudrait mieux ne pas s'attarder ici. Romea doit retourner chez Marieta avant qu'on la cherche. Et rapporter tes vêtements d'emprunt avec elle.

— Retourner ? fit Romea. Dans un tel endroit ?

— Oui, dit-il avec fermeté. Retourne là-bas. Si tu as le courage de le faire, alors je te promets qu'avant le coucher du soleil tu seras libre. Je dois mener mon enquête, mais si tout se passe bien, tu pourras te joindre à cette troupe de comédiens. En retour, tu vas me raconter tout ce que tu sais sur Marieta. Faisons vite.

Laissant Raquel et Yusuf en haut des marches, Isaac et Romea s'éloignèrent, à l'ombre des marches de l'église, et conférèrent à voix basse pendant un temps assez long. Puis Romea revint et tendit le paquet de vêtements à Yusuf. Elle fouilla dans ses propres affaires et en tira un petit carré d'étoffe noué aux quatre coins.

— Voici l'argent que j'ai économisé, maître Isaac. C'est la somme exacte que Marieta exige en échange de ma liberté.

Isaac prit le carré d'étoffe et sentit les pièces au travers.

— Bien, dit-il.

— Vous croyez qu'il y a assez ? s'inquiéta-t-elle. Car je n'ai pas un sou à y ajouter.

Isaac soupesa la bourse improvisée et lui sourit.

— J'en suis persuadé. S'il y a plus que ce qu'elle désire, ce qui est certainement le cas, je te rendrai le reste. Maintenant retourne auprès de ta maîtresse, et ne dis rien à qui que ce soit. C'est très important.

— Oui, maître Isaac, murmura-t-elle avant de s'enfuir.

— Vous pensez que nous pouvons arranger sa liberté ? demanda Raquel. Avec cette femme ?

— Je suis certain d'y arriver, dit Isaac. Je comprends le langage de la cupidité aussi bien que quiconque. Viens, à présent. Puisque nous sommes à Sant Feliu, allons rendre visite à ta sœur et à son époux et voir comment ils se portent.

— Rebecca ? Oh, papa, c'est merveilleux ! Mais maman...

— Je crois que ta mère changera d'opinion à propos de ta sœur, murmura Isaac.

— Maman ? Certainement pas, affirma Raquel. Mais si vous me conduisez là-bas, je vous promets de n'en rien dire.

Elle prit son père par le bras et l'entraîna vers les marches.

— Oh, papa, hâtons-nous ! J'aimerais tant la revoir et connaître son petit garçon !

Quand le moment fut venu de frapper à la porte de Rebecca, Raquel hésita. Depuis trois ans, elle rêvait de ces retrouvailles. Tantôt, quand elle se sentait seule et incomprise, elle s'imaginait en train de se réfugier dans les bras de son aînée pour y trouver du réconfort, et tantôt elle rêvait qu'elle la réprimandait pour avoir abandonné sa petite sœur qui avait tant besoin d'elle. Mais maintenant qu'elle allait vivre l'instant tant attendu, il n'y avait plus que confusion dans son esprit.

Elle entendit la porte s'ouvrir et une voix familière dire :

— Papa ! Je suis si heureuse de vous voir ! Et Yusuf. Comment allez-vous ? Carles a dessiné un cheval qu'il tient absolument à vous montrer.

Les yeux de Raquel s'emplirent de larmes et elle sortit de derrière son père.

— Bonjour, Rebecca, s'efforça-t-elle de dire, avant de se jeter, en larmes, au cou de sa sœur.

— Allons, allons, intervint Isaac, si vous devez pleurer, rentrez plutôt dans la maison. Vos voisins vont croire qu'une terrible tragédie nous a tous frappés et ils vont passer le restant de la journée à tenter de découvrir de quoi il s'agit.

Un bras fermement posé sur les épaules de sa cadette, Rebecca l'entraîna dans l'entrée de sa modeste demeure, suivie d'Isaac et de Yusuf.

— Carles, viens voir qui est là ! appela-t-elle.

Un petit garçon blond de près de deux ans et demi, avec des yeux sombres très vifs, sortit en courant d'une pièce adjacente et se précipita dans les bras de son grand-père. Puis il se tourna vers Yusuf et le prit par la main pour l'attirer dans la salle commune, où il s'adonnait à quelque jeu compliqué. C'est alors que son regard se porta sur l'étrange dame qui se tenait aux côtés de sa mère, et il se tut immédiatement.

— Oh, Rebecca, dit Raquel d'une voix étranglée. C'est lui ? C'est mon neveu ? Il est si beau !

Rebecca prit son fils par la main et le mena vers Raquel.

— Carles, voici ta tante, Raquel.

La tante et le neveu se dévisagèrent gravement, leurs yeux, par leur forme et leur expression, se reflétant comme des miroirs.

— Papa, dit Rebecca, c'est étonnant.

— Quoi, ma chérie ?

— Les gens disent que Carles me ressemble beaucoup, mais ce n'est pas vrai. Il est le portrait exact de Raquel. Mais venez vous asseoir. Je suis si heureuse de vous voir ! De vous voir tous.

Dès qu'ils furent installés, Isaac se tourna vers sa fille aînée.

— Je suis très heureux d'avoir fait cela — d'avoir amené Raquel te voir, ma chérie —, mais j'ai un peu honte d'avouer que ce n'est pas la véritable raison de ma visite. Et peut-être cela vaut-il mieux. Il se passe des choses vraiment trop compliquées.

— Papa, mais de quoi parlez-vous ? lui demanda Rebecca. Quelle est la raison de votre venue qui puisse être plus importante que le bonheur de revoir Raquel ? Maman est-elle malade ? Quelque chose ne va pas ?

— Nullement, intervint Raquel. Maman est aussi forte et aussi redoutable que d'habitude.

— Oh, ma chérie, je suppose qu'après ce que j'ai fait elle doit te soupçonner du pire chaque fois que tu t'absentes. Je suis désolée, Raquel.

— Je porte bien plus de voiles que tu n'en as jamais eu, répliqua Raquel en riant, mais les jumeaux sont assez grands et assez turbulents pour occuper pleinement son esprit.

— C'étaient encore des bébés la dernière fois que je les ai vus, dit Rebecca d'un air pensif. À peine plus âgés que Carles...

— Deux ans de plus, affirma Isaac. Et tu m'as demandé pourquoi nous sommes venus. Laisse-moi te le dire, avant que tu ne te lances dans les souvenirs de famille. Je suis venu te demander quand rentrerait Nicholau.

— Nicholau ?

Rebecca était stupéfaite. Son père n'était-il venu, avec Raquel de surcroît, que pour Nicholau ? Puis sa surprise se changea en amusement. Nul autre que lui n'aurait arrangé des retrouvailles entre deux sœurs après tant de temps — trois ans — et dissimulé son geste sous un prétexte aussi futile. La capacité de son père à toujours l'étonner l'enchantait.

— Très bientôt, papa. Son mouton braisé mijote sur le feu, dans la cuisine.

— Excellent, car un travail très délicat l'attend. J'ai besoin de son concours, s'il est libre.

— Je le crois. Il rend visite à des voisins, mais vous allez pouvoir le lui demander, car j'entends son pas dans la rue.

— Tu as les oreilles de papa, dit Raquel. Tu reconnais chacun à sa façon de marcher.

La porte s'ouvrit et se referma.

— Ce n'est pas nouveau, dit Rebecca. Je croyais

qu'il en allait ainsi pour tout le monde. Nicholau, papa est ici, et aussi ma sœur, Raquel. Ils ont besoin de vous après dîner.

Peu après l'heure du dîner, un grand homme en tunique noire marchait le long de la rivière, accompagné d'un garçon à l'allure solennelle. Raquel avait été arrachée à sa sœur et à son neveu et mise en sécurité derrière les portes de sa maison. Son père avait à peine pris le temps de manger, puis emmené Yusuf sans la moindre explication et quitté le quartier juif. À présent, le garçon marchait d'un pas décidé dans la rue en compagnie du beau-fils de son maître. Ils s'arrêtèrent devant une porte aux couleurs vives. Nicholau se pencha pour murmurer quelque chose à l'oreille de Yusuf.

C'était par cette même porte que le garçon s'était enfui la nuit précédente. Yusuf dut rassembler tout son courage pour frapper, même si Isaac et Nicholau l'avaient assuré que personne ne reconnaîtrait en lui l'esclave maure de la veille. Néanmoins, il ne savait que trop bien, après tant de péripéties, que la loi châtiait durement ceux qui aidaient un esclave à s'échapper. Dès qu'il entendit du bruit à l'intérieur, il se réfugia derrière son compagnon.

Les yeux las, la fille de cuisine qui répondit à la porte jeta à peine un regard sur eux.

— La maîtresse ne reçoit pas de gentilshommes pour l'instant, dit-elle. À cause de la fête. Revenez à cinq heures.

Un bruit sourd et un juron typiquement masculin retentirent dans l'entrée, derrière elle. Elle frémit et voulut refermer la porte.

— Je ne suis pas ici pour le plaisir, dit Nicholau avec froideur.

Il plaqua une main contre la porte pour qu'elle ne la lui claque pas au nez.

— Il y a certaines affaires dont je dois discuter avec ta maîtresse. J'aimerais la voir sur-le-champ.

— Elle n'a jamais dit qu'elle attendait un gentilhomme pour affaires, s'empressa de répliquer la fille de cuisine.

Une volée de jurons et d'obscénités retentit à nouveau. La fille poussait de toutes ses forces contre la porte, mais en vain.

— C'est possible, dit Nicholau, mais cela ne change rien. Je suis ici pour parler affaires, des affaires qui lui vaudront de considérables bénéfices, et elle sera sans aucun doute furieuse après toi si tu ne me laisses pas entrer.

C'était évidemment un argument de poids. La colère de Marieta était légendaire. La fille de cuisine dévisagea le gentilhomme de haute taille. Il ressemblait plus à un clerc ou à un homme de loi qu'à un client, et c'étaient les clients qu'on lui avait demandé d'éconduire. Elle hésitait. Soit elle privait sa maîtresse de son repos, soit elle la privait d'une coquette somme. Elle choisit le moindre mal. Elle ouvrit la porte en grand et fit signe d'entrer à Nicholau et à Yusuf.

Elle les conduisit dans un salon agréablement meublé. Un modeste feu brûlait dans l'âtre. C'était une pièce qui ressemblait plus aux appartements privés d'un honnête marchand qu'à la salle de réception d'un bordel, et elle était bien éloignée des fantaisies exotiques de la nuit précédente.

Il fallut un temps très long — pendant lequel il sembla y avoir une activité considérable dans les autres pièces de l'établissement — pour arracher Marieta à ses occupations, quelles qu'elles fussent. Elle entra enfin, vêtue comme se doit de l'être une femme d'affaires, un soupçon de concupiscence dans les yeux. Nicholau et Yusuf se levèrent.

— Et quel genre d'affaires faites-vous pour interrompre ma sieste ? demanda-t-elle. J'ai travaillé tard hier soir, et je dois me lever tôt le matin pour préparer la journée. Je ne pensais pas être dérangée à l'heure du dîner, surtout le jour de ce bon Sant Narcis.

Un cri et un craquement sourd de l'autre côté de la porte lui firent froncer les sourcils et perturbèrent son air de douce piété.

— Des affaires fort profitables, maîtresse Marieta, dit sèchement Nicholau.

— De quel ordre ?

— Vous avez ici une jeune esclave, me semble-t-il. Une petite créature, à peine plus qu'une enfant, qui fait preuve de talent pour chanter et jouer de la flûte.

— J'ai ici plusieurs filles. La plupart sont libres et travaillent de leur plein gré.

— Elles ne m'intéressent pas. Celle-ci s'appelle Romea. Une mauvaise tête, m'a-t-on dit, ajouta-t-il avec un geste vague de la main. Une fille farouche dont vous ne pouvez rien tirer.

— Romea, fit Marieta d'un air pensif. On ne peut pas vraiment dire ça d'elle. C'est une fille de caractère, c'est vrai, mais son esprit lui donne de la valeur dans cet établissement.

— Comme vous le savez bien, il y a esprit, et il y a rébellion. Bien entendu, je ne fais que répéter ce que l'on m'a dit, mais je crois mes sources assez sûres.

Nicholau alla regarder par la fenêtre comme s'il craignait d'être en retard à un autre rendez-vous.

Marieta prit place sur une petite chaise sculptée comme si elle s'apprêtait à passer sa journée en vaines négociations.

— Quel pourrait être votre intérêt pour Romea ? Pourquoi voudriez-vous d'une fille qui, selon vous, ne peut être commandée qu'au fouet ?

Son regard avait quelque chose de déplaisant, et Yusuf frissonna.

— Mon intérêt ? Je n'en ai aucun, dit Nicholau en se retournant. Je suis un intermédiaire, rien de plus. Mais la personne que je représente pense qu'elle peut tirer quelque chose d'elle et envisage de l'acheter. Elle quitte la ville avant le coucher du soleil, de sorte que la transaction doit se faire avant cette heure.

— Je ne suis pas intéressée. Je pense gagner beaucoup d'argent avec elle. Pourquoi la vendrais-je ?

— Oui, pourquoi ? Vous l'avez cependant proposée à Sancho ce matin même. On m'a dit qu'il a refusé de payer le prix que vous exigiez pour une fille qu'il est impossible de dompter et qui, par conséquent, n'est utile à personne.

— C'est absurde. On vous aura mal informé. Je n'ai pas parlé à Sancho depuis l'été dernier, lors de sa dernière visite en ville.

— Allons, maîtresse Marieta, votre modestie m'étonne. Pensez-vous qu'on vous connaît si peu en ville ? Plusieurs personnes vous ont vue ce matin même sur le champ de foire en train de discuter avec Sancho.

— Je pouvais chercher à savoir ce qu'elle vaudrait sur le marché. On aime se renseigner sur la valeur de ses biens. Combien, par exemple, votre mandant offrirait-il pour une fille telle que Romea ? Une fille de grande beauté, très jeune et très malléable, douée à la flûte comme à la danse et pourvue d'une excellente voix ?

— Pour cette sauvageonne, même si elle chantait comme un ange, il vous donnerait deux pièces d'argent, dit Nicholau en annonçant la somme que Marieta avait demandée à Romea pour son rachat.

— Ridicule. Et que veut-il faire d'elle s'il la trouve aussi inutile ?

— Il achète des chevaux que personne n'a réussi à débourrer, mais lui-même y parvient. Il fait de même avec les esclaves, l'un après l'autre. Il est d'une grande patience. Cela l'amuse, et cela lui vaut un beau bénéfice quand vient le moment de le revendre.

Les joues de Marieta rosirent et Nicholau en eut la nausée. Lui-même était une douce personne, élevée par une mère tendre et aimante. Cela l'emplissait d'horreur qu'une femme, cette Marieta en l'occurrence, pût tirer du plaisir à l'idée de voir Romea dans les griffes d'un tel maître, aussi mythique fût-il.

— Je ne me séparerais pas d'un tel bijou pour au moins dix maravédis, dit-elle enfin. Elle m'est très chère.

— Nous parlons d'une enfant maigrichonne qui n'a pas la moindre éducation, rétorqua Nicholau avec froideur, pas de la favorite de l'émir.

Cela dura ainsi jusqu'à ce que Nicholau pose sur la table un tas de pièces bien plus lourd que ce que contenait le mouchoir de Romea. Marieta tendit la main, mais Nicholau fut plus rapide.

— Voyons d'abord la fille, dit-il en laissant sa main posée sur les pièces.

Son beau-père avait été très clair sur ce point : « Cette femme va essayer de nous donner quelque fille de cuisine. C'est pourquoi Yusuf doit vous accompagner. Seuls Raquel et lui l'ont vue. Et je ne puis laisser Raquel entrer dans cette maison. »

— Vous ne me faites pas confiance, dit Marieta.

— C'est possible. Voyons la fille.

Marieta lui lança un regard noir et quitta la pièce.

— Yusuf, dit Nicholau, quand cette esclave arrivera, si c'est bien celle que mon beau-père me demande d'acheter, garde le silence. Si ce n'est pas elle, dis quelque chose, n'importe quoi.

Avant que Yusuf pût répondre, la porte s'ouvrit à nouveau et Marieta entra, poussant une femme voilée devant elle.

— Dévoilez-la, ordonna Nicholau.

Marieta s'exécuta, révélant une jeune fille à la mine chafouine, la danseuse qui avait trébuché pendant la cérémonie.

— Il fait un peu froid, dit Yusuf en se tournant vers la cheminée.

— Cette fille est peut-être à vendre, reprit Nicholau en récupérant ses pièces, mais ce n'est pas Romea.

Il fit sauter les pièces dans sa main.

— Mon mandant a entendu d'étranges choses à propos de votre établissement, des choses qui pourraient être d'un grand intérêt pour les gardiens de la loi. Ce qui s'est passé ici pourrait vous valoir une belle amende, à vous et à vos clients. Je pense que cela n'arrangerait pas vos affaires si vous étiez traînée devant un tribunal. Désirez-vous que je dresse la liste de ce qu'il a entendu ?

— Vous ne m'impressionnez pas, avec vos menaces ! lança Marieta. Va-t'en, Caterina, va aider à la cuisine. Ce sera sûrement mieux que quand tu danses.

Caterina leur adressa un regard furibond et passa la porte. Le tumulte qui agitait la maison avait cessé, et un silence oppressant le remplaçait.

Nicholau attendit que la porte fût bien refermée.

— Mon mandant n'est pas un homme très indulgent, poursuivit-il. Et pour quelque raison qui m'échappe, il semble déterminé à avoir cette Romea. Quand je lui expliquerai comment vous avez tenté de l'escroquer, à deux reprises en fait, je pense qu'il sera très en colère. Et il a de puissants amis dans le diocèse.

Il s'arrêta un instant pour lui donner la possibilité de répondre à cela.

— Je suggère que vous nous ameniez Romea et que vous acceptiez la somme généreuse qu'il vous propose... avant que je ne sois contraint de m'en retourner et de lui expliquer pourquoi je ne ramène pas la fille avec moi.

Marieta s'approcha de la fenêtre et regarda dans la rue. Elle haussa les épaules et quitta à nouveau la pièce pour revenir presque aussitôt en compagnie de Romea. La fillette titubait. Elle avait les mains liées, son visage était meurtri et sa robe déchirée ; ses cheveux tombaient, défaits, sur ses épaules.

— S'il la veut autant que ça, eh bien, qu'il la prenne !

Romea leva les yeux et vit un étranger au visage sévère et au regard froid. Après un instant de silence, Nicholau tendit les pièces à Marieta et empoigna la fille par le bras comme s'il s'attendait à ce qu'elle parte en courant.

— Mon mandant exige un acte de vente en bonne et due forme, au cas où vous chercheriez encore une fois à le tromper. J'en ai préparé un. Vous n'avez qu'à le signer ou à apposer votre marque. Holà, toi, occupe-toi de cette fille, et si tu tiens à ta peau, ne la laisse pas s'échapper !

Il poussa Romea vers Yusuf.

Elle faillit tomber, puis elle se reprit et découvrit enfin Yusuf, dissimulé dans la pénombre de l'âtre. Elle éclata alors en sanglots de soulagement.

— Ah, tu peux pleurer, bonne à rien ! Je t'avais dit que si tu ne te tenais pas bien, je te vendrais à quelqu'un qui saurait t'apprendre à vivre ! cracha Marieta.

Elle s'approcha d'une petite table sur laquelle étaient posés un encrier et une plume.

— Et je sais signer de mon nom. Je n'ai pas besoin de faire une croix.

— Je dois commencer par inscrire le montant de la somme qui a changé de mains, dit Nicholau en prenant le papier sur lequel il porta le chiffre de sa plus belle écriture.

— Je m'excuse d'avoir pleuré. Je croyais que vous veniez de la part de Sancho, dit Romea dès qu'ils furent sortis de la maison et que Yusuf lui eut délié les mains. J'ai eu très peur jusqu'au moment où j'ai vu Yusuf avec vous.

— Tu as été battue, remarqua Nicholau.

— Oui, répondit-elle simplement. Marieta m'a surprise alors que je tenais le costume et mes propres vêtements. C'est comme ça qu'elle a su que j'avais aidé Hasan et que je voulais m'enfuir. Elle m'a battue et m'a enfermée. Elle m'a dit qu'on me vendrait aujourd'hui. À Sancho.

— C'était certainement vrai, dit Nicholau. Elle ne voulait pas te vendre à nous.

— Mais elle a pris mon argent ?

— Oui.

« Et aussi celui de mon beau-père », songea-t-il.

— Il reste quelques pièces. Mon beau-père a insisté pour que je te les rende.

— Il est très bon, fit Romea, de prendre autant de peine pour une esclave.

— Bien entendu, techniquement parlant, tu es désormais son esclave. C'est son nom qui est apposé sur ce document.

— Vous voulez dire que je ne suis pas libre ? fit-elle d'une voix désespérée.

Elle s'assit sur une grosse pierre et cacha son visage meurtri dans ses mains.

— Je t'en prie ! dit Nicholau en s'asseyant à côté d'elle et en lui prenant la main. Ne pleure pas. Ce n'est pas ce que je voulais dire. Tu es entièrement libre. Il m'a également demandé de préparer ton affranchissement. Le document se trouve chez moi.

Elle leva vers lui son visage baigné de larmes.

— C'est bien vrai ?

— Oui. Et tu dois toujours te souvenir de le conserver en un lieu sûr, car c'est la seule preuve que tu es une femme libre. Si tu le perds, tu devras revenir à Gérone et m'en demander une copie. Tu comprends ?

— Oui, messire, murmura-t-elle.

— En attendant, tu rentres à la maison avec nous. Mon épouse te trouvera des vêtements et elle soignera tes meurtrissures. Elle sait très bien guérir les blessures.

CHAPITRE XVI

— À présent, je dois retourner auprès de mon maître, dit Yusuf dans sa langue maternelle une fois qu'ils furent arrivés devant la maison des Mallol. Crois-moi, Zeynab, petite sœur, la fille de mon maître sait parfaitement guérir. Et elle est très bonne, aussi bonne que son père.

Nicholau traversa la rue pour échanger quelques mots avec un voisin curieux et laissa les deux enfants à leur conversation.

— Merci, Yusuf, dit Zeynab d'un air sombre, de me permettre d'être la maîtresse de mon propre destin. Je ne sais pas pourquoi toi et ton maître avez fait cela. Tu m'as sauvé la vie.

— Quand je t'ai vue pour la première fois, j'ai pensé à ma propre sœur et à tout ce que je donnerais à l'homme qui la sauverait si elle devait être réduite en esclavage.

— Elle est à Grenade ?

— Oui, et elle te ressemble beaucoup, Zeynab, mon autre petite sœur.

— Ta sœur ne peut pas être comme moi, Yusuf.

— Pourquoi donc ? Elle est peut-être un peu plus grande, c'est tout. Elle avait pratiquement ma taille quand je l'ai vue pour la dernière fois, et elle est un peu plus jeune que moi. Maintenant, tu vas peut-être pouvoir retourner dans ta famille...

— Oh, Yusuf, fit-elle, exaspérée, tu ne comprends rien aux filles comme moi. À ta façon de parler, je devine de quelle famille tu viens. Je ne suis pas comme ta sœur. Mon père n'était ni riche, ni lettré, ni puissant. Ou s'il l'était, personne ne l'a jamais su. Ce pouvait être tout aussi bien un berger, un marin ou quelqu'un comme ton père. Tu ne comprends donc pas ?

Yusuf la regardait d'un air ébahi.

— Ma mère ne savait même pas qui il était. Je n'ai aucune famille.

— J'ai déjà rencontré des femmes des rues, Zeynab, et tu n'es pas du tout comme elles.

— Ma mère n'a pas eu une naissance honteuse, mais elle vivait dans un village proche de la frontière et sa famille a été tuée lors d'une attaque surprise. Elle a été prise et vendue. Cela est arrivé à bien des filles. Quand je suis née, elle a réussi à me confier à des braves gens qu'elle avait rencontrés. Du moins, ajouta-t-elle judicieusement, des gens assez braves, honnêtes et respectables dans une certaine mesure. Elle leur envoyait l'argent qu'elle pouvait pour mon entretien, et ils m'ont élevée. Mon père adoptif m'a enseigné la flûte, et j'ai appris à danser. Mais elle a dû mourir, car l'argent n'est plus arrivé. Ils m'ont longtemps gardée, mais les temps sont devenus très durs et ils ont dit qu'ils ne pouvaient se permettre de nourrir une bouche de plus. Alors ils m'ont vendue.

— Comment ont-ils pu faire ça? s'écria Yusuf, indigné, tout en sachant à quel point cela avait dû leur être facile.

Elle haussa les épaules et grimaça de douleur.

— Mon premier maître voulait seulement une fille pour aider à la cuisine, et ce n'était pas trop dur, mais j'ai grandi et ma maîtresse est devenue jalouse, je crois, et elle m'a vendue à Sancho qui m'a revendue à Marieta.

— Allons, Yusuf, les interrompit Nicholau. Il est temps que Zeynab s'installe confortablement. Elle est toute blême de ses blessures.

Le dîner s'était déroulé de manière assez triste dans la maison de Pons Manet, le riche marchand de laine. De tempérament habituellement doux, son admirable épouse avait fait de son mieux pour oublier son chagrin et posé sur la table des mets tentateurs, des viandes épicées, des olives, des fruits de saison et des légumes au vinaigre, suivis d'un gigot de mouton et d'un lièvre braisé, mais chaque plat était reparti pratiquement tel qu'il était arrivé. Le fils aîné de Manet, Jaume, et sa femme, Francesca, n'étaient pas d'humeur plus joyeuse que les parents.

— C'est chose fort difficile, dit le fils en repoussant son assiette, de ne pouvoir pleurer un frère parce que l'on a l'esprit empli de peur.

— De peur ? répéta le père en regardant sa femme qui, le visage livide, ne réussissait même plus à faire semblant de manger.

— Oh, Jaume, dit Francesca, n'en parlez pas, je vous en prie.

— Oui, insista-t-il. De peur. J'ai vu ce matin Romeu, l'ébéniste, sous le porche sud de la cathédrale, et il m'a demandé si les rumeurs qu'il a entendues à notre propos étaient fondées. Et ce n'était pas la première fois que j'entendais parler de ces rumeurs.

— Mais quelles rumeurs ? fit sa mère d'une voix tranchante.

— Que je serai le prochain à mourir comme Lorens. Et que vous... nous tous sommes au bord de la faillite. Il a proposé de nous aider. Que se passe-t-il ? S'il y a du vrai là-dedans, vous ne devez pas me laisser dans l'ignorance.

— Ce sont des absurdités doublées de méchancetés, répliqua Pons avec amertume, dignes des commères de cette ville.

— Je suis aussi brave que le premier venu, je pense, dit Jaume, très pâle. Mais il n'est pas facile de penser que l'on peut mourir si jeune et de manière aussi horrible que mon pauvre frère. Que je laisserais mes parents dans le désarroi et Francesca seule avec un enfant que je ne verrai jamais, sans le moindre sou.

— La pauvreté n'est rien, dit Pons, qui s'accrocha à ce détail pour ne pas envisager le problème en son entier. Quand j'étais petit garçon, notre garde-manger était souvent vide. Mon père travaillait dur, mais les temps étaient difficiles, et il n'avait pas l'audace nécessaire à la bonne marche d'un négoce. On survit à la faim quand elle n'est qu'occasionnelle. Puis mon frère a tenté d'accroître notre fortune, mais il n'avait pas la patience nécessaire à un dur labeur et à un investissement prudent. C'est seulement lorsque j'ai épousé...

— Votre frère, trancha Joana Manet, était un homme paresseux et malhonnête, qui pensait pouvoir s'enrichir en trompant ses clients et ses fournisseurs.

Elle était la plus jeune fille d'un poissonnier honnête et prospère. La modeste dot qu'elle avait apportée à son mari au jour de ses noces — des économies et des talents commerciaux acquis auprès de son père — avait été l'une des principales causes de leur prospérité.

— Peut-être est-ce vrai, mon amour, dit tristement Pons, mais il est mort jeune.

— Comment est-il mort ? demanda Francesca d'une voix tremblante de peur.

— Des fièvres. Après avoir quitté le royaume. Ce fut une mort cruelle, m'a-t-on dit. Très cruelle. Il a payé le prix de ses erreurs.

— C'est nous qui avons payé le prix de ses erreurs, reprit Joana. Ainsi que sa pauvre veuve et les bébés qu'il a abandonnés quand la loi s'intéressait à lui. Il a laissé les affaires en piteux état et sa famille sans un sou, comme vous le savez fort bien, mon mari. Quoi que demain puisse nous apporter, le Seigneur et tous Ses saints auront été bons pour nous, Jaume. Ton père a pu rembourser les dettes de ton oncle, retrouver ses clients et transformer une modeste échoppe pour en faire le négoce prospère que tu connais aujourd'hui. Je prie chaque jour pour que le mauvais homme qui cherche à nous détruire soit lui-même détruit et qu'il brûle en enfer à tout jamais, ajouta-t-elle avec amertume.

— Joana ! s'écria son mari. Vous ne pouvez pas...

— Si, je dois le dire, sinon je m'étoufferai. J'ai perdu un fils, aussi cher à mon cœur, Jaume, que tu l'es ou que l'est ton père. Je ne comprends pas pourquoi, dans ce monde où tant de bonnes gens sont morts, un tel homme a le droit de vivre et de prospérer.

— Nous ignorons s'il prospère, maman, dit Jaume. Il n'a peut-être aucun pouvoir et ne brandit que des menaces creuses ?

— Il a menacé Lorens de mort. Ce sont là des paroles creuses ?

— Eh bien, fit Jaume d'un air impuissant, si papa veut nous dire exactement ce qui se passe, nous pourrons l'aider à se battre.

— Mon amour, dit Pons à sa femme, je pense que Francesca et vous devriez sortir. Jaume et moi parlerons de ce qui peut être encore fait.

— Non, répondit Joana. Ce sont nos vies et celles de nos maris qui sont ici en jeu. Nous resterons, n'est-ce pas, Francesca ?

La jeune femme semblait ne désirer qu'une seule chose, partir, mais elle hocha la tête, le regard apeuré.

À cet instant, une servante se glissa dans la pièce.

— Pardonnez-moi, maîtresse, murmura-t-elle, mais quelqu'un a apporté un message pour le maître.

— Merci, Clara, répondit calmement sa maîtresse. Donnez-le-lui et voyez si cela exige une réponse immédiate.

— Oui, maîtresse, fit-elle nerveusement.

Chaque serviteur de la maison avait entendu une version des menaces qui planaient sur la tête du maître et s'attendait à tout moment à un désastre.

Pons brisa le sceau et lut la lettre. Il la passa à son fils.

— Qui a apporté cette lettre, Clara ?

— Un mendiant, maître. Il a frappé à la porte de la cuisine. La cuisinière lui a dit d'attendre dehors que vous l'ayez lue.

— Bien. Demande à la cuisinière de le faire entrer et de lui donner quelque chose à manger. Il y a certainement de quoi faire. Nous n'avons pratiquement pas touché au magnifique souper qu'elle nous a préparé. Va.

Dès que la servante fut partie, Joana ordonna :

— Lis-moi cette lettre. Chaque mot.

Jaume chercha l'approbation de son père, lequel acquiesça.

— Certainement, maman. « Mon très estimé... »

— Rien que la lettre, je t'en prie, fit-elle avec impatience.

— Oui, maman. « Le jour de la Toussaint est trop éloigné. Si votre famille et vous-même voulez survivre, c'est ce soir même que le sortilège doit être tissé. Une heure avant complies, apportez mille maravédis d'or à la maison de Marieta, à Sant Feliu. La porte qui donne sur la rivière sera ouverte. Si vous dites un mot de tout ceci à quelqu'un, nous le saurons, et ce sera encore pire pour vous. » Ce n'est pas signé.

Le père et le fils se regardèrent en silence. Francesca s'était affalée sur son siège et tentait de dissimuler les larmes qui lui montaient aux yeux. Joana prit les choses en main.

— Est-ce que votre coffre-fort renferme mille maravédis d'or ?

— C'est une somme importante, dit son fils.

— Je le sais. Ce que je ne sais pas, en revanche, c'est si le coffre contient mille maravédis d'or.

— Non, dit Pons. Deux cargaisons de laine anglaise de belle qualité sont arrivées au cours de ces trois dernières semaines, et nous avons également acheté les meilleures toisons du marché. Tout a été réglé. Nous avons certainement assez au coffre pour vivre bien jusqu'à ce que la nouvelle laine soit vendue, mais nous n'avons en aucun cas mille maravédis d'or sous la main.

— La personne qui a rédigé cette lettre n'est donc pas familière du contenu du coffre, car elle saurait que nous ne pouvons produire une telle somme.

— C'est exact, acquiesça Pons. Ce n'est probablement pas l'un de nos fidèles employés.

— Ce n'est pas non plus Jaume, ajouta la femme de Pons.

— Jaume ! s'écria Francesca. Comment pouvez-vous, sa propre mère, dire...

— Ce ne serait pas la première fois dans une famille que l'un de ses membres trompe ceux qui lui font le plus confiance. Je ne pensais pas que c'était Jaume, mais je suis soulagée de voir confirmée la confiance que je mets en mon fils. Et puisque nous ne possédons pas cet or, il n'est pas question d'obéir à l'auteur de cette lettre, ajouta-t-elle. C'est là un choix que nous n'avons pas à faire.

— Ne pourrions-nous emprunter une telle somme, papa ? demanda Jaume.

— Certes, mais nous ne survivrions pas à l'hiver. Les intérêts nous étoufferaient, et chaque sou gagné au cours de l'année qui vient ne servirait qu'à rembourser notre dette.

— C'est vrai, renchérit Joana. Nous avons travaillé comme des esclaves pour régler les dettes de ton oncle. Nous n'allons pas nous endetter davantage. Que pouvons-nous faire ?

— Nous pourrions nous enfuir, dit vivement Francesca. Nous réfugier chez quelqu'un où cette personne mauvaise ne nous trouverait pas. Je veux que mon enfant naisse et qu'il ait un père. N'y a-t-il pas quelque argent que nous pourrions prendre avant de quitter la ville ?

Tout le monde parlait en même temps, mais la voix ferme de Joana imposa le silence.

— C'est une proposition raisonnable, mais voyons s'il n'y en a pas de meilleure.

Le silence lui répondit.

— Puisque vous n'en avez pas d'autres, je vous suggère de demander du secours.

— Auprès de qui ? fit son mari, au bord du désespoir. L'évêque en personne n'a pu protéger Lorens.

— Le lui avez-vous demandé ? Lui avez-vous dit clairement que notre fils avait été menacé de mort au sein même de son séminaire ? Ou pensiez-vous qu'il serait en sécurité à l'ombre de la cathédrale et avez-vous laissé l'évêque découvrir, mais trop tard, quel danger il courait ?

— Vous me connaissez trop bien, ma mie. Je suis vraiment à blâmer.

— Vous avez fait ce que vous croyiez bien, mais n'en veuillez pas à l'évêque. C'est un homme puissant. Ce que je lui demanderais, ce ne sont pas ses prières, mais ses officiers.

— L'autre personne à qui je me suis confié, c'est le

médecin, même si je ne lui ai pas dit où se trouvait Lorens. J'ai cru qu'il serait à l'abri tant qu'il resterait au séminaire.

— Dans ce cas, envoyez chercher le médecin. Et s'il ne peut nous aider, nous irons trouver l'évêque, même si c'est jour de fête. Nous n'allons pas rester ici barricadés derrière notre porte, à attendre que quelqu'un vienne nous détruire.

Conseillée encore une fois par son père, Rebecca s'activait sur le corps meurtri de la petite esclave. Après avoir reçu divers baumes, puis des compresses d'arnica et d'écorce de saule, elle put enfin passer les vêtements qu'on lui donna et évoquer son expérience.

— Il semble que pendant que je vous parlais, maître, Marieta discutait pour me vendre. C'est elle qui me l'a dit.

— Je n'avais pas imaginé ce qu'elle te réservait à ton retour. J'en suis vraiment désolé, dit Isaac. Mais ces marques vont bientôt disparaître, et tes coupures ne sont pas profondes. Elles guériront, mon enfant. Et si tu n'étais pas revenue, elle t'aurait accusée de t'être enfuie et ta situation aurait été désespérée. Ce fut pénible, mais je n'avais pas imaginé d'autre moyen de te sauver.

— Cela valait la peine de souffrir, maître, pour retrouver ma liberté.

— À présent parle-moi de ce Guillem et de son serviteur, mon enfant.

— Une chose est sûre, papa Isaac, intervint Nicholau qui se tenait au fond de la chambre à coucher, c'est qu'ils ont quitté la maison de Marieta. Du moins je le pense.

— Pourquoi dites-vous cela ?

— Quand nous sommes arrivés, j'ai entendu des hommes crier des ordres, des portes claquer, beaucoup de tumulte. Ces voix paraissaient pleines de colère. Puis le silence fut tel que j'aurais juré que la maison était vide.

— Qu'en penses-tu, mon enfant? demanda Isaac. Tu connais la maison.

— La voix la plus forte, la voix méchante, c'était celle de Lup. C'est vrai, il y avait beaucoup de bruit. Il est possible qu'ils soient partis, mais les servantes et les filles se seront réfugiées dans leurs chambres. Quand Lup est en colère, il bat tout le monde à l'exception de Marieta. Et de son propre maître, ajouta-t-elle.

— Et son maître permet cela?

— Oui. Il semble le craindre autant que nous. Il n'y a que Marieta qui n'a pas peur de lui.

— Combien de personnes vivent dans la maison, en dehors de Marieta et de ces deux hommes?

— Six filles, répondit-elle, et deux servantes. Plus moi et Hasan — Ali, comme ils l'appelaient. Deux des autres filles étaient aussi des esclaves. Nous étions censées aider les servantes quand nous n'étions pas occupées.

— Maintenant, parle-moi des trois jeunes gens qui sont morts, dit Isaac.

La peau laiteuse de Zeynab devint grise sous l'effet de la peur.

Pendant que Rebecca pansait les blessures de Zeynab et que la plupart des habitants de la ville et de ses faubourgs étaient encore à table, à jouir des derniers instants de leur repas de fête, Sancho frappait à la porte de Marieta. Elle rejeta ses cheveux indisciplinés en arrière et se dirigea vers la porte. La servante était sortie de son réduit pour répondre, mais sa maîtresse la chassa à coups de pied et elle repartit se terrer. Marieta ouvrit la porte, juste assez pour indiquer qu'elle ne craignait pas cet homme, mais pas assez pour que cela constitue une invitation à entrer.

— Tu arrives trop tard. J'en ai tiré un meilleur prix.

— Ce n'est pas une très bonne idée que tu as eue là, Marieta, dit-il avec un sourire qui révélait ses dents gâtées. Le gentilhomme ne va pas être content.

— Quel gentilhomme ?

— Celui qui m'a demandé d'éloigner la fille — de l'emmener très loin — et de me débarrasser d'elle. Je le connais depuis longtemps. J'ai fait beaucoup d'affaires avec lui, d'un genre ou d'un autre. Il a très mauvais caractère, je te l'assure, et il tenait à ce que je récupère cette fille.

— Guillem ou Lup ?

— Peu importe la façon dont tu t'appelles. Tout ce que je sais, c'est que ce n'est pas son vrai nom.

Il rit et fit demi-tour.

— J'espère pour toi que ce n'est pas un ami trop intime, Marieta. Au revoir.

Les ombres du soir s'allongeaient déjà sur le parvis de la cathédrale quand Isaac monta vers le palais épiscopal, accompagné de Yusuf et de Zeynab. Avec la vieille robe de Rebecca, la petite musulmane ressemblait à n'importe quelle habitante de cette ville. Mais, sous son voile, sa pâleur faisait ressortir la tache violette qui s'étalait sur sa joue. Elle n'avait pas été très heureuse à l'idée de rendre une telle visite, mais cela ne l'empêchait pas à présent de se diriger vers le palais.

Berenguer était assis dans le petit salon de réception, en compagnie de Pons Manet et de sa famille. La lettre était posée devant lui et attirait l'attention de tous. Au moment précis où l'évêque allait prendre la parole, Francesc Monterranes ouvrit la porte.

— La présence de Votre Excellence est demandée dans l'antichambre, murmura-t-il.

L'évêque quitta le salon et la famille Manet se mit une fois encore à discuter de ce qu'il convenait de faire.

— Vous m'avez adressé un homme fort malheureux, Isaac, mon ami, dit Berenguer. Et toute sa famille. Il eût été plus facile d'élaborer quelque chose avec Pons Manet s'il était venu seul.

— Toutes mes excuses, Votre Excellence. Mais Pons Manet a l'habitude de ne dire aux gens que ce qu'il croit être important. Son épouse est plus franche et elle est accablée de chagrin. La présence de son fils et de sa belle-fille l'aidera à parler. J'ai pensé que l'on irait plus vite ainsi.

— Et qui avez-vous amené avec vous ? Ce n'est certainement pas ma bonne Raquel sous tous ces voiles. Car si c'est elle, sa taille a bien diminué !

— Non, monseigneur l'évêque, dit Isaac en riant. C'est une petite Mauresque terrorisée et blessée, une esclave affranchie, qui semble en savoir beaucoup sur ce qui se passe chez Marieta, sur Guillem de Montpellier et peut-être sur la mort de ces malheureux jeunes gens. Nous devons la protéger avec soin.

— Comment en es-tu venue à savoir tout cela ? demanda Berenguer à la fille.

— J'ai été achetée par Marieta l'année dernière, répondit-elle. Et elle m'a fait travailler à certaines choses. Je lui ai obéi, mais elle m'a dit ensuite que ce que j'avais fait était très mal et que je serais pendue si je venais à en parler.

Même sous ses voiles, Berenguer se rendait compte qu'elle tremblait comme une feuille.

— Pouvons-nous la voir ? demanda l'évêque. Si elle a de telles révélations à nous faire, j'aimerais voir son visage alors qu'elle nous parle.

— Il le faut ? murmura-t-elle.

— Certainement, mon enfant, dit Berenguer. Autrement comment pourrais-je t'aider ? Ôte ton voile, dis-moi ton nom et raconte-moi tout ce que tu sais.

— Obéis à Son Excellence, dit Isaac. Parle-lui aussi des cérémonies et raconte comment elles servaient à tromper les jeunes gens.

— Est-ce que je dois aussi lui parler des autres...

— Il est peut-être évêque, mon enfant, interrompit Isaac en fronçant les sourcils, mais je crois qu'il peut comprendre tout ce que Marieta t'obligeait à faire.

— Certes, fit Berenguer. Une esclave n'a pas le choix, et je le comprends fort bien. Quand as-tu acquis ta liberté ? Ce n'est pas une fugitive, n'est-ce pas ? Cela compliquerait la situation si nous avions besoin de son témoignage.

— Non, je suis libre, et j'ai un document, affirma Zeynab. J'ai été affranchie cet après-midi.

— Vous n'y êtes pas étranger, à mon avis, fit l'évêque.

Isaac fit non de la tête.

— Elle a économisé le prix de sa liberté grâce aux petits cadeaux que les hommes lui faisaient. J'ai simplement arrangé le paiement parce qu'elle avait trop peur de son ancienne maîtresse. Allons, Zeynab, Son Excellence doit voir ton visage. Tu lui parleras des cérémonies.

À contrecœur, elle rejeta son voile.

Berenguer examina les blessures et se détourna.

— Cette Marieta est une mauvaise femme, dit-il. Mais écoutons ton histoire.

Accompagné de son secrétaire, Bernat et de Francesc, Berenguer revint dans la salle de réception, où Pons Manet et les siens attendaient, plongés dans le silence et le malheur.

— Vous devez pardonner mon absence, dit-il, mais

c'était pour une affaire intimement liée à votre problème.

— Comment cela, Votre Excellence ? demanda Pons.

— J'ai ici un témoin des activités de votre fils et des crimes perpétrés contre lui et ses deux compagnons. J'aimerais que vous l'entendiez. Mon secrétaire prendra sa déposition, car elle sera peut-être nécessaire lors du procès des responsables de la mort de Lorens. Francesc ?

Francesc de Monterranes quitta la pièce pour revenir avec Zeynab, lourdement voilée, et Isaac.

— Votre Excellence, murmura-t-il, j'ai amené la fille et le médecin. Dois-je également faire venir le garçon ?

Berenguer hocha la tête et Francesc adressa un signe à Yusuf, qui se tenait près de la porte.

— Il importe peu, dit l'évêque, de savoir qui est cette enfant. Elle était esclave quand elle a participé aux actes qu'elle va vous décrire, et elle devait obéir à sa maîtresse de crainte d'être battue, vendue ou pis encore. Tout esclave aurait fait de même. De plus, ses actions ne sont pas en elles-mêmes répréhensibles. Mon enfant, parle-nous de ce Guillem de Montpellier.

— Votre Excellence, maître Guillem, son serviteur, Lup, et leur esclave sont arrivés chez ma maîtresse pendant la chaleur de l'été, au cours de la semaine qui a suivi le gros orage.

— Qui était ta maîtresse ?

— Marieta, de Sant Feliu. Maître Guillem est un magicien et un lettré, dit-il, et il donne des représentations pour attirer les clients.

— Quel genre de représentations ?

— Le maître disait au public qu'il allait appeler des démons, puis il chantait et jetait quelque chose dans le brasero pour produire un grand éclair aveuglant. C'est pendant que les spectateurs avaient les yeux fermés que nous entrions. Les autres filles dansaient avec des tenues impudiques, moi, je jouais de la flûte et je chantais.

— Ce garçon, Yusuf, va pouvoir nous parler de ces spectacles, dit l'évêque. Pour rendre service à l'esclave de Guillem, qui désirait s'enfuir cette nuit-là, il a pris sa place et endossé son costume et son masque. Raconte-nous ce que tu as dû faire, Yusuf.

Yusuf décrivit dans le détail cette pénible soirée.

— Il y avait une substance dans l'encens, reprit Zeynab. On nous disait de nous tenir à l'écart de la fumée et de nous efforcer de ne pas la respirer. D'ordinaire, cela les rendait un peu ivres, sauf la dernière fois. Yusuf en a trop mis dans les braseros.

— Quelqu'un vous a-t-il prises pour des démons ? demanda Pons.

— Oh non, maître, personne. Très vite, même les gars de la campagne se rendaient compte qu'on n'était que des filles quand ils nous voyaient de près. Mais ils avaient quand même l'air d'apprécier nos danses.

— Je ne pense pas que maîtresse Marieta voudrait attirer des ennuis à sa maison en se compromettant avec les démons, fit observer Francesc.

— C'est à ce genre de cérémonie que participait mon fils ? demanda Joana, l'épouse de Pons Manet, d'une voix terrible. Est-il mort à cause de fumée d'encens et de danses ?

— Oh non, maîtresse, pas du tout. Maître Guillem avait l'habitude de sortir prêcher aux gens et de récolter de l'argent — c'est ce qu'il faisait avant d'arriver à Sant Feliu —, et votre fils et ses amis ont eu envie d'apprendre auprès de lui. Il les a fait venir une fois aux cérémonies, mais cela les a dégoûtés. Ils s'intéressaient au savoir, pas aux filles de Marieta.

— Vraiment ? fit Jaume, incrédule.

— Votre frère était un jeune homme très sérieux, dit Berenguer. Je ne doute pas qu'il ait été aussi troublé par les tentations de la chair que toute autre personne de son âge, mais son cœur s'accordait avec les choses de l'âme et de l'esprit.

— Les trois jeunes gens étaient prêts à verser une somme importante pour bénéficier des leçons de maître Guillem, reprit Zeynab, c'est pourquoi il leur a arrangé quelque chose de spécial.

— De quoi s'agit-il ? demanda Pons.

— Je ne sais pas au juste. Je ne connais que le rôle que j'avais à tenir.

— Allons, mon enfant, fit Berenguer avec quelque impatience, décris-nous ce que tu as fait et vu. Nous avons encore beaucoup de travail avant la fin de cette soirée.

Elle s'inclina pour s'excuser et se tourna vers la famille Manet.

— Pendant ces cérémonies, il n'y avait que les trois jeunes gens, maître Guillem et Lup, son serviteur. J'étais dissimulée derrière une tenture et je jouais de la flûte. Je pense qu'ils avaient passé quelque temps à étudier avec maître Guillem, mais je n'en suis pas certaine. Il jetait dans les braseros un encens très étrange et, parfois, les jeunes gens voyaient des choses qui n'existaient pas. À un moment, je devais faire la louange des sages des temps anciens, des choses que j'avais apprises et que je chantais derrière le rideau. Ensuite, il voulait que je récite un bref passage du Coran.

— Et l'as-tu fait ? demanda Berenguer.

— Oh non ! Je n'aurais pas su quoi dire, et puis ç'aurait été un grand péché que de réciter des versets sacrés dans un lieu aussi mauvais. À la place, je psalmodiais une recette de cuisine, celle des tripes et de la tête de mouton, que ma mère adoptive m'avait apprise.

J'avais très peur, parce que je craignais que les jeunes gens ne s'en rendent compte. Maître Guillem invoquait alors des esprits protecteurs ainsi que l'ange de la connaissance et de l'illumination. Il jetait de la poudre dans le feu et provoquait beaucoup de fumée. Pendant ce temps, Lup allumait la lampe derrière moi, je levais les mains et je faisais semblant d'être l'ange. Je chantais d'autres choses en arabe...

— Quoi donc ? demanda Berenguer, intrigué.

— Comment faire cuire le riz et le pain, Votre Excellence. Je devais ensuite dire d'une voix très puissante : « Cherchez la vérité au fond de vous-mêmes et gardez confiance en ceux qui vous conduisent à moi. Mille démons porteurs de mille morts dans chaque main, de fléaux pour battre, de crochets pour arracher les chairs, de pinces embrasées pour arracher la langue, voilà ce qui attend le menteur et le traître. Le chemin de l'illumination est semé d'embûches, mais, pour celui qui parvient à l'atteindre, la récompense est magnifique. » Lup éteignait la lampe et j'étais libre de partir.

— Répète-moi cela, dit l'évêque, les adjurations que tu leur adressais.

— Oui, Votre Excellence, fit-elle avant de répéter les phrases.

— Est-ce bien exact ?

— Oui, Votre Excellence. J'ai une bonne mémoire.

— Il est clair qu'ils voulaient qu'ils se sentent menacés afin de rester en son pouvoir, dit Berenguer. Mais comment sont-ils morts ?

— Quelque substance vénéneuse leur était administrée, dit Isaac. En l'absence de Zeynab, ajouta-t-il.

— Par la femme qui a rendu visite à Marc, peut-être, intervint Francesc. Qui est-elle ? Le sais-tu, mon enfant ?

— Je crains qu'elle n'en sache rien, répondit Isaac.

Je l'ai questionnée attentivement et il semble qu'elle n'avait pas le droit de quitter la maison sans être accompagnée. Peut-être apprendrions-nous la vérité auprès de Marieta.

— Marieta ? s'étonna l'évêque. La vérité et Marieta ne sont pas amies intimes, dirais-je. Mais une des autres filles sait peut-être quelque chose. Il sera temps de les interroger plus tard. Tu peux aller attendre dans l'antichambre, mon enfant. Yusuf te tiendra compagnie.

Il attendit qu'ils fussent partis.

— Bien. Parlons maintenant de ce que nous allons faire.

CHAPITRE XVII

L'après-midi touchait à sa fin, apportant ombre et froidure dans le salon par ailleurs confortable de la maison d'Isaac. Judith ne voyait plus où piquer son aiguille, et elle appela pour qu'on allume le feu et les bougies. Au grand soulagement de chacun, les jumeaux étaient assis par terre, hors de portée de vue de leur mère, et s'inventaient une histoire compliquée avec pour acteurs une poupée, une boîte en bois et un cheval miniature. Ils avaient passé la journée à détruire la paix domestique. Comme des chiens de chasse qui flairent une proie mais ne peuvent échapper à leurs colliers, ils avaient bien senti que la foire battait son plein, par-delà les murs et au-delà de la rivière : il était clair que le destin et leur mère s'étaient associés pour les priver de tout bonheur. Judith rapprocha sa chaise du feu et Raquel en fit de même avec la table et son siège afin de poursuivre la lecture de son livre. Une paire de chandelles brûlaient entre elles.

La main qui avait écrit cet ouvrage n'était pas des plus assurées, mais elle s'y était habituée et progressait rapidement dans ces pages et ces pages d'informations, intéressantes en soi, mais nullement utiles à son père, qui cherchait à savoir quelles herbes ou quelles substances avaient pu causer la mort des trois jeunes hommes.

Judith posa son ouvrage et son regard se perdit dans le vide. Raquel releva la tête et s'étonna de voir sa mère, cette lionne courageuse, paraître lasse et effrayée. Elle allait lui demander ce qui la tourmentait quand une expression de la page suivante lui sauta littéralement aux yeux. Elle lut la phrase qui la contenait, puis celle d'avant, et celle d'avant encore, jusqu'à arriver au début du paragraphe. Elle secoua la tête et s'efforça de tout relire, lentement, soigneusement, pour être bien certaine d'avoir tout compris. Déçue, elle repoussa le livre. Comme tout ce qu'elle avait déjà trouvé, ce passage expliquait en partie mais pas en totalité ce qu'ils recherchaient.

— Maman ? demanda-t-elle. Où est papa ?

— Si tu l'ignores, répondit sèchement Judith, je suis certaine que personne d'autre ne le sait. Il a à peine touché à son repas avant de quitter la maison avec Yusuf. Sans dire un mot.

Elle reprit son ouvrage.

— Pourquoi ? ajouta-t-elle.

— J'ai découvert quelque chose dont je voudrais lui parler, maman, c'est tout. La description d'une puissante décoction. Et je n'ai pas la moindre idée de l'endroit où il peut se trouver, si ce n'est...

Elle se rendit brusquement compte qu'elle ne pouvait lui faire part des complications dues à la petite Mauresque sans mentionner Rebecca. Elle se tut donc.

— Si ce n'est quoi ?

— Si ce n'est qu'il semblait très pressé, maman, comme s'il avait beaucoup à faire. Vous pensez qu'il m'en voudrait si j'allais dans son cabinet consulter un autre ouvrage ? Je crois que l'on y parle en détail de cette décoction, mais le livre est trop lourd et trop gros pour être apporté ici.

— Prends cela avec toi, dit sa mère en lui montrant un chandelier à trois branches. Tu vas abîmer tes yeux avec toutes ces lectures.

— Oui, maman.

— Je dois veiller au souper, ajouta-t-elle en repoussant son ouvrage.

— Mais, maman, Naomi s'en occupe. Reposez-vous. Vous avez l'air fatigué.

Judith posa un regard étonné sur sa fille.

— Comme c'est étrange que tu dises cela ! Je ne suis pas malade, ma chérie. Pourquoi devrais-je me reposer ?

Sur ce, elle partit à la cuisine.

Pons Manet marchait d'un pas décidé dans la petite rue qui longeait la rivière. Une lanterne pendait à l'anneau qu'il tenait de la main droite, et un petit coffre de bois était posé sur sa robuste épaule gauche. Au tournant du chemin, il s'arrêta près d'un portail : la dernière fois qu'il avait franchi la porte de l'établissement de Marieta, il n'était qu'un gamin ignorant sans un sou en poche. La maison appartenait alors à Ana, Marieta n'était qu'une fillette, et il avait été entraîné dans cette hasardeuse aventure par son frère aîné. Même aujourd'hui, le rouge lui montait aux joues à ce souvenir, et il s'efforça de le chasser hors de son esprit. Il poussa doucement la grille. Elle s'ouvrit sans un grincement. Un cheval ou une mule s'agitait quelque part, dans l'ombre.

À une certaine distance derrière lui, deux hommes, l'un grand et l'autre petit, marchaient en silence : leurs bottes de cuir souple ne faisaient pas de bruit sur les pavés. Ils ne s'intéressèrent pas à celui qui venait de franchir le portail de la maison de Marieta comme si c'était un habitué des lieux, et suivirent leur chemin jusqu'à ce qu'ils disparaissent au coin de la rue. Alors ils s'arrêtèrent et attendirent, aux aguets. Au bout de quelques instants, ils firent demi-tour et, rasant les murs, revinrent sur leurs pas. Ils poussèrent la grille de la maison de Marieta et entrèrent. Des sabots claquèrent sur le sol et un cheval hennit doucement, puis il se calma, et la cour retrouva son calme.

Yusuf — car le petit homme n'était en réalité qu'un jeune garçon — marcha jusqu'à la porte et l'entrebâilla juste assez pour pouvoir entrer. Au bout du couloir, il distingua la silhouette sombre du lainier. La lumière de sa lanterne dessinait un cercle autour de lui. Isaac suivit son apprenti et referma la porte derrière lui avec beaucoup de délicatesse. Le loquet produisit un bruit infime qui se fondit dans celui des pas de Pons Manet. Yusuf tourna à gauche, tira la tenture de la réserve et y entraîna Isaac. Les pas s'arrêtèrent, et le seul bruit qu'ils entendaient était celui de leurs propres respirations.

— Pourquoi avoir refermé la porte, seigneur? murmura-t-il.

— Ils auraient pu sentir passer de l'air froid. Maintenant, tais-toi.

Ils attendirent en silence, sans bouger, pendant trois ou quatre longues minutes, avant de percevoir un autre son.

Quelque part, une voix appela :

— Par ici, maître Pons. Nous préparons la salle.

Yusuf écarta doucement la tenture. Tout au bout du long couloir, il vit une cape disparaître dans l'escalier menant à l'étage principal.

— C'est la voix de Guillem, seigneur, dit-il en se haussant sur la pointe des pieds pour parler à l'oreille de son maître. Et Pons monte l'escalier. Je vois la lumière de sa lanterne.

— Alors montons aussi. N'y a-t-il pas un autre escalier?

— Si, seigneur, juste en face de nous. Mais comment l'avez-vous deviné ?

— Même Marieta a parfois besoin d'un médecin, Yusuf. Tu y vois clair ?

— Non, seigneur, il fait trop sombre.

— Dans ce cas, suis-moi.

Isaac releva le rideau et tâtonna le mur de pierre jusqu'à ce que son pied rencontre la première marche de l'escalier en colimaçon. La lumière de la lanterne de Pons était encore visible à l'extrémité du couloir ; hormis cela, il faisait noir comme dans un four.

À mi-hauteur de l'escalier, ils furent arrêtés par un bruit qui donna la chair de poule à Yusuf. Un bruit sourd, celui d'un lourd objet qui s'abat contre de la chair humaine. Puis quelque chose, en bois ou en métal, se fracassa sur le carrelage. La lumière vacilla et s'éteignit. Isaac posa la main sur l'épaule de son apprenti.

— Y a-t-il de la lumière ? murmura-t-il.

— Non, seigneur, aucune.

— Alors attendons ici, près de la porte. Nous risquerions de nous faire prendre. Asseyons-nous sur les marches.

À peu près à l'heure où Pons Manet quittait sa maison, dans le sud de la ville, pour prendre le chemin de Sant Feliu, un homme vêtu d'une cape noire et d'un grand chapeau qui dissimulait son visage aborda l'officier de garde devant la porte nord.

— Officier, dit-il d'une voix rauque, suivez-moi !

— Et pourquoi devrais-je quitter mon poste pour aller avec vous, mon brave homme ?

— Écoutez, vous...

Il changea de tactique.

— Je suis sur la trace d'une esclave fugitive, reprit-il, impatient. Une Mauresque, une vraie diablesse que ce fils de chienne m'a fait payer une fortune à la foire. À la première occasion, elle s'est enfuie. J'ai ici l'acte de vente, dit-il en tirant de sa manche un papier qu'il brandit sous le nez de l'officier.

L'autre acquiesça. Il faisait trop sombre pour qu'il vît les mots inscrits sur le papier, mais cela importait peu : il n'avait pas appris à lire.

— Je crois savoir où elle se trouve, dit l'homme au grand chapeau. Et je veux la récupérer. Je lui apprendrai à ne pas recommencer.

— Que voulez-vous que je fasse ? demanda l'officier. À une pareille heure...

— Elle est dans une maison de Sant Feliu. Je veux que vous alliez la chercher.

— Abriter une fugitive constitue un délit sérieux...

— Ne vous inquiétez pas pour ça. J'ignore ce qu'elle a bien pu raconter aux gens qui vivent là-bas, mais j'ai entendu dire qu'ils l'avaient engagée comme servante. Leurs voisins disent qu'ils sont honnêtes. Je ne leur chercherai pas querelle. En fait, j'ai là de quoi les remercier s'ils me la livrent sans esclandre. Et aussi de quoi vous remercier, messire. Je veux cette esclave avant le lever du jour. Je dois partir pour Figueres. Une Mauresque, répéta-t-il. Elle se fait appeler Romea.

— Montrez-moi la maison, et nous verrons ce qui peut être fait.

L'officier frappa à la porte, et l'homme au chapeau recula d'un pas pour lui permettre de faire son travail. Il fallut une minute avant que la porte s'entrebâille.

— Qui est-ce ? demanda une petite voix inquiète.

— Nous souhaitons parler à ton maître.

— Il est sorti.

— Ta maîtresse, alors.

— Elle est sortie, elle aussi. C'est jour de fête, et ils ne sont pas là.

— Nous voudrions entrer, dit l'officier en poussant la porte.

— Vous ne pouvez pas ! cria la servante en faisant de son mieux pour refermer. Je ne suis pas autorisée à laisser qui que ce soit entrer quand le maître et la maîtresse ne sont pas à la maison. Partez !

— Qu'est-ce qui se passe ? demanda une nouvelle voix depuis la cuisine.

Et Zeynab vint à la rescousse de la servante.

— Je le savais, c'est elle ! s'écria l'homme au chapeau dès qu'il eut entendu sa voix.

Il bouscula l'officier et poussa violemment la porte, puis saisit Zeynab au poignet.

— J'exige mes droits ! C'est mon esclave !

Sans la lâcher, il jeta une bourse à la servante.

— Tu donneras cela à ton maître pour le dédommager.

— Je suis libre ! protesta Zeynab en se débattant. J'ai un document qui le prouve. Laissez-moi aller le chercher !

— Sale petite menteuse ! dit Lup. Oh, elle est maligne ! Elle sera bien utile quand je l'aurai matée. Merci, officier. Voici pour le dérangement.

Une seconde bourse tomba dans la paume de la main de l'officier.

— Dieu me protège ! Je l'ai tué !

Les mots résonnèrent dans la maison vide et arrivèrent jusqu'aux oreilles de Yusuf et d'Isaac, dissimulés dans le petit escalier.

Personne ne répondit.

Dans la cour, un cheval hennit et piaffa d'impatience. Il y eut ensuite des bruits de pas. Isaac toucha l'épaule du jeune garçon et se releva.

— Entre là !

C'étaient les pas de deux hommes qui trébuchaient

et se cognaient aux murs, puis la porte se referma brusquement. Peu importe qui ils étaient : ils se moquaient bien du bruit qu'ils pouvaient faire.

— Ont-ils de la lumière ? murmura-t-il.

— Oui, seigneur, une petite lanterne.

— Vite. Suis-moi.

Le maître et son apprenti se glissèrent en silence jusqu'à l'étage principal.

— Où allons-nous ? demanda Yusuf.

— Y a-t-il toujours derrière l'escalier un banc où nous puissions attendre ?

— Je ne sais pas, seigneur.

— Il fait sombre là-haut ?

— Oui.

Ce fut donc Isaac qui tira Yusuf vers le renfoncement situé derrière l'escalier en colimaçon, trouva le banc de bois et s'y assit, une main toujours posée sur l'épaule de l'enfant.

Au rez-de-chaussée, ils entendirent l'homme dire d'une voix normale :

— Guillem ? Qu'est-ce qui t'arrive ? Tu es là ?

La main d'Isaac se crispa puis se détendit.

— Dieu merci, c'est toi, répondit Guillem d'une voix chevrotante. Je croyais que c'étaient des officiers. Je suis sûr que je l'ai tué.

— Où es-tu ?

— Devant. En haut des marches.

— Une minute.

Isaac et Yusuf retinrent leur souffle jusqu'à ce qu'ils entendent des pas s'éloigner dans le couloir.

— Le diable s'en mêle ! s'exclama le nouveau venu. Ma lanterne s'est éteinte ! Pourquoi n'as-tu pas allumé les bougies ?

— Je ne voulais pas attirer l'attention sur la maison, dit Guillem.

— L'obscurité est encore plus suspecte. Quelqu'un est venu ?

— En dehors de Manet ? Oui. Des individus ont crié et tambouriné à la porte. Je me suis caché et j'ai feint qu'il n'y avait personne.

— Où est-il ?

— Là, près de l'entrée de la grande salle. Mort.

— Mort ou vif, peu importe. Le monde se portera mieux sans lui, bien qu'il ait pu m'être utile vivant. Comment l'as-tu tué ?

— Je l'ai frappé, exactement comme tu me l'avais dit, et il est tombé. Mort.

— Il a apporté l'or ?

— Je crois, oui. Il portait quelque chose de lourd sur son épaule.

— Bien. Occupe-toi d'elle. Et ne la laisse pas se sauver.

Il y eut un long moment de silence avant que l'homme ne parle à nouveau.

— Il faudrait plus qu'une de tes pichenettes pour en venir à bout, dit-il avec mépris. Écoute un peu.

— C'est lui qui respire ?

— Qui d'autre ? Il est assommé, c'est tout, et il va revenir à lui dans un instant. Donne-moi de la lumière.

Des pas précipités claquèrent sur le carrelage. Un bruit de chute résonna dans toute la maison. Guillem cria de douleur et jura.

— Où sont les officiers ? murmura Isaac. Ils devraient déjà être ici.

— J'ai trouvé une bougie, dit Guillem.

— Le Seigneur en soit remercié ! fit son compagnon. Allume-la. J'en ai assez d'être dans le noir.

— Je n'ai ni mèche ni silex.

— Eh bien, trouves-en, imbécile !

Il y eut de nouveaux bruits confus.

— Pourquoi nous ne nous rapprochons pas, seigneur ? demanda Yusuf.

— Nous les entendons parfaitement d'où nous

sommes, dit son maître, et je préfère rester assis ici que de me faire assommer par maître Ferran.

— Qui est maître Ferran ?

— Un vieil ami, Yusuf, un très vieil ami.

La lumière jaillit à l'autre bout du couloir et Yusuf avertit son maître en lui posant la main sur le bras.

— Qu'y a-t-il dans ce coffre ? demanda maître Guillem. Est-ce l'or ?

— Naturellement. Quoi d'autre ? C'est un pleutre, il l'a toujours été. Peureux comme pas un. Après ce qui s'est passé, il n'aurait jamais osé venir sans l'or.

— Mais dès qu'il va se réveiller, il racontera à tout le monde ce qui s'est passé. Et nous, qu'est-ce qu'on va faire ?

— Rien à craindre, dit Lup. Je lui ai laissé un petit cadeau. Quelque chose qu'il aura du mal à expliquer aux officiers. Je ne crois pas qu'il sera en position de nous nuire. Tout va bien, Guillem, mon ami. Les chevaux attendent. Il suffit de charger l'or et de partir.

— Et la fille ? Pourquoi l'as-tu ramenée ici ?

— Ne t'inquiète pas pour elle. J'ai dû demander à l'officier de garde de m'aider à la récupérer. Je ne pouvais quand même pas le remercier et la jeter ensuite dans la rivière, non ? Elle est bien ligotée. Nous l'emmènerons avec nous. Personne ne verra rien.

— Tu en es sûr ?

— Mais non, je n'en suis pas sûr ! aboya-t-il. Tu me prends pour qui ? Dieu tout-puissant ? Tiens ta langue et allume les torchères. Il me faut de la lumière pour prendre l'or.

— Regarde, dit Guillem, tout excité. Une pièce est passée par la fissure du coffre. C'est de l'or !

Isaac et Yusuf entendirent des craquements, puis un rugissement de rage suivi d'un cri de douleur.

— Silence ! Tu veux donc réveiller le voisinage ?

— Mais c'est...

— Je sais ce que c'est ! Une poignée de pièces et des cailloux. Je vais tuer ce bâtard de mes propres mains. Où est-il ?

— Dans la salle. C'est là que je l'ai laissé.

— Donne-moi la lanterne.

— Yusuf, va chercher les officiers, dit Isaac. Fais vite !

— Où sont-ils ?

— Près des chevaux, je pense. Hâte-toi !

Yusuf quitta le banc pour s'élancer dans l'escalier. Mais il glissa, se rattrapa et renversa un guéridon.

— Qu'est-ce que c'est ? fit Guillem.

— Quelqu'un dans le petit escalier, dit Lup. Va le chercher !

Et Guillem, armé de sa lanterne, dévala les marches de l'escalier de devant dans l'espoir de mettre la main sur l'intrus. Lup prit une torche et se dirigea d'un pas calme vers l'arrière de la maison. En arrivant à l'escalier en colimaçon, il leva sa torche et sourit.

— Eh bien, voyons ce que nous avons ici. Un vieil ami, me semble-t-il.

— Oui, un vieil ami, dit Isaac en se redressant.

La porte fermée trahit Yusuf. Comme il s'efforçait de l'ouvrir, Guillem l'attrapa par le torse et l'emporta en haut de l'escalier où son serviteur, Lup, regardait le médecin avec quelque satisfaction.

— Voici un vieil ami, Guillem, dit Lup. Vous avez l'air d'aller bien, médecin. Mais j'oubliais ! Comme c'est grossier de ma part ! Vous êtes aveugle. Vous ne pouvez donc savoir qui je suis. Une bonne vue ne vous aiderait toutefois pas. Je ne suis pas aussi beau que je l'étais jadis.

— Je sais parfaitement qui vous êtes, maître Ferran. Dès que vous avez ouvert la bouche, j'ai su qui vous étiez. Vous avez une voix très reconnaissable.

— Quel homme intelligent vous faites, médecin !

Vous l'avez toujours été. Intelligent, riche et arrogant. Quoi que vous fassiez, cela vous a toujours rapporté de l'or, des amis et du pouvoir. Comme je vous haïssais, même lorsque vous sauviez ma misérable vie !

— Je ne m'attendais pas à vous retrouver, Ferran. On disait que vous aviez péri des fièvres.

— Pas vraiment. J'ai été très intime avec la mort à diverses reprises au cours de ces dix dernières années, mais c'est maintenant la trêve entre nous. J'ai failli mourir des fièvres en prison, à Montpellier. Je suis presque mort pendant les révoltes de Majorque. Vous ne pouvez le voir, mais une épée m'a tranché la chair jusqu'à l'os, modifiant quelque peu mon apparence. Et la jambe que je me suis brisée en m'échappant de prison a quelque peu raccourci et tordu mon corps, mais je suis toujours en vie. Enfin, façon de parler, ajouta-t-il avec amertume.

— Et maître Pons sait-il qui est son persécuteur ?

— J'ai dû renoncer à ce plaisir. Il n'a pas encore entendu mon adorable voix, et quand il reviendra à lui — si je décide de le laisser vivre après le sale tour qu'il m'a joué —, il aura de tels ennuis qu'il n'aura pas le loisir de penser à l'identité de son agresseur. J'ai été surpris qu'il ait le courage de tenter de m'abuser.

Zeynab avait été jetée à terre comme un vulgaire paquet et sa tête était appuyée contre la porte du salon privé de Marieta. La proximité de l'un de ses ennemis la faisait tenir tranquille, jusqu'à ce qu'elle comprît que, si Marieta s'était trouvée dans cette pièce, elle serait sortie depuis déjà longtemps pour voir ce qui se passait. Les mains de Zeynab étaient liées derrière son dos. Elle était enveloppée dans la cape que portait Lup quand il était venu la chercher, et elle se sentait complètement désemparée.

Elle était tout de même capable d'effectuer quelques mouvements. Lup n'avait pu lui attacher les pieds car il avait bien fallu qu'elle marche dans la rue d'un air normal. Il y avait donc de l'espoir. Elle fit descendre ses mains le long de ses jambes, par-derrière, et saisit sa jupe. À force de tirer dessus et de remuer en tous sens, elle parvint à dégager ses pieds de la lourde robe de Rebecca. Elle savait que le moindre mouvement de sa part risquait d'attirer l'attention de son ravisseur. Elle jeta le torse en avant et se releva. Très doucement, elle recula jusqu'à la porte de Marieta, saisit la targette de ses mains emprisonnées à travers la cape et la souleva. La porte s'ouvrit vers l'intérieur.

Dès qu'elle fut entrée, elle la referma le plus discrètement possible et ne pensa plus qu'à se libérer. Il lui fallait commencer par ramener ses mains sur le devant de son corps. Elle s'avança un peu plus dans la pièce pour se coucher à nouveau à terre sans toucher les murs ni les meubles. Ce faisant, elle cogna quelque chose de mou. Elle s'efforça de voir de quoi il s'agissait, mais les volets étaient fermés et la nuit très sombre. Aucune lumière ne pénétrait dans la pièce. Quoi que ce fût, c'était assez grand, et cela ressemblait à un tapis roulé de belles dimensions. Elle se mit à genoux, le heurtant à nouveau. Elle se trémoussa et réussit à faire glisser ses mains le long de ses hanches, puis, se tordant comme un serpent, de ses cuisses et de ses jambes. Elle les fit enfin passer sous ses pieds.

De ses dents pointues, elle tira sur les nœuds jusqu'à ce que la cordelette cède. Elle était libre. Elle connaissait le salon intime de Marieta aussi bien que sa propre chambre car elle y avait souvent fait le ménage et allumé le feu ou les bougies. Ouvrir les volets dans le noir serait risqué. Il valait mieux allumer une bougie. Silex, mèche et chandelles étaient posés sur une étagère, près de la porte. Elle n'eut aucun mal à les atteindre et à faire jaillir la lumière.

Quand elle leva sa bougie, ce fut pour découvrir à terre le corps sans vie de son ancienne maîtresse.

CHAPITRE XVIII

Le soir de la Sant Narcis était traditionnellement réservé aux visites aux amis et aux voisins et, comme tout le monde, Nicholau et Rebecca avaient leurs obligations. Quand Carles était tombé de sommeil, épuisé par l'excitation de la journée, et que Zeynab s'était installée dans la chaleur de la cuisine en compagnie de la petite servante, ils étaient partis voir quelques personnes. La dernière maison où ils se rendirent fut celle du cousin de Nicholau, Pau, et de sa femme, un couple charmant qui avait assisté Rebecca lors de sa conversion et était maintenant parrain et marraine du petit Carles. Pour leurs nombreux amis, ils avaient préparé un copieux souper, avec d'excellents vins et des plats de saucisses et de jambon tranchés, des viandes froides, des olives, des fromages, des fruits, mais aussi de grands pots en terre emplis de viandes braisées ou cuites en ragoût. Le feu brûlait dans chaque âtre, une abondance de bougies tenait éloignée l'obscurité et l'ambiance devint rapidement très gaie. Mais, aussi plaisante la soirée fût-elle, Rebecca avait quelque mal à s'amuser. L'image du corps meurtri de Zeynab l'empêchait de profiter pleinement de la fête. Comment pouvait-on prendre du plaisir quand de telles choses arrivaient si souvent ? Même son père, pourtant concerné au premier chef, semblait résigné. Elle scruta le visage épanoui des autres invités et s'étonna.

Nicholau leva sa coupe pour boire à la santé de ses hôtes, entrevit la mine de sa femme et la reposa. Rebecca ne se sentirait pas bien tant qu'elle ne serait pas rentrée chez elle. Dès que la politesse le leur permit, ils prirent congé, jetèrent leurs capes sur leurs épaules, allumèrent leur lanterne et partirent.

La servante les attendait en tremblant. Elle les accueillit avec un flot de larmes, un torrent de paroles incohérentes et enfin une petite bourse contenant cinq sous.

— Un homme est venu l'enlever ? demanda Rebecca.

La gamine secoua la tête avec véhémence.

— Deux hommes, parvint-elle enfin à dire.

— Deux hommes sont venus l'enlever, c'est bien cela ?

Elle acquiesça et baissa les yeux, pleine de honte.

— Et c'est parce qu'ils t'ont donné cinq sous que tu les as laissés faire ?

Le regard de Rebecca augurait mal d'un séjour prolongé de la servante dans la maison des Mallol.

— Oh non, maîtresse ! Mais l'un d'eux a dit qu'il était officier du guet, et c'est vrai, je l'ai reconnu. L'autre a ouvert toute grande la porte et l'a emmenée. Elle était sortie de la cuisine pour m'aider quand il l'a attrapée. Il m'a jeté la bourse et puis ils sont partis. C'est arrivé si vite...

— Trop vite pour appeler à l'aide ? Trop vite pour venir nous avertir ?

— Allons, Rebecca, intervint Nicholau en posant doucement la main sur l'épaule de sa femme. Elle a eu peur. Et si c'est bien l'officier du guet qui a frappé à la porte, qu'aurait-elle pu faire d'autre ?

Il secoua la tête.

— Comment cet homme a-t-il pu convaincre l'officier de lui prêter main-forte, je l'ignore, mais elle dit la vérité. Je la crois.

— Pas moi, répliqua Rebecca.

— J'ai entendu tellement de choses de ce genre au tribunal, ajouta Nicholau. Les hommes du guet sont parfois abusés. Ils ne sont pas toujours d'une grande intelligence. Mais nous devons la retrouver, dit-il comme s'il n'y avait rien de plus facile.

— Oh, Nicholau, comment allons-nous faire ? Et comment réagira papa ? Elle est peut-être morte, ou déjà en route pour Barcelone !

— Allons, ma mie, réfléchissez un instant. Pourquoi voudrait-on tuer une esclave de valeur ? Je vais quérir de l'aide avant qu'ils n'aillent trop loin.

— Où cela ? demanda sa femme d'un ton amer.

— Où cela ? Je vais parler à l'officier et lui demander ce qu'il sait de cet homme.

Le coup timide frappé à la porte d'Isaac ne produisit qu'un son infime. Raquel s'arrêta de travailler, tendit l'oreille et pensa que c'était un animal ou une branche qui venait gratter le mur. Elle soupira, referma le gros volume qu'elle était en train de lire et le reposa sur son étagère. Elle avait assez travaillé dessus : il était d'une lecture difficile, et cela ne lui avait rien apporté, sinon une affreuse migraine.

Puis la cloche tinta, impérieuse. Elle passa la tête par la porte du cabinet de son père, ne vit aucun signe de vie dans la direction de la chambre d'Ibrahim et, prenant une bougie, traversa en toute hâte la cour pour aller répondre.

Zeynab était là, de l'autre côté du portail, tremblant de froid et le visage baigné de larmes.

— Pardonnez-moi, maîtresse Raquel, dit-elle à toute allure. Votre sœur et son mari étaient sortis, Lup est venu et il m'a forcée à partir avec lui, et l'officier ne m'a même pas laissée chercher mon papier. J'ai sauté par la fenêtre et je ne savais pas où aller, alors je suis venue ici.

Pendant qu'elle parlait, Judith, attirée par le bruit, sortit du salon et se pencha sur la balustrade.

Zeynab s'agrippait au portail.

— Oh, maîtresse, ils ont tué Marieta et ils ont pris Yusuf !

Sur ce, elle éclata en sanglots.

— Qui est-ce, Raquel ? demanda sa mère.

Ses jupes voletaient derrière elle quand elle descendit en toute hâte l'escalier, une lanterne à la main.

— Et papa ? dit Raquel en s'acharnant sur la grille. Était-il avec Yusuf ? Où est papa ?

Exaspérée, elle jeta à terre sa bougie, qui s'éteignit, et ouvrit le portail.

— Entre, vite !

— Qu'avez-vous dit à propos de mon époux, jeune femme ? demanda Judith.

— Elle s'appelle Zeynab, maman.

Sa mère leva sa lanterne pour éclairer le visage de la fillette.

— Viens près du feu, fit-elle en secouant la tête. Et raconte-nous ce qui s'est passé.

L'histoire de Zeynab lui fut arrachée par bribes incohérentes. Quand elle eut terminé, Judith garda le silence et réfléchit pendant quelques instants.

— Allons trouver l'évêque, dit-elle.

— J'y vais, maman, proposa Raquel.

— Certainement pas. Nous irons toutes les deux, mais pas seules.

Ayant pris sa décision, elle se précipita vers la porte du salon.

— Ibrahim ! cria-t-elle d'une voix perçante.

Un grognement provenant de la cuisine lui répondit.

— Va chez maître Ephraïm ! Demande au jeune maître Daniel s'il peut venir nous aider. Et fais vite, ajouta-t-elle. Il n'y a pas de temps à perdre.

— Daniel, maman ?

— Et pourquoi pas ? Ibrahim doit rester à la maison et veiller. Daniel sera très heureux de nous assister. Maintenant, va chercher Naomi. Elle s'occupera de cette pauvre enfant pendant notre absence.

— Lup, dit maître Guillem d'un ton pressant, il faut partir. Sur-le-champ. Prépare nos affaires.

— Je ne suis pas Lup, répliqua le serviteur. Le Lup qui obéissait à son maître n'existe plus. Cette créature aveugle ici présente sait qui je suis. Ferran, marchand, soldat, négociant. Si la chance n'avait pas mal tourné...

— Ce n'est pas le sort qui vous a détruit, maître Ferran, dit Isaac. C'est la cupidité, la traîtrise et l'égoïsme.

— Tu mens, juif. Si nous l'avions emporté à Majorque — si nous n'avions été trahis —, alors j'aurais eu de grandes propriétés, une fortune et un pouvoir bien supérieurs aux tiens... maître Isaac, ajouta-t-il, la voix pleine de mépris. Ou à ceux de mon pitoyable frère.

— Tu es fou, Lup, dit Guillem. L'heure n'est pas aux controverses.

— Mais je peux encore avoir tout cela, reprit l'autre. J'ai la fille. Je peux la vendre à un homme que je connais à Valence et qui aime ce genre-là. Il la paiera assez cher pour que je puisse acheter une part dans un navire en partance pour Constantinople. Sais-tu ce que peut rapporter un seul voyage à Constantinople ?

— Lup...

— Ferran !

— Par tous les saints, tu nous fais perdre notre temps avec tes rêves insensés ! cria Guillem d'une voix frénétique. Lup, Ferran, qui que tu sois, filons ! Et oublie la fille et ta fortune imaginaire, ou nous y laisserons la vie !

— Va chercher la fille. Je dois commencer par tuer ces deux-là. Et l'autre.

— Nous n'avons pas le temps ! hurla Guillem.

— Cela ne prendra pas longtemps.

Il se tourna vers Yusuf, qui se débattait toujours dans les bras de Guillem. Sur une petite table, Lup prit une statuette de bois représentant un cheval.

— Tiens-le bien, Guillem. Écarte-le de toi, dit-il avec calme.

Isaac se leva en un futile geste de protestation. Guillem tint le garçon à bout de bras. Lup brandit la statue et l'abattit.

Mais Yusuf eut le temps de faire un écart. La statuette évita son crâne et rencontra son épaule gauche. La douleur parcourut toute la longueur de son bras et remonta au cerveau avec une intensité fulgurante. Avant même qu'il pût crier, les ténèbres l'engloutirent.

— Cela le calmera pendant que je m'occupe de son maître, dit Lup. Maintenant va me chercher la fille.

Le bruit de la chute de Yusuf et les froides paroles de Lup permirent à Isaac de situer assez précisément ce dernier. Il se retourna et saisit le petit banc par une extrémité. Il fit un pas en avant et frappa dans la direction de la voix. Le banc heurta son ennemi. Isaac entendit Lup jurer et trébucher, et il se prépara à frapper à nouveau.

— Qu'essayes-tu de faire, pitoyable aveugle ? dit Lup en se baissant pour éviter le coup et en brandissant la statuette.

Yusuf émergea des ténèbres, la bouche pâteuse d'avoir sombré dans l'inconscience. Il ouvrit un œil.

Son épaule vibrait d'une douleur cuisante, et son bras gauche ne répondait plus. Les deux hommes s'étaient éloignés de l'escalier, et Lup avait reculé sur un petit tapis au dessin élaboré.

Ce tapis avait été offert l'année précédente à Marieta par un commerçant itinérant qui disposait de plus de marchandises que d'argent. Même s'il ne paraissait pas à sa place dans cette salle et menaçait en permanence de faire trébucher, Marieta l'appréciait beaucoup. Il donnait à sa maison une touche d'élégance, bien nécessaire vu la nature sordide de son métier.

Yusuf se rapprocha en rampant. Il tendit la main et saisit par un coin le tapis de Marieta. Au moment où Isaac balançait à nouveau le banc et que Lup brandissait le cheval de bois pour frapper le médecin, le garçon tira d'un coup sec le tapis sur le sol carrelé.

Lup tituba, fit un pas pour recouvrer son équilibre et, comme bien d'autres avant lui, glissa. Dans sa chute, il se rattrapa à une torchère, l'arracha au mur et tomba lourdement. La bougie s'éteignit, les plongeant une fois de plus dans l'obscurité. Au même moment, Guillem criait depuis la porte d'entrée de la maison :

— Elle est partie ! Je ne la trouve nulle part ! Qu'est-ce que je vais faire ?

Le portier de l'évêque considéra les deux femmes et le jeune homme qui attendaient sur les marches du palais et secoua la tête.

— C'est la fête de la Sant Narcis, protesta-t-il avec ressentiment. Son Excellence est à table et ne peut voir personne ce soir.

— Écoutez-moi, mon brave homme, dit Daniel de son ton le plus assuré. Nous...

— Balivernes ! l'interrompit Judith. Il nous recevra. Allez dire à Son Excellence que vous avez refusé le passage à la femme de son médecin, à sa fille et à leur escorte. Vous verrez alors ce qu'il advient. Et vous le regretterez.

— Qu'y a-t-il, Matteu ? demanda une voix derrière lui.

— C'est une femme qui prétend être l'épouse du médecin, accompagnée de sa fille et de quelqu'un d'autre, répondit Matteu.

— Eh bien, fais-les entrer, dit Francesc Monterranes. Son Excellence voudra les voir. Vite !

Le portier s'écarta, vaincu, et les conduisit à l'intérieur du palais.

— Votre mère pourrait abattre les murailles de Jéricho, fit remarquer Daniel alors qu'ils suivaient Judith dans la grande salle.

— Et elle n'a pas besoin de trompette, murmura Raquel, amusée malgré la boule de terreur qui lui nouait l'estomac.

Le capitaine de la garde de l'évêque portait un regard très dur sur son subalterne.

— Redites-moi, s'écria-t-il d'une voix vibrante de fureur, mais plus vite cette fois, ce que vous avez fait !

— Oui, mon capitaine. Certainement. J'ai reçu votre message disant que maître Pons Manet resterait chez lui ce soir et nous ordonnant d'annuler notre surveillance de l'établissement de Marieta à Sant Feliu. Selon les instructions, nous sommes allés chez lui et y avons posté des hommes de garde. Quand ce fut fait, je suis revenu au rapport.

— Mais quel message, Pere ? Il n'y a eu aucun message, répliqua froidement le capitaine. Seul un imbécile de votre trempe peut tomber dans un panneau aussi grossier. Arnau ! rugit-il. Rassemblez une escouade et partez immédiatement pour la maison de Marieta, à Sant Feliu ! Je m'occuperai de votre cas demain matin, Pere.

Un messager passa la tête dans la pièce.

— Un message de la part de l'évêque, annonça-t-il. Vous devez venir immédiatement.

— J'arrive.

Mais devant la porte, Berenguer s'avançait déjà vers lui, suivi d'un Nicholau Mallol essoufflé, d'un jeune homme et de deux femmes voilées.

Dans l'espace entre le haut de l'escalier et l'entrée de service menant à la grand-salle de la maison de Marieta, maître Pons Manet grogna et roula sur le sol. Sa tête lui faisait mal comme si elle allait exploser, et il ne savait ni où il se trouvait ni comment il était arrivé là. Il cligna des yeux et tenta de fixer son attention sur son environnement. Puis quelques images jaillirent de sa mémoire et se présentèrent à lui : il se vit marcher le long de la rivière puis traverser une cour où régnait une odeur d'écurie. La dernière chose qui lui revint fut une porte qui s'ouvrait trop facilement et permettait d'entrer dans une maison sombre qu'il connaissait, mais ne pouvait identifier. Il jura à voix basse.

Il s'assit. Quelqu'un avait allumé une bougie alors qu'il était inconscient ; il voyait l'escalier et la porte et, devant lui, un rideau qui le séparait du reste de la maison. Il passa doucement les doigts sur sa tête. Il localisa un endroit sensible, derrière l'oreille, mais ses cheveux semblaient propres, et ses doigts n'étaient pas poissés. Il avait dû se cogner et tomber à terre. Quoi qu'il en soit, il n'avait pas saigné. Encouragé par cette idée, il s'agrippa au cadre de la porte et parvint à se relever.

Les bruits en arrière-plan n'avaient d'abord fait aucune impression sur lui, mais voici que des mots et des sons filtraient à travers la douleur. Une voix inconnue, toute proche, criait quelque chose qui n'avait aucun sens pour lui et ne faisait qu'aggraver les battements du sang dans sa tête. Puis il y eut un craquement, un peu plus loin, et cela réveilla un écho douloureux dans son crâne.

— Yusuf, appela une voix pressante, où es-tu ? M'entends-tu ?

Cette voix familière lui fit l'effet d'une lampe dans une pièce sombre : dès qu'il l'entendit, la confusion se dissipa et les souvenirs affluèrent. C'était celle du médecin, ils se trouvaient chez Marieta et quelqu'un l'avait frappé à la tête. Sans réfléchir davantage, il écarta le rideau qui le séparait du couloir et regarda. Une bougie brûlait dans la pièce opposée et quelqu'un bataillait avec les volets. L'autre extrémité du couloir était plongée dans l'obscurité. Il prit la bougie et marcha sans la moindre hésitation en direction de la voix d'Isaac.

Un homme gisait à terre. Comme Pons s'approchait de lui, il gémit, roula sur le côté et tenta de se mettre à genoux, titubant comme s'il avait été blessé. À côté de lui était étendu le jeune garçon nommé Yusuf. Isaac se tenait entre eux. Il avait à la main un banc trapu et penchait la tête comme quelqu'un qui tend l'oreille. Pons posa la bougie dans une torchère.

— Maître Isaac, dit-il, c'est Pons. Pourquoi ne reposez-vous pas ce banc ?

— Je ne voudrais pas faire du mal à Yusuf, répondit-il. Où est-il ? Vous pouvez le voir ?

— Oui, j'ai apporté de la lumière. Mais donnez-moi ce banc, maître Isaac, afin que je le repose, dit-il en le prenant des mains du médecin. Qu'est-il arrivé à cet individu ?

— Il est tombé, je pense. Vous ne le connaissez pas ? s'enquit Isaac.

— Non, je ne crois pas. Non, je ne l'ai jamais vu auparavant.

Il se pencha vers l'enfant blessé.

— Yusuf, est-ce que tu m'entends ?

— Oui, maître Pons.

Yusuf tenta de se relever, mais retomba en arrière.

— Yusuf semble beaucoup souffrir, remarqua Pons. Je pense qu'il a reçu une blessure au bras. Qui lui a fait cela ? Cet homme ?

— Oui, dit Isaac d'une voix étrange. Mais vous-même, maître Pons, vous êtes blessé ?

— Ma malheureuse tête a reçu un vilain coup, mais je survivrai, c'est certain.

Lup essayait toujours de se redresser. Il s'agrippa au banc et s'en servit pour se mettre debout.

— C'est une vieille blessure, dit-il en portant la main à sa tempe. J'ai reçu un coup sur une vieille blessure qui n'a jamais guéri. Cette douleur m'est insupportable...

— Dieu du Ciel ! s'écria Pons Manet, horrifié, en rattrapant l'homme qui s'effondrait. C'est la voix de mon frère !

Il l'assit sur le banc.

— Ferran ? demanda-t-il en regardant intensément ses traits déformés.

— Holà, mon frère, murmura Ferran Manet avant de fermer les yeux.

— Maîtresse Judith, proposa Daniel, permettez-moi de vous escorter jusqu'à votre porte. Il se fait tard et il pourrait surgir des ennuis, ce soir.

Judith regarda le parvis de la cathédrale.

— Où sont donc allés les officiers ?

— À la maison de cette femme.

— Vous savez où elle est ? demanda-t-elle en le prenant par le bras.

— Moi, maîtresse ? Je pense pouvoir la trouver, fit-il, mal à l'aise. Elle est bien connue. Souhaitez-vous que j'y porte un message ?

— Non, vous allez nous y conduire. C'est là que se trouve mon époux. Je devrais être à son côté.

Elle lâcha le bras de Daniel, distraite par un bruit de sabots sur les pavés.

— Maman ! souffla Raquel d'une voix ferme. Vous ne pouvez pas y aller, pas dans un tel endroit.

— Non, maîtresse Judith, renchérit Daniel, il ne faut pas y aller.

Trois hommes à cheval s'arrêtèrent à leur hauteur.

— Maîtresse Judith, dit l'évêque, personne n'a donc été mandé pour vous escorter jusqu'à chez vous ? Arnau, je suis surpris...

— Nous avons essayé, Votre Excellence, répondit le capitaine.

— Votre Excellence, dit Judith en s'approchant de la monture de Berenguer, j'ai une faveur à vous demander...

L'évêque se pencha pour l'écouter.

Le murmure de leurs voix dura longtemps, et Daniel saisit soudain Raquel par sa cape pour l'écarter du groupe.

— Suis-je donc encore agressée, Daniel ? se moqua Raquel.

— Pardonnez-moi. Je ne puis m'empêcher de vous tirer à hue et à dia contre votre gré, maîtresse Raquel. Mais est-il possible de convaincre votre mère de rentrer ?

— Demandez-vous plutôt s'il est possible de convaincre ma mère de quoi que ce soit, dit Raquel en réprimant difficilement une envie de rire.

— Les rues ne sont pas sûres cette nuit, précisa-t-il. Et il n'est pas convenable que vous vous rendiez toutes deux chez Marieta. J'imagine mal comment les commères les plus malfaisantes pourraient assigner quelque vil dessein à maîtresse Judith, mais tout de même...

— Elles auraient trop peur, dit Raquel. Mais si maman décide de se rendre là-bas, ni vous ni moi, ni l'évêque ni même Reb Samuel ne pourront l'en empêcher. Oh, pauvre Daniel, je crains qu'elle ne vous entraîne aussi dans la fosse aux lions. Mais la garde de l'évêque sera là pour la protéger.

— Au moins cela me rassure. L'idée de tenter de protéger votre mère contre son gré me terrifie. Je me moque bien de descendre dans la fosse aux lions, mais je tremble de devoir sauver maîtresse Judith contre les fauves.

— Vous n'en aurez pas besoin. Papa dit toujours qu'elle est elle-même une lionne. Elle ne craint rien ni personne. Vous verrez. Les lions fuiront comme des souris devant elle.

— Alors ce doit être de là que vous tirez votre courage, dit Daniel.

— Raquel, Daniel, venez ! appela Judith. Nous devons nous hâter.

Et tous trois se dirigèrent vers Sant Feliu, escortés de deux soldats à pied.

Un martèlement furieux contre la porte de Marieta annonça l'arrivée de la garde.

— Ouvrez ou nous forçons la porte ! ordonna une voix puissante et ferme.

— Ce volet n'est pas fermé, dit une autre voix.

— Alors entre. Prends Johan avec toi et soyez sur vos gardes.

En un rien de temps, deux soldats bottés et casqués, vêtus d'une armure légère et une épée à la main, sortirent du salon de Marieta et ouvrirent la porte. Leur sergent entra.

— Apportez de la lumière ! rugit-il.

Deux hommes arrivèrent avec des torches.

— Il y a une femme morte dans la pièce sur votre gauche, sergent, dit celui qui était entré le premier.

— Qui est-ce ?

— Ce doit être Marieta, sergent, dit-il prudemment. Il savait fort bien de qui il s'agissait mais n'avait nulle envie de révéler qu'il la connaissait.

— Faites venir le prisonnier, dit le sergent aux hommes restés dehors.

Un autre officier arriva, qui poussait devant lui un Guillem de Montpellier à l'air misérable.

— Qui est dans cette maison ? aboya le sergent.

— Lup, répondit-il. C'est Lup qui a tout organisé. C'était son idée...

— Vous aurez le temps plus tard de nous expliquer cela. Qui d'autre ?

— Rien que Pons Manet, le négociant en laine. Et elle... là-dedans.

Il fut pris de frissons et se mit à pleurer.

— Il y a aussi nous deux, sergent, appela Isaac depuis le bout du couloir. Nous avons besoin de secours. Mon jeune apprenti est blessé.

Avant que la garde n'eût traversé le couloir, des claquements de sabots annoncèrent de nouveaux arrivants. Le capitaine de la garde épiscopale entra, suivi de l'évêque.

— Qu'avons-nous ici ? demanda Berenguer. Maître Isaac, est-ce vous ?

— Mais oui, Votre Excellence, et ce que nous avons là, c'est notre sorcière, dit Isaac d'un ton narquois. Une sorcière et un apprenti sorcier. Devant vous se trouve toute la horde de sorciers et de sorcières qui s'est abattue sur la ville.

Berenguer prit la lourde torche du garde et la brandit au-dessus de Guillem, tout tremblant, et de Ferran, effondré sur un banc contre le mur, apparemment inconscient.

— Qui est-ce ?

— Guillem de Montpellier, Votre Excellence, dit le

capitaine. Je l'ai questionné il y a quelques jours sur votre demande. Vous avez sa déposition.

— Certes. Et je suspecte que j'en aurai une autre d'ici peu. Et celui-là ? fit-il en désignant Ferran de sa torche.

— Cette personne, Votre Excellence, semble être mon frère, dit Pons Manet d'un air dubitatif.

Il s'en approcha pour l'examiner plus attentivement.

— Il parle avec la voix de mon frère et prétend que nous sommes du même sang, mais comment il peut être mon frère, je l'ignore. Depuis dix ans, nous le croyons mort.

— Lui ressemble-t-il ? demanda Berenguer.

— Il y a bien quelque chose dans les yeux, mais regardez-le, Votre Excellence. Il est tellement défiguré et contrefait que c'est difficile à dire.

— C'était un bel homme, si je me souviens bien, intervint Isaac. Grand et fort, un peu rude de manières toutefois.

— Si c'est Ferran, reprit Pons, il est tombé bien bas... pour être le serviteur de Guillem. Même ainsi, comment a-t-il pu aller jusqu'à lui prêter main-forte dans ces actes ignobles qui ont entraîné la mort de mon fils ? Il a été envoûté par son maître, c'est certain. C'est une pitoyable créature, à présent.

— Pitoyable ! s'écria Ferran, qui releva la tête et regarda Pons Manet droit dans les yeux. Ta pitié, je la jette dans la fiente aux côtés de ton cadavre en putréfaction ! Personne ne m'a envoûté. C'est moi qui envoûte les autres. Ils sont en mon pouvoir. Je les domine tous, Pons. Je les domine, pauvre crevure, bâtard de ta catin de mère ! Tu n'es pas mon frère. Comment pourrais-tu l'être, toi ?

Le sergent s'avança pour faire cesser ce torrent d'obscénités, mais l'évêque le retint d'un geste.

— Laissez-le parler, murmura Berenguer, il se condamne lui-même.

— Il est certain qu'il délire, dit Pons. Mon frère n'aurait jamais parlé ainsi.

— Ne m'appelle pas frère ! glapit-il.

Et brusquement, il bondit et sa main droite, plaquée jusque-là contre sa poitrine, s'ouvrit sur une lame scintillante. Il se jeta sur Pons Manet.

— Saisissez-vous de lui ! ordonna le capitaine en écartant Pons.

Le sergent, l'épée au clair, se fendit. Ferran fit encore un pas en avant, puis il s'écroula face contre terre, l'épée dans le flanc. Sa dague tinta sur le carrelage quand ses doigts s'ouvrirent.

Le sergent ramassa le petit poignard et se pencha au-dessus du blessé. Isaac se mit à genoux, palpa la nuque et la tête de Ferran, puis plaça une main sur son dos.

— Je ne pense pas que l'on puisse faire quelque chose pour lui, dit-il enfin.

Berenguer se signa et murmura une prière.

— Il est mort, dit Pons d'une voix dépourvue d'émotion. Comment pourrais-je pleurer l'homme qui a tué mon fils ? Il y a dix ans, en dépit de ses fautes, j'aurais pu le faire. Si seulement il était mort alors... Dieu me vienne en aide... Ma tête me fait mal et je me sens las.

— Asseyez-vous, maître Pons. Je dois m'occuper de Yusuf, dit Isaac. Ensuite j'examinerai votre tête. Que l'on envoie quelqu'un porter des nouvelles à son épouse, ajouta-t-il en se tournant vers le sergent, qui fit signe à l'un de ses hommes.

Des chuchotements à la porte détournèrent leur attention.

— Qui est là ? demanda Berenguer.

— C'est maître Nicholau Mallol, dit le garde, et aussi...

— Mon beau-père est-il ici ? s'enquit Nicholau en entrant.

— Je suis ici, Nicholau, répondit Isaac, occupé à palper l'épaule de Yusuf.

— Papa Isaac, soupira-t-il avec soulagement. Vous êtes indemne ?

— Je n'ai rien. Yusuf a une épaule douloureuse et un os brisé, mais il vivra.

— Conduisons-le dans notre maison. Elle est toute proche, et Rebecca prendra soin de lui.

— Excellente idée, approuva l'évêque. Les explications attendront.

— Oui, dit Judith, qui était entrée à la suite des autres. C'est une excellente idée. Nous viendrons avec vous.

— Judith ? s'étonna son mari. C'est vous ?

— Et qui d'autre pourrait-ce être ? répliqua-t-elle avec sa vivacité coutumière. Cette pauvre fille est venue jusqu'à notre porte. Il fallait bien l'aider.

— Où sont les autres occupantes de la maison ? demanda Berenguer.

Les hommes se regardèrent.

— Je l'ignore, dit le capitaine. J'ai envoyé un soldat fouiller les lieux. Est-il de retour ?

— Oui, mon capitaine, répondit le sergent. Mais il n'a trouvé personne. Elles ont toutes disparu. Les servantes, les filles... toutes.

— Sages créatures, observa Isaac. Judith, ajouta-t-il en lui tendant la main, voici Nicholau... votre beau-fils.

— Bonsoir, dit Judith, qui fit une rapide révérence en l'examinant d'un œil critique. Nous nous rencontrons dans de bien étranges circonstances.

— Certes, maîtresse Judith, répondit Nicholau en s'inclinant.

Quand Pons Manet eut été confié à ses serviteurs, deux des gardes de Berenguer placèrent Yusuf sur un brancard improvisé et l'emmenèrent dans la maison de

Nicholau Mallol. Celui-ci ouvrit la porte à la petite procession et appela sa femme.

— Oh, papa ! s'écria Rebecca en se précipitant dans l'entrée pleine de monde. Je m'inquiétais tant pour vous ! Qu'est-il arrivé à ce pauvre Yusuf ?

— Il s'est blessé à l'épaule, répondit son père. As-tu de la place pour l'accueillir ? Je ne veux pas qu'il aille plus loin cette nuit.

— Certainement, papa. Je vous en prie, dit-elle aux hommes, mettez-le dans la chambre, en haut de l'escalier. La servante vous conduira. Avez-vous retrouvé...

— Zeynab ? interrompit Nicholau. Oui. Et elle est à nouveau libre, et indemne.

— C'est merveilleux ! J'étais si inquiète ! Mais où allons-nous la mettre ? Peu importe, nous pouvons lui faire un lit...

— Nous la garderons jusqu'à ce qu'elle soit remise. Naomi veille sur elle.

La voix du personnage resté dans l'ombre stupéfia Rebecca.

— Maman ?

Elle hésita, fit un pas maladroit en direction de sa mère, puis se jeta dans ses bras et cacha sa tête dans son sein.

— Oh, maman, m'avez-vous pardonnée ?

Judith lui caressa les cheveux et l'écarta un peu pour mieux la regarder.

— Te pardonner ? Certainement pas. Je ne dirais pas que je t'ai pardonnée. Mais je suis très heureuse de te revoir.

— Oh, maman, fit Rebecca, vous ne changerez donc jamais !

— Toi non plus, Rebecca. On prétend, ajouta Judith, que j'ai un petit-fils. Puis-je le voir ?

— Oui. Venez le voir. Il est si beau, maman. Il dort, mais...

— Nous ne le réveillerons pas, dit la mère. Pas ce soir.

Et les deux femmes s'éloignèrent sans faire de bruit en direction de la chambre du petit Carles.

CHAPITRE XIX

Le lendemain matin, on retrouva assez facilement une des occupantes de la maison de Marieta. Elle était à la foire. Les yeux brillants, elle regardait les musiciens et les jongleurs, mais aussi les étals où l'on vendait des friandises et des viandes grillées. Le membre de la garde épiscopale qui l'avait reconnue s'approcha d'elle et lui effleura l'épaule.

— Holà, petite fille.

Elle sursauta et se retourna, pâle de frayeur.

— Tu travaillais chez Marieta, n'est-ce pas ? lui dit-il. Je m'en souviens, tu ouvrais la porte.

— C'est arrivé, fit-elle d'une voix apeurée. La plupart du temps, j'étais à la cuisine.

Ses lèvres tremblèrent

— Est-ce que vous allez m'arrêter ?

— Pour être venue à la foire ? s'exclama-t-il. Ce n'est pas un crime.

— Je n'étais jamais venue à la foire. Elle ne voulait pas...

Elle regarda autour d'elle, nerveuse.

— J'ai entendu dire qu'elle était morte. C'est ce qui se raconte.

— Mais tu le savais déjà, non ? Et c'est pour cela que tu t'es enfuie.

Elle éclata en sanglots, complètement désemparée. Puis elle essuya ses larmes sur sa manche et renifla.

— Il l'a tuée, c'est Lup qui a fait ça, confia-t-elle à voix basse. Il l'a tuée de ses propres mains et il l'a jetée dans son salon. On croyait qu'il allait aussi nous tuer, alors on s'est sauvées à toutes jambes sans même prendre nos affaires.

— Est-ce que tu as faim ? demanda l'homme.

Elle fit signe que oui.

Il la prit par le bras et l'emmena vers un étal, où il lui acheta une saucisse grillée, du pain et un petit gâteau. Il attendit qu'elle eût tout engouffré avant de parler à nouveau.

— Viendras-tu avec moi répéter à l'évêque tout ce que tu as vu ? Ensuite, je partagerai mon dîner avec toi à la cantine, et on te laissera peut-être retourner là-bas pour que tu récupères tes affaires.

— Est-ce qu'on va m'arrêter ?

— Tu n'as rien fait qui justifie ton arrestation. Et qui sait ? Peut-être que quelqu'un te trouvera une place dans une maison plus respectable que celle de Marieta.

Elle le regarda avec méfiance, se méfiant de tout, hésitant entre la possibilité d'un dîner immédiat et la probabilité d'un emprisonnement de longue durée. Elle frissonna de faim, de fatigue et de peur. Le problème était réglé.

— D'accord, dit-elle, je viens.

— Où sont les autres ?

— Ici, pour la plupart. Certaines filles travaillent. Une des esclaves essaye de regagner le Sud. Une autre est rentrée chez elle. Elle a de la veine.

— Peut-être que ta chance va tourner désormais, dit le garde d'une voix enjouée. Allez, viens, personne ne te fera de mal.

— Votre Excellence, dit Isaac. J'ai reçu votre message.

— Et vous êtes venu avec une remarquable promptitude. Après toutes les bévues de cette nuit, je commence à croire que personne dans cette ville ne sait porter un message. Comment va le protégé de Sa Majesté ?

— Yusuf ? Il va bien. Les jeunes os ne se brisent pas facilement. La clavicule est fêlée et lui fait mal, mais elle se remettra très vite. Je vais le laisser encore un jour ou deux chez Rebecca jusqu'à ce qu'il soit capable de rentrer à pied sans trop souffrir. Cela lui donnera une excellente excuse pour oublier quelque temps ses leçons.

— Et la petite Mauresque ?

— Comme Yusuf, elle est jeune. Quelques jours de repos et de bonne chère, et elle se sentira mieux que jamais. Je l'amènerai cet après-midi pour qu'elle puisse faire sa déposition, si vous le souhaitez.

— Certainement, même si ce n'est qu'une simple formalité.

— Pourquoi cela ?

— Nous avons retrouvé une des filles de cuisine de Marieta. Elle et deux ou trois autres ont vu Ferran Manet étrangler leur maîtresse et la jeter dans le salon. Elles se sont enfuies. Elles étaient terrifiées.

— On peut les comprendre, fit Isaac.

— Et puis, maintenant que Ferran Manet est mort et que Guillem de Montpellier parle sans discontinuer depuis son arrestation, nous n'avons plus besoin de prouver le complot.

— C'en était donc un.

— Oh oui, un complot pour dépouiller Pons Manet de tous ses biens. On m'a dit que Ferran avait toujours été très malin.

— Oui, trop malin pour être honnête. Le connaissiez-vous ?

— Non, dit l'évêque, il avait quitté la ville avant ma nomination.

— Ces accusations sans fondement — que Pons Manet entretenait une maîtresse mauresque, l'accusation de viol à l'encontre de son fils —, tout cela a été manigancé par son frère ?

— Selon Guillem, oui. Ce qu'il prétend ignorer, c'est ce qui est arrivé aux jeunes gens. Il raconte qu'ils n'étaient pas censés mourir. Il fallait seulement les amadouer, ou les menacer, et faire en sorte qu'ils tirent de l'argent de leurs familles respectives.

— Il croyait que Pons Manet se dépouillerait de toute sa fortune — réduisant à la misère et lui-même, et sa femme et son fils aîné — uniquement parce que Lorens le lui demanderait ?

— J'ignore s'il y croyait, dit Berenguer, mais il veut nous convaincre que c'est ce qu'il pensait.

— Que leur donnait-on, selon Guillem ?

— Lors des cérémonies ? Deux choses : le suc d'un pavot de Byzance, brûlé sous leurs narines ou mélangé à leur vin, et une herbe d'Égypte susceptible de provoquer des visions. Mais jamais assez pour leur nuire. Il jure cela par tous les saints dont il peut se rappeler le nom, et par d'autres choses encore.

— Rien d'autre ?

— Rien.

— Je connais ces substances, dit Isaac. Elles peuvent tuer lorsqu'elles sont absorbées en quantités suffisantes. Mais ce n'est pas cela qui a provoqué la mort.

— Qu'a-t-il utilisé, selon vous ?

— Parfois, nos idées préconçues nous égarent, monseigneur. On m'a demandé d'examiner un jeune homme qui marchait pendant son sommeil et avait des visions et des cauchemars, et pas d'appétit. Puis il est mort, mais d'autre chose. D'une certaine façon, les symptômes sont ceux du poison que l'on nomme belladone.

— Qu'est-ce donc ?

— Le suc d'une solanacée, une plante commune. Je pensais qu'on les avait lentement empoisonnés afin que les substances s'accumulent dans leur organisme jusqu'à ce qu'ils ne puissent plus résister. Mais j'étais présent lors de la mort de Lorens Manet, et j'ai pu examiner le gobelet et ses urines. La belladone peut provoquer de terribles visions, mais je pense que quelqu'un a concocté pour Ferran Manet une mixture particulière, qui contiendrait d'autres agents, dont des spasmodiques.

— Un apothicaire de Gérone ?

— C'est possible, mais plus certainement d'une autre ville. Je crois que Ferran avait l'intention de tuer ces trois jeunes gens dans le seul but de terroriser Pons. Il ignorait sans doute à quel point leur amitié était secrète.

— Cet homme mauvais détruisait autrui pour le plaisir de nuire, remarqua Berenguer. Je suppose que la femme qui portait le poison était Marieta. Elle était plus petite que la moyenne, et Ramon ne cessait de répéter que c'était une petite femme...

Isaac ne répondit qu'au bout d'un instant.

— Je pense qu'il n'est plus très important de savoir de quoi exactement était composée cette mixture. Cela l'était quand les victimes étaient encore en vie et que l'on pouvait espérer les sauver.

— C'est vrai. Et je suis heureux que tout soit fini. Mais dites-moi, fit Berenguer en prenant un document sur sa table, connaissez-vous un certain Maymó Momet ?

— Certainement, Votre Excellence.

— Que pouvez-vous me dire de la controverse qui porte sur la cour située derrière sa maison ?

Quelques jours plus tard, quand la foire se fut dispersée, que marchands et négociants eurent remballé leurs invendus et compté leurs bénéfices, la troupe de comédiens se trouvait toujours en ville. Ils avaient demandé l'autorisation de représenter un mystère plein de piété et de sagesse et avaient monté leurs tréteaux sur le parvis de la cathédrale.

La majeure partie de la ville se trouvait là, semblait-il. Les enfants montaient et descendaient en courant les marches de la cathédrale, bousculant les journaliers sortis des tavernes et venus s'installer sur les degrés de pierre. Des femmes se tenaient en groupes circonspects et discutaient de leurs voisines, bien entendu pas aussi circonspectes qu'elles.

L'évêque travaillait dans son cabinet sur les problèmes qui s'étaient accumulés au cours des dernières semaines, signant des passeports ou réglant des controverses ayant trait à des sujets très divers, de la ligne de démarcation d'une cour appartenant à deux propriétaires aux accusations portées contre un débiteur qui aurait harcelé les deux hommes qui lui avaient prêté de l'argent. Il contempla la pile de pétitions et soupira.

Isaac était chez lui. Après quelques jours d'un froid mordant, la chaleur était revenue en ville, et il était assis dans la cour, le dos au soleil, Judith auprès de lui.

— Ma mie, je ne puis vous dire le plaisir que vous m'avez fait en venant chez Rebecca ce soir-là.

— Je suis allée voir l'évêque parce que cette petite Mauresque m'a dit que vous étiez en danger.

— Monseigneur n'est-il pas un homme charmant ?

— Il peut se le permettre. Mais, en effet, il a aussitôt envoyé des hommes, admit-elle avec réticence.

— Et notre petit-fils est-il aussi beau que le dit sa mère ?

— Oh, Isaac, vous êtes injuste ! Bien sûr qu'il l'est ! Et il ne peut que l'être. Mais pourquoi Rebecca n'a-t-elle qu'un seul enfant ?

— Elle est jeune. Elle en aura d'autres.

— Qu'adviendra-t-il de la maison de Marieta maintenant qu'ils ont pendu Guillem ?

— Il y aura de longues palabres, sans aucun doute, ma mie, mais je suis certain que les affaires reprendront comme avant. C'est toujours ce qui se passe dans ce genre d'endroit.

— Zeynab n'aura pas à y retourner ?

— Oh non, elle a sa liberté.

— Que se passera-t-il si l'on découvre que c'est elle qui portait les messages et donnait le poison aux jeunes gens ?

— Judith, ma mie ! Prenez garde à vos propos ! C'est une accusation des plus sérieuses. Qu'est-ce qui vous donne à penser qu'elle a pu faire cela ?

— C'est elle-même qui me l'a avoué, dit Judith. Le poids était trop lourd pour elle. Elle était incapable de lire les messages et ignorait ce que contenaient les flacons. Elle pensait que c'était du pavot d'Orient.

— C'eût pu en être. Pour ce qui est de la loi, Judith, il y a des témoins, d'honnêtes citoyens, qui ont juré en toute bonne foi que c'est Marieta qui apportait le poison. Ils l'ont reconnue. Telle fut la conclusion des bons juges, et c'est donc ainsi que cela s'est passé. Zeynab n'a jamais approché l'un de ces garçons avant leur mort.

— Mais, Isaac...

— La feriez-vous pendre pour avoir porté un colis ? Voulez-vous déclencher à nouveau la chasse aux sorcières ?

— Je vois, dit sa femme. C'est une créature au cœur innocent.

— Je suis de votre avis. Où est Raquel ?

— Elle est partie rendre visite à Dolsa et lui apporter de cette mixture d'herbes que vous lui avez prescrite. Vous étiez absent, et nous avons pensé que cela ne lui ferait pas de mal d'en prendre un peu plus.

— Cela n'avait vraiment rien de pressant, mais je n'ai pas d'objections, dit Isaac. C'est aimable de la part de Raquel. Mais on aurait pu envoyer Ibrahim.

— J'avais d'autres tâches pour lui.

— Puisque nous jouissons de quelques instants de calme, Judith, j'aimerais vous parler de Raquel. Vous assombrissez sa vie en la poussant à cette union avec un cousin qu'elle n'a jamais vu. Elle n'est pas comme la fille de Mordecai, qui peut partir le cœur gai avec un étranger.

— Comme vous voudrez, mon époux.

Judith reprit son ouvrage.

— Il y a bien d'autres partis. Si elle choisit celui-ci ou celui-là, tant que c'est une union bonne et respectable, je n'émettrai aucune objection.

— C'est vrai ? Vous avez vaincu votre crainte de ne la voir jamais mariée ?

— Je crois qu'il n'y a pas de danger de ce côté-là, dit-elle doucement. Mais vous devez faire travailler Yusuf un peu plus dur. Il a beaucoup à apprendre s'il doit la remplacer un jour.

Sur le parvis de la cathédrale, Dolsa, l'épouse de maître Ephraïm, le gantier, se trouvait en compagnie de quelques voisins pour assister à la représentation de « Daniel dans la fosse aux lions ».

Un beau jeune homme sauta sur la scène improvisée et salua la foule avec extravagance. Les rires et les conversations cessèrent presque aussitôt. Dans le silence qui s'ensuivit, il récita d'un ton déclamatoire un résumé de l'histoire biblique de Daniel, salua à nouveau et se retira.

Une mélodie envoûtante jouée à la flûte s'éleva de derrière un arbre en carton peint, et une mince jeune fille, à peine plus qu'une enfant, fit son apparition. Elle portait des habits amples et bigarrés, à la mode mauresque, et jouait d'une flûte en bois. Sans lâcher son instrument, elle entama une danse gracieuse.

La femme qui se tenait à côté de Dolsa écarta son voile.

— C'est Zeynab ! s'écria-t-elle. Daniel, regardez ! C'est Zeynab. Yusuf, viens voir ! Oh, maîtresse Dolsa, c'est la petite Mauresque que nous avons sauvée. Elle a dit à papa qu'elle pouvait gagner honnêtement sa vie.

Ils regardèrent, fascinés, jusqu'au moment où le roi, splendide avec ses habits chatoyants et sa couronne en papier, fit rouler la pierre de la fosse aux lions. Alors le beau jeune homme en sortit triomphalement, entouré de deux comédiens portant un masque, une queue et une crinière de lion. Ce fut ensuite le tour de Zeynab de sortir de la fosse. Elle jouait de la flûte. Les lions saluèrent et descendirent parmi le public pour tendre le chapeau et récolter quelques pièces.

— Avez-vous remarqué, maîtresse Raquel, dit Daniel, que chaque fois que vous êtes là, je suis entouré de lions ? Vous êtes une fréquentation bien dangereuse.

— Le suis-je vraiment ? minauda Raquel.

Elle lança un regard en direction de maîtresse Dolsa, qui échangeait quelques mots aimables avec l'un des lions.

— Il est heureux que le danger puisse constituer une amusante occupation, dit Daniel en jetant une pièce dans le chapeau.

Sur la scène improvisée, Zeynab acheva sa mélodie. Le jeune homme qui jouait le rôle de Daniel la prit par la main, salua respectueusement la foule, puis se retourna et adressa un clin d'œil à la jeune fille. Elle sourit, radieuse, et agita sa flûte en direction de Yusuf et de Raquel.

Tout le monde l'applaudit.

Imprimé en France sur Presse Offset par

BRODARD & TAUPIN

GROUPE CPI

La Flèche (Sarthe), 7533
N° d'édition : 3258
Dépôt légal : juin 2001